T0349392

# UNA TEMPORADA INESPERADA

ROSALYN
EVES

Traducción de Francisco Vogt

Argentina – Chile – Colombia – España
Estados Unidos – México – Perú – Uruguay

Título original: *An Improbable Season*
Editor original: Farrar Straus Giroux Books for Young Readers,
un sello de Macmillan Publishing Group, LLC
Traducción: Francisco Vogt

1.ª edición: septiembre 2024


Translation rights arranged by Adams Literary
and Sandra Bruna Agencia Literaria, SL
Plaza de los Reyes Magos, 8, piso 1.º C y D – 28007 Madrid
www.mundopuck.com

ISBN: 978-84-19252-84-5
E-ISBN: 978-84-10159-70-9
Depósito legal: M-16.615-2024

Fotocomposición: Urano World Spain, S.A.U.

Impreso por: Rodesa, S.A. – Polígono Industrial San Miguel
Parcelas E7-E8 – 31132 Villatuerta (Navarra)

Impreso en España – *Printed in Spain*

*A mis padres, Bruce y Patti,*
*por inculcarme el amor a la lectura… y a las regencias.*

# 1

# CAMINO A LONDRES

## (THALIA)

*Al mercado, al mercado, una novia irá.*
*A casa, a casa, un lord la acompañará.*
*Al mercado, al mercado, no seré de ningún hombre.*
*Mejor escribiré poemas y forjaré mi propio renombre.*

*—Thalia Aubrey*

*Oxfordshire, finales de febrero de 1817*

Charis Elphinstone había desaparecido.

Para alguien que no conociera a Charis, la situación podría ser alarmante, e incluso preocupante. Sin embargo, Thalia Aubrey, encargada de encontrar a la prima que conocía desde la infancia, no se alarmó ni se preocupó. A decir verdad, estaba muy contrariada. Se puso la capota sobre sus rizos dorados y se encaminó hacia los jardines enfadada, mientras sus botas de media caña crujían sobre la grava y hacían un ruido mucho más fuerte de lo que era propio de una dama.

En un día cualquiera, la desaparición de Charis no sería tan notable, pues se ausentaba muy a menudo y acostumbraba a aparecer horas después con tierra en el dobladillo y una mancha en la nariz, tras haber caído en la tentación del canto de algún pájaro poco común. Pero era el colmo que desapareciera *esa* mañana, en la que Thalia, su hermana Kalliope y la propia Charis debían viajar a Londres para formar parte de la temporada londinense, equiparable a las sesiones del Parlamento, que se extendía desde finales del invierno hasta junio. Una temporada que, en el caso de Thalia, ya se había retrasado un año debido a la enfermedad de su madre durante la primavera anterior.

—Charis, ¿dónde estás? —susurró Thalia para sí misma mientras abandonaba el camino y cruzaba el césped muerto. La primavera todavía era una ilusión en Oxfordshire, ya que la mayoría de los arbustos estaban en estado de dormancia y las pocas hojas oscuras que se aferraban con firmeza a las ramas sufrían las consecuencias de la helada de la noche anterior. La helada era un buen augurio; según el tío John, significaba que los caminos estarían despejados y en buenas condiciones y que llegarían más rápido a su destino.

Pero ¿de qué servían las heladas y los caminos despejados si Charis no aparecía?

Thalia pasó por la esquina de la casa y divisó los setos que rodeaban el jardín. No creía que Charis hubiera elegido esa mañana, de todas las mañanas, para adentrarse en el laberinto, pero nunca se sabía. Quizá había visto algún insecto nuevo entre los senderos sinuosos, pero ¿no era demasiado pronto para que hubiera bichos en la zona?

Las ventanas de la mansión Elphinstone centellearon a la luz de la mañana. La mansión de sus tíos había resultado ser a menudo un santuario para Thalia, cuando la abarrotada casa parroquial de su padre se había vuelto demasiado agobiante, aunque su inmensidad no se asemejaba a un santuario en ese momento, ya que Charis podía estar escondida en cualquier lugar.

—¡Thalia!

Se dio la vuelta y vio a Adam Hetherbridge acercándose a ella. Si bien Thalia tenía una altura fuera de lo común para una señorita, Adam era unos centímetros más alto que ella, con el cabello rubio y los ojos azules que brillaban detrás de unas gafas con montura dorada.

Thalia le devolvió la sonrisa.

—¿Has venido a despedirte de nosotras? —Adam había comenzado siendo su vecino, y luego el amigo de su hermano Frederick. Pero algo había cambiado la primavera pasada, cuando Adam se graduó de Oxford mientras Freddy continuaba esforzándose en sus estudios. Adam tenía la intención de formar parte de la iglesia, pero mientras esperaba a ser nombrado para dirigir una parroquia, continuó sus estudios con el padre de Thalia. Sus visitas casi diarias a la casa del vicario inevitablemente se convirtieron en visitas casi diarias a Thalia, donde entablaban discusiones amistosas sobre historia, literatura, filosofía y cualquier otro asunto que despertara su interés.

—Así es, pero si Charis no hubiera desaparecido, no habríamos coincidido. ¡Menos mal!

Thalia hizo una mueca y se echó un rizo rubio por encima del hombro.

—Me alegro de que su ausencia sea beneficiosa para alguien. —Entró en el laberinto, con Adam a su lado—. Pero no deberías haberte molestado. Estarás con nosotras dentro de unos días.

No había estado entre los planes de Adam viajar para participar de la temporada, pero su padre insistió en que adquiriera ciertas habilidades sociales y las perfeccionara antes de enterrarse en una parroquia rural. Aun así, Adam podría haberse resistido, pero Thalia escuchó a su propio padre decirle a Adam que le tranquilizaría tener una «influencia estable» en la ciudad con sus hijas (sin importar que sus tíos las acompañaran). Forzosamente, Adam accedió a quedarse con un primo en Londres en cuanto terminara un trabajo para el padre de Thalia.

—Tienes razón, pero le he dicho a Frederick que me despediría de ti en su lugar.

—¿Te lo ha pedido Freddy? —Parecía algo muy impropio de su hermano, en quien no se podía confiar para que recordara algo que no le incumbiera de forma directa. Thalia dudaba mucho que hubiera enviado una carta desde Oxford.

Adam titubeó durante un minuto mientras apartaba con fuerza una rama suelta de su camino.

—No exactamente, aunque estoy seguro de que esa era su intención.

—Te refieres a que lo habrías hecho si tuvieras hermanos. Porque eres un príncipe entre los hombres.

—Me tienes en muy alta estima —repuso Adam con modestia—. Mejor considérame… un marqués.

Como un marqués se encontraba varios niveles por encima en el orden social que la hija de un vicario y un aspirante a vicario, Thalia se echó a reír antes de llevar a Adam al centro del laberinto. Lo había recorrido tantas veces que podría haberlo atravesado con los ojos cerrados y no sufrir ningún daño. Volvió a llamar a Charis cuando llegaron al centro, pero sin muchas esperanzas de escuchar una respuesta.

—¿Y qué es lo primero que hará cuando llegue a Londres, señorita Aubrey? —preguntó Adam.

—Ah, ¿así que ahora soy la señorita Aubrey? Era Thalia hace un momento.

—Te estoy dando la oportunidad de practicar cómo responder a tu nombre completo —explicó Adam—. Si prefieres, puedo llamarte Toodles.

Thalia torció el gesto al escuchar su apodo de la infancia y esquivó un seto mientras doblaba en una esquina.

—Ni se te ocurra.

—Estás evadiendo mi pregunta.

—No es verdad. —Thalia reflexionó durante un momento antes de continuar—. En primer lugar, imagino que comeremos y dormiremos. Luego buscaré la librería Hatchards, si la tía Harmonia no me obliga a ir de compras.

—Qué bueno saber que tienes tus prioridades en orden —dijo Adam—. Siempre he sido muy escéptico con las empresas que exigen prendas nuevas.

Thalia se rio.

—No se lo digas a Kalli. Desea de todo corazón tener ropa nueva.

Salieron del laberinto. Ningún rastro de Charis.

—¿Alguien ha revisado los invernaderos? —preguntó Adam, señalando la estructura de vidrio ubicada a cierta distancia a su derecha.

—Sí, el tío John ha ido a buscarla allí —comentó Thalia mientras se disponía a cruzar la amplia extensión de césped hasta llegar a una pequeña zona boscosa—. Aunque conociendo a Charis, a estas alturas debe de estar en la mitad del bosque. Cuando la encontremos, seguro que estará cubierta de lodo y tendremos que esperar a que se cambie de ropa. Menos mal que mi madre envió a la tía Harmonia con los niños cuando estos fueron a revisar la casa, si no también estaríamos buscándolos a ellos en este momento.

—¿Qué crees que está buscando Charis esta vez? —preguntó Adam.

—Quién sabe. Tal vez oyó el canto de un pájaro, y ahora desea identificarlo. O tal vez un jardinero encontró heces de zorro, y ahora quiere examinarlas. Aunque si el jardinero la hubiera visto, nos habría avisado, ¿no?

—¿Y hará su debut en sociedad contigo? ¿Qué se supone que hará Charis en Londres?

Thalia se encogió de hombros.

—Bailará con hombres jóvenes, se olvidará muy rápido de sus nombres y deseará todo el tiempo estar en alguna conferencia en la Real Academia de Ciencias. —La tía Harmonia había querido que Charis debutara la primavera pasada, cuando Thalia y ella tenían diecisiete años, pero Charis se había negado a hacerlo sin sus primas, de modo que ahora todas iban a salir juntas en sociedad. «Debutar» no solo significaba que una joven estaba oficialmente en edad de contraer matrimonio, sino que también se le permitía asistir a bailes y eventos sociales.

Thalia se preguntó si Charis se arrepentía de su promesa precipitada de debutar con sus primas. Quizá se estaba escondiendo. Pero la realidad era que los padres de Charis podían darse el lujo de enviarla a cualquier cantidad de temporadas, por lo que daba igual si no formaba parte de esta temporada. O de cualquier otra, de hecho.

Era diferente en el caso de Thalia y Kalli, ya que su precaria situación las obligaba a establecerse. Su madre esperaba que ambas encontraran maridos, pero…

—¿Y tú? —preguntó Adam.

—Por mi parte, no desearé estar en una conferencia científica —contestó Thalia, y Adam se rio. A ella le gustaba su risa, la forma en la que sus ojos se iluminaban y sus mejillas cubiertas de pecas se arrugaban—. Me gusta bailar, lo cual agradezco, pero no tengo intención de buscar marido en Londres. Voy a encontrar el centro intelectual de la ciudad, los salones con las ideas más brillantes, y empaparme de todas y cada una de ellas. Será mucho mejor que una biblioteca. Y luego conseguiré una editorial que publique mis poemas, por lo que no necesitaré un hombre que me mantenga.

—Ten cuidado de no convertirte en miembro de la Sociedad de las Medias Azules —bromeó Adam—. Tu familia y amigos tienen una reputación que mantener.

—Si eso es lo peor que se llega a decir de mí, mi madre se sentirá aliviada. Además, es imposible que mi reputación te perjudique *a ti* —replicó Thalia. Adam tenía su propia reputación de «amante de los libros», pero era injusto que mostrar cierta inclinación por la erudición se considerara una ventaja en un hombre y una desventaja en una mujer.

Cuando se acercaron al bosque que bordeaba la propiedad del tío John, Thalia alcanzó a ver algo azul.

—Ahí está —señaló ella, tirando de Adam hacia adelante.

Un momento después, la mismísima Charis salió marchando del bosque, con el pelo suelto cayéndole por la espalda. Llevaba puesto un viejo vestido azul que reservaba para las excursiones de campo. Como la figura de Charis era rolliza y el vestido tenía varios años de antigüedad, la tela se tensaba a la altura del corpiño; a su vez, la prenda era lo bastante corta como para que Thalia pudiera ver la parte superior de sus botas viejas, además de unos cuantos centímetros de sus medias de lana.

Ella también los había visto.

—¡Hola! —Hizo un gesto amistoso con la mano a modo de saludo—. ¿Qué os trae por aquí? ¿No es una mañana gloriosa? Había un pato mandarín en el estanque, flotando a sus anchas.

Thalia respiró hondo. Charis no se había escondido. Simplemente se había olvidado de qué día era.

La joven se acercó y observó el vestido de viaje azul marino de Thalia. La culpa le tiñó de rosa las mejillas anchas y pecosas.

—Ay, no. Londres. Mi madre incluso envió a una criada para recordármelo, pero solo quise escabullirme durante unos momentos porque había escuchado el canto de un pájaro que pensé que podría ser una abubilla, pero, por supuesto, no lo era, y entonces el pato me distrajo por completo. —Sus mejillas sonrosadas palidecieron—. ¿Mi madre está muy enfadada?

Thalia sopesó la pregunta.

—Más bien, diría que parece resignada.

Como la tía Harmonia, lady Elphinstone, no tenía otros hijos a quienes prodigar sus ambiciones maternas, Charis era el único (aunque a menudo decepcionante) medio para cumplir sus sueños sociales. Sus ambiciones no se veían opacadas por la reticencia de Charis a compartirlas, aunque sí que se veían malogradas con frecuencia.

—Ay, ¡vamos de mal en peor! Prefiero enfrentarla enfadada que desesperanzada. —Charis se recogió las faldas y empezó a correr por el campo, con sus robustas piernas dando grandes zancadas y su cabello ondulado de un castaño rojizo rebotando sobre sus hombros. Thalia y Adam la siguieron a un paso más tranquilo.

Los padres de Thalia las estaban esperando en el patio, junto con Kalli, la hermana de Thalia, quien prácticamente estaba dando saltitos de entusiasmo, con sus rizos oscuros agitándose alrededor de su rostro. Los dos hijos más pequeños de la familia Aubrey correteaban alrededor de los carruajes, pero Antheia, quien a los catorce años era demasiado joven para participar de la temporada social, estaba enfurruñada junto a su madre.

—Menos mal que Charis ya está aquí —dijo la madre de Thalia—. ¿Ya tienes todo lo que necesitas para la temporada en Londres?

—Sí, mamá —respondió Thalia, comprobando que sus arcones y los de Kalli estuvieran bien amarrados en la parte de atrás de uno de los carruajes.

—Te he traído algo —intervino su padre mientras le entregaba un bonito libro encuadernado en cuero. Las páginas del interior estaban en blanco—. Espero que lo llenes de poemas y me mantengas informado sobre tu progreso.

—Asegúrate de asistir a la iglesia con regularidad y hazle (todo junto) o haz. caso a tu tía. Ella conoce a todos los caballeros disponibles —dijo su madre. Le dio un beso rápido y distraído en la mejilla antes de salir corriendo para rescatar a su hijo menor de uno de los caballos, mientras gritaba por encima del hombro—: ¡Y escríbenos todas las semanas!

El padre de Thalia la atrajo hacia él y le dio un fuerte abrazo.

—Cuento contigo para que colabores con tus tíos. Eres mi hija sensata, y confío en que cuidarás de Kalliope en mi ausencia y evitarás que se meta en líos.

—Claro que sí, papá. —Thalia reprimió una respuesta cortante: *Pensé que Adam sería la «influencia estable»*. No admitiría, ni siquiera a su padre, que esperaba que Londres le permitiera ser un poco imprudente e irresponsable por una vez.

—¡Date prisa, Thalia! —exclamó Kalli mientras le daba un último abrazo a su hermana Antheia, quien se estaba sorbiendo las lágrimas de manera ruidosa—. La tía Harmonia nos dejará viajar en nuestro propio carruaje.

Cree que no nos gustará escuchar los ronquidos de nuestro tío, pero *yo* creo que es porque quiere dormir junto al tío John.

Adam ayudó a Kalli a subir al carruaje y luego le tendió la mano a Thalia. Al aceptar ella la ayuda, Adam la sorprendió rozándole la mejilla con los labios.

—Buen viaje, Toodles. Y no me olvides.

Thalia sintió un hormigueo en la piel, justo donde habían estado los labios de Adam, y trató de ignorar el calor que se apoderaba de su rostro y a Kalli carcajeando de una forma muy poco femenina dentro del carruaje. Fingió no ver la mirada significativa que su madre le dedicó a su padre. Adam era como un hermano para ella, el amigo más antiguo que tenía, aparte de Kalli y Charis. Le costó pensar en una respuesta ingeniosa, en algo que aligerara el momento.

—Dudo que sea posible olvidarte en menos de una semana.

Adam se rio, y Thalia se sentó junto a Kalli.

En cuestión de minutos, Charis apareció en el patio de manera sumisa. Tenía la cara recién lavada y las mejillas de un rojo intenso. Adam también la ayudó a subir al carruaje.

—Vas a arrasar en Londres.

—Si por «arrasar» te refieres a causar una catástrofe —dijo Charis con tristeza—, entonces creo que lo haré.

De pronto, a Thalia le vino a la mente la imagen de un torbellino de cabello castaño rojizo causando estragos en una ciudad desprevenida. Un verso de poesía empezó a tomar forma en su cabeza: *La vorágine de viento que devastó el mundo no era más que una mujer despreciada.* Mmm. No. Charis era apenas despectiva.

Adam volvió a reír.

—Ten un poco de fe en ti misma, Charis. —Cerró la puerta del carruaje y dio un paso atrás antes de saludarlas con la mano.

Los niños más pequeños de la familia Aubrey empezaron a gritar y golpear el carruaje hasta que la madre de Thalia los apartó.

El carruaje se puso en marcha con una sacudida, y Kalli rodeó la mano de Thalia con la suya, fría a pesar de la manta que las estaba cubriendo a ambas.

—A Londres —suspiró Kalli.

Charis, sentada frente a las hermanas Aubrey, echó un vistazo por la ventanilla y saludó con la mano. Thalia mantuvo la vista hacia adelante, concentrada en el camino que las alejaba del único mundo que había conocido.

—A Londres —coincidió Thalia, repitiendo lo que había dicho su hermana.

Y tenía la intención de aprovecharlo al máximo.

# 2

# SOBRE LA ALEGRÍA DE LAS FIESTAS (KALLI)

Nunca son demasiados.
Una excursión con muchos siempre resulta divertida[1].

—*La autora de* Emma,
*encontrado en el cuaderno de apuntes de Kalliope Aubrey*

Cuando las voces de sus hermanos se desvanecieron detrás de ellas, Kalliope Aubrey se presionó la mano contra el estómago para aplacar un curioso aleteo. No sabía si quería reír o llorar. Estaba de camino a Londres, como había soñado desde que descubrió que eso era lo que hacían las mujeres jóvenes cuando se las consideraba adultas.

No era el primer viaje de Kalli. A los quince años, había ido a Bath con una tía abuela, pero solo habían acudido a

1. N. del T.: Austen, J. (2024). *Emma* (Trad. Carlos Pujol). Austral Editorial. (Obra original publicada en 1815).

las termas, dado que su tía la consideraba demasiado joven para asistir a cualquiera de los famosos bailes y reuniones. También había ido a Oxford y al castillo de Warwick. Incluso había ido a Banbury el día de mercado.

¿Pero a Londres, al centro del universo social? Había pasado sus diecisiete años de vida preparándose para ese momento. La señorita Kalliope Aubrey quería a su familia más que a nadie, pero las fiestas estaban casi al mismo nivel. Estaba claro que le encantaban las fiestas más que la iglesia a la que servía su padre, aunque intentaba no pensar en eso a menudo, ya que la hacía sentir un poco culpable. Sin embargo, incluso la Biblia tenía descripciones de fiestas, por lo que no podía considerarse una actitud *muy* perversa por su parte.

¿Y qué era Londres, sobre todo la *temporada* londinense, sino una fiesta de una magnitud con la que Kalli solo había soñado?

No obstante, mientras su hermana Thalia miraba fijo al frente y su prima Charis saludaba de forma descontrolada detrás de ellas, Kalli no se sentía llena del enorme entusiasmo que anticipaba. Quería dar la vuelta al carruaje y recoger a sus padres (y sí, incluso a los niños) y llevarlos con ella. Londres sería perfecto si no tuviera que abandonar ciertas partes de su corazón para ir.

Kalli se sorbió la nariz una vez, y cuando Charis le entregó un pañuelo limpio, aunque un tanto arrugado, se dijo a sí misma que era absurdo ponerse así. Estaba segura de que la temporada en Londres sería encantadora, y tenía intención de disfrutar cada minuto de la experiencia, desde la ropa hasta los conciertos, pasando por los pretendientes. Observó los campos familiares que pasaban junto a ellas y escuchó el ruido de los cascos de los caballos en los caminos de tierra, decidida a levantar sus ánimos. Cuando el mozo de cuadra principal hizo sonar el cuerno a medida que se acercaban a la carretera de peaje, ella ni siquiera tuvo que obligarse a sonreír.

—¿Creéis que tendremos pretendientes rápido? —preguntó Kalli, interrumpiendo las observaciones de Charis sobre los hábitos de apareamiento de los cisnes trompeteros, para el evidente alivio de Thalia. Kalli le dedicó una sonrisa disimulada a su hermana. Si bien físicamente no se parecían en nada (Thalia era alta y rubia, con los ojos casi negros, mientras que Kalli era baja y de pelo oscuro, con los ojos azules y una piel que se bronceaba con facilidad al sol), solo habían nacido con trece meses de diferencia y habían sido mejores amigas desde siempre. A pesar de que Kalli no siempre entendiera el amor de Thalia por las ideas y que Thalia no siempre entendiera el amor de Kalli por las personas; al menos el que existía entre ellas era genuino.

—Sí, tengo un buen presentimiento —dijo Charis—. En tu caso, como quieres a todo el mundo, nadie puede evitar quererte a ti también. Y Thalia es tan encantadora que estoy segura de que también tendrá pretendientes de sobra. —Suspiró—. En cuanto a mí, si mi madre logra convencer a alguien para que me corteje, será solo por mi dinero, y la idea no me gusta en absoluto. —Se le iluminó el rostro—. Quiero vivir la temporada como si fuera una especie de experimento, hacer observaciones minuciosas sobre los rituales de la alta sociedad y sacar mis propias conclusiones para entretenerme.

—Solo si las compartes con nosotras —dijo Thalia.

En privado, Kalli estaba menos interesada en las observaciones de Charis sobre los miembros de la alta sociedad que en sus propias experiencias, pero añadió murmullos reconfortantes a los de Thalia. Un momento después, la conversación se desvió hacia un debate sobre las eminencias científicas y artísticas que sus compañeras esperaban conocer, la mayoría de las cuales Kalli nunca había oído hablar, lo que reforzaba su convicción secreta de que las personas inteligentes no siempre constituían la alta sociedad a la que esperaba unirse. Y mejor así, porque las personas inteligentes eran tan serias que resultaba imposible que fueran divertidas. Kalli ignoró su conversación y se concentró en sus propias especulaciones. ¿Acaso los corsés del príncipe regente eran tan ajustados como se rumoreaba? ¿Podría la tía Harmonia conseguir las invitaciones que nos había prometido para el club Almack's?

Sacó un ejemplar de *La Belle Assemblée* de su bolso de viaje e imaginó qué vestidos podría encargar. Sabía que la mayoría tendrían que seguir siendo imaginarios, dado que la hija de un clérigo con una familia numerosa tenía que ser moderada con sus deseos, pero nada de eso la amedrentaba. Al menos, no *demasiado*. La tía Harmonia se había ofrecido a renovar su guardarropa, pero tal vez existía la posibilidad de convencerla de que mimara a su sobrina favorita más de lo que su madre consideraba adecuado.

Y tener un guardarropa a la moda era una necesidad si Kalli quería destacar en la sociedad como anhelaba. Quería tener amigos, pretendientes y, tal vez, si tenía mucha suerte, un marido al final de la temporada. Su madre necesitaba que una de ellas se casara con alguien decente, y Thalia estaba demasiado absorta en sus libros como para ser práctica.

Pero no había ninguna razón por la que la practicidad no pudiera ser también *divertida*. Después de todo, era posible casarse por amor y, *además*, por dinero.

Pasaron una noche del viaje en una posada pequeña, pero impoluta, y por supuesto que Kalli no pensó en sus padres ni en los niños más de media docena de veces. A la mañana siguiente se encontraban de nuevo en la carretera y, antes de lo que Kalli preveía, prácticamente en las afueras de Londres. El camino de tierra dio paso a los adoquines, mientras que las granjas fueron reemplazadas por casas y tiendas abarrotadas de gente. A medida que avanzaban, Kalli admiraba los edificios, cada vez más hermosos, y a los vendedores ambulantes que llenaban el aire con los anuncios de sus productos. Incluso disfrutó en secreto de la aglomeración de tráfico que retrasó la llegada a su nuevo hogar, ya que le daba más tiempo para mirarlo todo y le ofrecía pruebas irrefutables de que habían llegado a Londres.

Kalli esperaba asistir a un baile esa misma noche, pero la tía Harmonia se lo prohibió.

—No nos presentaremos en público con aspecto de campesinas. Debemos renovar nuestro guardarropa antes de salir —dijo, pero luego echó a perder el gran efecto de sus palabras al añadir—: Además, todavía no han llegado todos los pretendientes a Londres, y no queremos parecer desesperadas.

Así que Kalli cultivó la paciencia como pudo. Durante los días siguientes, visitaron más tiendas de las que podría haber imaginado: las mejores (y, sospechaba, las más caras) sombrererías, mercerías, modistas y otros muchos establecimientos.

En cuanto llegaron sus nuevos vestidos de montar, a las chicas se les permitió dar un paseo tranquilo en Hyde Park con la compañía de un mozo de cuadra. Anduvieron sin prisa por Rotten Row y junto al lago Serpentine. Kalli observó a los jóvenes caballeros que pasaban junto a ellas mientras inclinaban sus sombreros y deseó que le hubieran presentado a alguien, a cualquiera, pues no era cortés que una señorita saludara a un joven que aún no conocía.

Una semana después de su llegada, lady Elphinstone dio comienzo a las visitas matutinas a ciertos miembros de la alta sociedad. Presentó a su hija y sus sobrinas a sus propias amigas, y a las hijas de estas; más tarde, cuando pudo ver que las chicas no se ponían en evidencia con su comportamiento, a las mecenas de Almack's, cuya aprobación era necesaria antes de que cualquiera de las jóvenes Elphinstone o Aubrey pudieran entrar en ese salón de baile restringido a la élite.

Kalli apenas podía respirar mientras hacía una reverencia ante lady Sally Jersey, una bonita mujer de pelo castaño con una sonrisa estudiada. Cuando lady Jersey empezó a hablar, con un flujo casi ininterrumpido de palabras que delataba el origen de su apodo burlón, señora Silencio, Kalli se relajó. La mujer no era tan intimidante como Kalli temía. Thalia mostró su encanto natural como siempre, e incluso Charis pareció sacar ventaja de la situación, pues limitó sus respuestas a comentarios breves e irreprochables sobre el clima (y *no*, por suerte, sobre los hábitos de apareamiento de cualquier criatura, ya fuera un cisne o no).

Otra patrocinadora de Almack's, la princesa Esterhazy, llegó a lo de lady Jersey justo cuando las chicas Elphinstone y Aubrey se retiraban, pero el encuentro fue más que gentil. La mujer agarró las manos de Kalli y Thalia y las juntó.

—¿Vosotras dos sois hermanas? Qué contraste tan encantador. Tengo la sensación de que daréis mucho que hablar en la alta sociedad.

Kalli deseó que su madre hubiera escuchado el elogio, pero se lo reservó para incluirlo en la próxima carta a su familia. Ignoró la punzada de nostalgia y se concentró en lo que significaba que ella y su hermana tuvieran invitaciones para Almack's, uno de los eventos más exclusivos de la temporada social.

La satisfacción de Kalli con la excursión del día la ayudó a sobrellevar la cena y varias partidas de *whist* con las

Elphinstone mayores y Charis. Mientras, Thalia escribía líneas de poesía en algunos trozos de papel. No fue hasta que se retiró a su propia habitación y apuntó con exactitud las actividades del día en su diario, decidida a no perderse ninguna de las alegrías de su primera temporada, que Kalli se percató de algo *terrible:* durante todas sus visitas, no había conocido a ningún caballero disponible.

La mañana siguiente empezó con otra ronda de visitas. La primera fue a la señora Salisbury, una antigua compañera de clase de la tía Harmonia. Un criado las condujo a un salón decorado con buen gusto, en tonos de verde y oro pálido, y la señora Salisbury se levantó de su asiento con languidez para abrazar a su vieja amiga. Las dos mujeres se acercaron al alféizar de una ventana y empezaron a charlar, de modo que las jóvenes se quedaron solas con las dos hijas de la señora Salisbury, la mayor de las cuales, casada con un tal lord Stanthorpe, había venido acompañada por un niño pequeño.

Charis y Thalia entablaron una conversación con la más joven, la señorita Anne Salisbury, una muchacha bonita con cabello cobrizo que estaba a punto de iniciar su segunda temporada. No obstante, Kalli vio las mejillas redondas y sonrosadas del niño en el suelo y no pudo resistirse a sentarse a su lado. Adoraba a los bebés. La tía Harmonia le dedicó una mirada mordaz, pero como no había nadie presente aparte de las dos familias, no dijo nada.

Kalli comenzó a jugar con el niño, tapándose los ojos con las manos para después descubrírselos, haciendo así reír al niño como había hecho tantas veces con sus hermanos cuando eran bebés. La madre del pequeño le sonrió.

—¿Le gustan los niños, señorita Kalliope? —preguntó lady Stanthorpe. Al igual que su madre y su hermana, tenía rizos de un rubio rojizo y ojos de un azul brillante.

—Llámeme Kalli, por favor… Y sí, ¡me encantan! Son divertidos, ¿no? Ayudo a mi madre con mis hermanos menores y, a veces, cuando las mujeres de la parroquia han estado muy enfermas, mi madre y yo las hemos ayudado con sus pequeños.

—Y pronto, tal vez, tendrá que ocuparse de los suyos, ¿verdad? —Lady Stanthorpe enarcó las cejas con picardía.

Kalli se sonrojó.

—No muy pronto, espero. No tengo ninguna prisa por casarme, aunque ¡sí que estoy ansiosa por el comienzo de la temporada!

—¿Han ido a alguna fiesta?

—No. La tía Harmonia no nos permitió asistir a ningún evento social hasta que nuestra ropa estuviera lista, pero mañana por la noche iremos a la fiesta de los Gardiner.

El bebé gateó hacia Kalli y le dio unos golpecitos en la rodilla hasta que ella lo alzó. Su cuerpecito emanaba calidez y olía a leche. Intentó pararse sobre las piernas de Kalli, así que ella se aferró a sus manos regordetas y lo ayudó a ponerse de pie.

—Estoy segura de que será una buena velada. La señora Gardiner siempre tiene los mejores aperitivos, y sus hijas son extraordinarias en el pianoforte. —Lady Stanthorpe añadió—: Creo que mi hermano Henry podría estar enamorado de la mayor de las señoritas Gardiner.

Como si sus palabras lo hubieran convocado, un joven entró en el salón, dando golpes con una fusta contra sus botas altas y brillantes. Si bien no superaba la altura media, su cabello rizado y pelirrojo estaba peinado con un elegante estilo Brutus, acompañado de un semblante despreocupado y sonriente.

—Estábamos hablando de ti, Henry —comentó lady Stanthorpe, cuya sonrisa se acentuó hasta revelar un leve hoyuelo. Dio unas palmaditas en el sofá que tenía a su lado.

El joven se giró hacia ellas justo cuando el bebé aún en el regazo de Kalli, vomitó. Un líquido blanco lechoso se derramó sobre el hombro de su vestido y le goteó por el brazo.

Kalli se ruborizó. Era muy posible que el señor Salisbury (si realmente se trataba del hermano de lady Stanthorpe) fuera el hombre más apuesto que había conocido en Londres. Y allí estaba ella, sentada en el suelo y cubierta de vómito de bebé.

Lady Stanthorpe se levantó de inmediato y recogió a su hijo. Se lo entregó a una niñera que estaba cerca antes de seguirlos a ambos fuera del salón.

—Ay, Kalliope. —La tía Harmonia suspiró, como si fuera culpa de Kalli que los bebés regurgitaran con frecuencia.

Thalia se puso de pie, pero el señor Salisbury fue más rápido y llegó al lado de Kalli en un par de zancadas antes de inclinarse para ofrecerle una mano. Su agarre fue firme, y la levantó como si no pesara nada. Puede que Kalli deseara en ese momento haber parecido más elegante, pero no había nada que reprochar en la reverencia del señor Salisbury, ni en el pañuelo que le entregó mientras ella se dejaba caer en el asiento que lady Stanthorpe acababa de dejar libre. Se secó el brazo y se limpió la manga con toques suaves.

—Ese niño grosero me ha hecho lo mismo más veces de las que puedo contar —dijo el señor Salisbury, quien se sentó junto a Kalli e hizo que el cojín debajo de ella se hundiera con su peso—. Y siempre cuando llevaba mi chaleco más sofisticado, como si tuviera un sentido infalible de lo que es mejor estropear.

Kalli contuvo el aliento, más consciente de lo que quería de los pocos centímetros que separaban su vestido de la tela que cubría de forma inmaculada el muslo de su acompañante. ¿Podía oler la acidez del vómito del bebé en ella? De todos modos, el señor Salisbury parecía notablemente animado, y el hecho de que el bebé le hubiera hecho lo mismo *más veces de las que podía contar* indicaba que estaba mucho menos ofendido de lo que aparentaba.

—Así que —prosiguió el señor Salisbury, con un brillo en los ojos del que ella desconfiaba—, ¿usted y mi hermana estaban hablando de mí antes de que mi sobrino las interrumpiera de esta manera tan desafortunada?

El calor se volvió a apoderar de las mejillas de Kalli. Aunque ser sorprendida hablando de un joven apuesto era en gran medida menos vergonzoso que estar cubierta de vómito de bebé, tampoco era precisamente agradable.

—Estábamos hablando de la fiesta de los Gardiner que tendrá lugar mañana por la noche, y su hermana me dijo que... —*... a usted le gusta la hija mayor de los Gardiner*. No. No podía decirle eso a un hombre que acababa de conocer—. Que a usted le gusta bailar.

Desde un sofá cercano, la señorita Salisbury dijo:

—¿Habrá un baile? La señora Gardiner suele evitar que sus fiestas terminen en demasiada diversión.

Los ojos del señor Salisbury, de color café con motas verdes y doradas alrededor de las pupilas, seguían posados en el rostro de Kalli.

—En caso de que haya baile esta noche —respondió él—, sería un honor que bailara conmigo, señorita Kalliope.

—¡Oh! No pretendía… —La voz de Kalli se apagó con cierta confusión. Se dio cuenta demasiado tarde de que él debía de haber pensado que estaba en busca de una invitación de su parte, pero si insistía en que su intención no había sido que la invitara a bailar, podría parecer descortés.

El señor Salisbury esbozó una sonrisa, que le permitió mostrar el mismo hoyuelo que tenía su hermana, y se volvió hacia Thalia y Charis.

—Me encantaría bailar con sus hermanas también, en cuanto nos presenten.

La tía Harmonia se acercó rápido para hacer las presentaciones y añadió:

—Thalia y Kalliope son hermanas. Charis es mi hija, su prima.

El señor Salisbury se giró hacia Kalli.

—Kalliope no es un nombre común. Me parece que es griego, ¿verdad? ¿Su padre es un erudito?

Esa vez, Kalli logró devolverle la sonrisa.

—Nuestro padre es un clérigo. Es un gran lector, pero no lo consideraría un erudito. La culpa de los nombres la tiene nuestra madre. Su padre sí que era un intelectual. Ella se llama Sophronia, su hermana Harmonia, y entre las dos decidieron continuar la tradición de las virtudes y las gracias griegas con sus hijas. Ya ha conocido a Thalia y Charis, y mis hermanas menores, que se han quedado en casa, se llaman Urania y Antheia.

—Pero nuestros padres se confundieron con nuestros nombres, dado que Kalli es la cómica y yo tengo un pensamiento más poético —agregó Thalia.

Kalli sabía que Thalia solo quería ayudarla en la conversación, pero se preguntó si Thalia se daba cuenta del efecto mordaz de sus palabras. Insinuar que Thalia era seria y poética y Kalli… una broma.

—Sí —dijo, tratando de no hacerle caso a la punzada de dolor—. Yo soy la ingeniosa. Quiero decir..., no exactamente *ingeniosa,* ya que sería muy vanidoso afirmar eso de mí misma. Es que soy la única que hace reír a la gente… —Kalli dejó de hablar, consternada. Estaba balbuceando sin sentido otra vez.

—Los nombres pueden ser una carga —señaló Henry con amabilidad, haciendo caso omiso de la incoherencia de Kalli—. Míreme a mí. Se supone que «Henry» hace referencia a un líder noble, y yo, por desgracia, no lo soy. Otro nombre erróneo, qué tragedia.

*Como Charis,* pensó Kalli. La tía Harmonia la había puesto el nombre de una de las gracias de la mitología griega, como si alguien pudiera estar a la altura de ese nombre.

—Podría haber sido peor —continuó el señor Salisbury—. Podrían haberla llamado Euterpe o Terpsichore.

Kalli se rio.

—En efecto, ¡un destino terrible! Mis hijos tendrán nombres comunes y corrientes, y ellos mismos podrán darles el significado que les apetezca.

El señor Salisbury amplió aún más su sonrisa, mientras que sus ojos grandes y atractivos permanecieron fijos en el rostro de Kalli.

—No es que piense mucho en tener hijos, porque, por supuesto, aún no estoy casada, y una mujer espera casarse antes de tener descendencia… *—Deja de hablar,* se dijo Kalli con fiereza. Entre su error garrafal sobre el baile y ahora ese comentario, el señor Salisbury debía de pensar que estaba buscando una propuesta. Lo cual no era verdad. Al menos, no *todavía.* Apenas conocía al hombre. Todos sus sentidos sociales afinados parecían haberla abandonado.

Y todavía tenía un fuerte olor a leche agria.

Cuando la tía Harmonia pasó junto a ella en su camino hacia la ventana, Kalli tiró de su manga.

—¿Podemos marcharnos pronto? —susurró, haciendo un gesto hacia su brazo manchado. Sabía que estaba siendo descortés, pero la combinación de su vestido sucio y la proximidad del señor Salisbury era casi insoportable.

—En un momento, querida. Primero debo despedirme de la señora Salisbury.

Mientras la tía de Kalli hablaba con su amiga, el señor Salisbury hizo un último intento de entablar una conversación con ella.

—¿Qué le parece Londres, señorita Kalliope?

Santo cielo, ¿por qué este hombre se esforzaba *tanto*? ¿No se daba cuenta de que deseaba irse? ¿O, por defecto, ser ignorada por cortesía?

—Está muy bien. —Esa respuesta era inobjetable.

El señor Salisbury aguardó un largo rato, claramente a la espera de que se explayara. Como no lo hizo, le preguntó:

—¿Y qué considera que está muy bien en Londres?

*Usted*. Fue lo primero que se le vino a la mente a Kalli. No, jamás le respondería eso. Intentó pensar en algo más que decir.

—Los sombreros de dama. Y… eh, el sol.

La confusión hizo que el señor Salisbury frunciera aún más el ceño, y Kalli se hundió en su asiento. Era probable que la considerara estúpida, además de poco refinada. *¿Los sombreros de dama? ¿El sol?* Antheia, la hermana de catorce años de Kalli, podría haberle respondido de una manera más elegante.

Desde su asiento cerca del sofá, Thalia apretó los labios. Kalli reconoció esa expresión: su hermana estaba haciendo todo lo posible para no reírse. De *ella*.

¿No podían irse ya?

Por fin, la tía Harmonia terminó de hablar con la señora Salisbury. Kalli nunca había estado tan agradecida de alejarse de unos nuevos conocidos. Se puso de pie de un salto, hizo una reverencia a su anfitriona y se dirigió a toda prisa hacia la puerta, pero alguien la tomó de la mano.

Era el señor Salisbury.

—Ha sido un placer conocerla, señorita Kalliope.

—El placer ha sido todo tuyo —contestó Kalli.

Ante la risa reprimida de Thalia, Kalli analizó sus propias palabras. Sintió que el rostro le ardía.

—Quise decir *mío*. El placer ha sido todo *mío*. —Luego reunió lo que le quedaba de su dignidad destrozada, salió disparada a través de la puerta del salón y bajó las escaleras hasta llegar a la entrada principal. Se puso la chaquetilla sobre la manga húmeda y salió a esperar junto al carruaje.

Mientras se sentaban en el vehículo, Thalia dijo:

—Parecías bastante impresionada por el señor Salisbury, Kalli.

La tía Harmonia sonrió de oreja a oreja.

—Ah, ¡es un joven encantador! Sería un buen pretendiente para ti, Kalliope.

*El señor Salisbury no me tocaría ni con un palo de tres metros*, pensó Kalli. Tenía que disuadir a su tía antes de que intentara orquestar más encuentros incómodos.

—Oh, tía, te pido que no empieces con tus planes de casamentera. Acabo de llegar. Supongo que el señor Salisbury es un gran hombre, pero no creo que haya una conexión entre nosotros.

Thalia la observó con una sonrisa cada vez más amplia, como si supiera que Kalli estaba mintiendo. Kalli desvió la mirada hacia la ventanilla y cruzó los brazos sobre el pecho, aunque las costuras apretadas de su chaquetilla le dificultaban el movimiento. En ese momento, deseó no ser tan mayor como para que estuviera mal visto arañar a su hermana o disfrutar de un buen enfurruñamiento infantil.

«Empieza como quieres terminar», decía siempre su madre.

Kalli suspiró. Si fuera cierto, su conquista de la alta sociedad había empezado con el pie izquierdo.

# 3

# TODOS ADORAN A LOS VIVIDORES (EXCEPTO YO)

## (CHARIS)

Hoy en día, los astrónomos saben muy bien que, durante los últimos años, el doctor Brinkley, con el círculo de dos metros y medio del Observatorio de Dublín, ha observado varias estrellas de manera constante y ha notado una desviación periódica de sus posiciones fijas, lo cual representa un fuerte indicio de la existencia de un paralaje anual en esas estrellas.

—*John Pond,*
Transacciones Filosóficas de la Royal Society *[Nota de Charis: La temporada londinense, también conocida como el paralaje social anual, donde el rol de todos parece variar a raíz de un cambio de perspectiva].*

Desde su posición ventajosa en el vestíbulo de los Gardiner, Charis vio a su padre desaparecer en el guardarropa, medio enterrado bajo una montaña de capas. Charis deseó poder acompañarlo, pues preferiría perderse en una habitación llena de abrigos, oler la lana y el armiño y refugiarse en un espacio cálido y silencioso antes que quedarse de pie, expuesta, bajo el candelabro bien iluminado en medio de los demás invitados que subían poco a poco las escaleras para saludar a los anfitriones y aglomerarse en el gran salón.

Su madre se inclinó hacia ella y le pellizcó el brazo con suavidad.

—Ponte derecha, Charis; estás encorvada.

Charis no comprendía cómo podía estar encorvada con un *busk* de madera en la parte delantera del corsé. No obstante, trató de enderezarse más y se frotó el lugar que su madre le había pellizcado, sobre todo en los pocos centímetros de piel que quedaban al descubierto entre sus mangas cortas y los guantes largos que llevaba puestos. Kalli y Thalia estaban vestidas de manera similar, pero ninguna parecía fría o cohibida. El busto más amplio de Charis, levantado por el corsé que por lo general intentaba evitar, sobresalía en la parte superior de su vestido. Si bien su madre le insistió en que el escote era perfectamente apropiado para una señorita, Charis mostraba mucha más piel pecosa de la que le resultaba cómoda. Tiró hacia arriba del vestido para intentar taparlo, lo que hizo que su madre negara con la cabeza en señal de desaprobación.

Por *eso* prefería los estudios científicos a las apariencias sociales. Al menos, sabía que no tenía nada por qué disculparse en lo referente a su cerebro. Sin embargo, carecía de las habilidades sociales que su madre esperaba de ella, y aquella maldita falda tenía demasiados volantes.

Charis volvió a posar la mirada en Kalli. Con las manos entrelazadas y los labios apenas abiertos, Kalli parecía una niña en la mañana de Navidad. Charis enderezó los hombros. Bien. No sería ella quien arruinaría el placer de Kalli en su primera fiesta de la temporada. Charis sufriría toda la noche sin emitir una sola queja y se entretendría planificando la investigación que llevaría a cabo cuando terminara la temporada.

De un momento a otro, su padre había vuelto del ropero y se encontraban subiendo las escaleras. Charis hizo una reverencia al señor y la señora Gardiner antes de seguir a su madre y sus primas hasta el salón abarrotado.

Kalli la agarró de la mano y Charis notó que debajo de su entusiasmo, su prima también estaba nerviosa, con la piel un poco más pálida de lo habitual. Detrás de ellos, otra familia acababa de entrar en el salón. Se trataba del joven que tanto había inquietado a Kalli el otro día, acompañado de sus hermanas. ¿Cuál era su apellido? San... No, Salisbury. Ese era.

El señor Salisbury fijó la mirada en Kalli y su rostro se iluminó. En respuesta, a ella se le dibujó una sonrisa tímida en el rostro, y apretó el brazo de Charis con más fuerza que nunca.

Los Salisbury se aproximaron, conversaron un poco y siguieron adelante. El agarre de Kalli sobre el brazo de Charis se aflojó.

—Nunca antes habías estado tan desconcertada por un hombre —observó Charis.

Kalli soltó un suspiro.

—Lo sé. Por favor, no volvamos a hablar de este asunto. Es desmoralizador.

Su madre y Thalia entablaron una conversación con una persona conocida, pero Charis estaba decidida a no involucrarse en el diálogo. Su madre le había inculcado que no debía moverse en los eventos sociales sin un acompañante, pero seguro que ella y Kalli podrían ser sus propias acompañantes, ¿verdad? Así que se acercó a la mesa de los aperitivos, arrastrando a Kalli con ella. La comida nunca la juzgaba por sentirse incómoda en compañía de otras personas, y le daría algo que hacer con las manos y el tiempo.

Su padre se puso delante de ella, seguido por un hombre de pelo oscuro. El extraño estaba vestido de una manera bastante sencilla, con una camisa blanca, un chaleco a juego y una chaqueta negra que resaltaba su piel bronceada. Ninguno de los colores que los dandis de la alta sociedad parecían adorar, aunque Charis tenía un vago recuerdo de Kalli explicando que los hombres verdaderamente sofisticados evitaban las prendas de colores.

—Señor Leveson, ¿me permite presentarle a mi hija y su prima? —dijo su padre—. Charis Elphinstone y Kalliope Aubrey.

A su lado, Kalli emitió un sonido extraño y sofocado y, cuando Charis la miró, Kalli tenía los ojos abiertos como platos. Debió de haber reconocido el nombre, pero como no era un nombre que apareciera con regularidad en ninguna de las revistas científicas que ella seguía, no tenía idea de por qué su prima reaccionaba así.

El hombre inclinó la cabeza mientras las chicas hacían una reverencia.

—El padre del señor Leveson era un conocido mío antes de fallecer unos años atrás —continuó el padre de Charis—. Se dice que era un nabab como otro cualquiera... que encontró su fortuna y a su esposa en la India.

El señor Leveson apretó los labios y su mirada se desvió por encima de la cabeza de Charis. Estaba claro que deseaba que su padre se fuera al infierno, aunque ella no sabía si era porque estaba aburrido de la compañía o porque no le gustaba que se compartieran sus asuntos privados con extraños. De cualquier manera, sentía como la indiferencia se apoderaba de su expresión. ¿Cómo se *atrevía* ese hombre a menospreciar a su padre de esa forma? No sabía nada de ellos y no parecía para nada interesado en conocerlos.

—¿Tiene mucho dinero, señor Leveson? ¿Como su padre? —preguntó ella, abriendo mucho los ojos, con la esperanza de parecer inocente en lugar de obsesionada—. Debe de ser muy placentero para usted, sobre todo si lo exime de tener que ser cortés.

Kalli dejó escapar un grito ahogado, y su padre arrugó el entrecejo. Sin embargo, sus palabras tuvieron el efecto gratificante de hacer que el señor Leveson volviera a fijar la mirada en su rostro.

—¿Y por qué debería hacer el esfuerzo de ser cortés cuando su padre me ha presentado diciendo de dónde soy y de dónde provienen los ingresos de mi padre? —inquirió el hombre.

—¿Acaso no es común, al presentar a un acompañante, explicar algo de su entorno? ¿De dónde es o cuál es su profesión? Una presentación supone la posibilidad de una relación más larga y, en tales circunstancias, puede resultar útil saber algo de la persona que está siendo presentada. En este caso, me alegra conocer su entorno privado y su respuesta, porque me indica que no es una persona que desee seguir conociendo. Que tenga un buen día, señor Leveson.

La joven se estaba dando la vuelta cuando la voz del hombre la sorprendió como si se tratase de una bofetada.

—Qué conveniente para usted, señorita Elphinstone.

Con el ceño fruncido, Charis se giró hacia él.

—Me temo que no entiendo a qué se refiere.

—Está usando su autoridad moral como un escudo para sus prejuicios. Muy conveniente.

—¿Mis *qué*? —Dio un paso hacia él, apenas consciente de que Kalli había hecho el amago de sujetarla del brazo para retenerla, sin éxito—. Señor, usted fue quien nos desestimó por considerarnos poco interesantes en cuanto nos conoció. Estoy segurísima de que piensa que mi padre no posee la importancia ni el dinero suficientes para alguien como usted, y que yo no soy un diamante de primera.

La sonrisa que se asomó a los labios del señor Leveson era, sin lugar a dudas, desagradable.

—¿No fue al conocerme y descubrir que soy angloíndio que usted decidió sentirse ofendida? Parece que es mucho mejor profesar su desprecio por mi comportamiento que confesar que tiene prejuicios hacia mi raza. No sería la primera inglesa que manifiesta semejantes afirmaciones.

Charis respiró hondo y seleccionó sus palabras con cuidado.

—No me opongo a su raza, algo que nadie puede elegir, sino a sus modales, algo que *sí* se elige. Y como ninguno de los dos está disfrutando de esta conversación, elijo terminarla. Buenos días, señor Leveson.

Con una firmeza que no sentía del todo, Charis enganchó su brazo con el de su padre, tomó la mano de Kalli y los alejó a ambos del señor Leveson.

—¡Charis! —exclamó su padre, cuando ya nadie podía oírlo—. ¿Cómo te atreves a hablarle así al señor Leveson?

—Ha sido descortés —respondió Charis, comenzando a sentirse avergonzada ahora que su indignación estaba desapareciendo. Nunca había sido capaz de contener su ira durante mucho tiempo. El señor Leveson *sí* que había sido descortés, pero su propio comportamiento rara vez merecía ser examinado, y eso le irritaba más que la indecencia del hombre. ¿*Había* tenido prejuicios contra él al enterarse de que su madre era de la India? No creía que fuera así, pero como científica, tendría que evaluar su reacción con mayor detenimiento.

—Charis, ¿sabes quién es? —preguntó Kalli—. El señor Leveson es único e incomparable. Es joven, pero su gusto por la moda ya despierta admiración en todas partes. Lo llaman el nuevo Beau Brummell. Incluso el príncipe regente habla maravillas de él. Si lo ofendes, ni se te ocurra mostrarte en sociedad.

Sintió una punzada de culpa en el estómago. Después de todos los esfuerzos de su madre, *no* le agradaría saber que Charis había arruinado sus expectativas en su primera noche en público. Por otro lado...

—Bien —dijo Charis—. Si esta es mi ruina, me imagino que mi madre no esperará que entable conversaciones civilizadas y sin sentido, y así podré volver a casa.

Su padre le dio unas palmaditas en la mano.

—Te aseguro que no llegaremos a eso. Hablaré con el señor Leveson, le pediré disculpas por mis propias palabras y le explicaré que tú solo me estabas defendiendo.

—Me gustaría que no lo hicieras, papá. *Él* debería disculparse, no tú.

Pero no quiso escucharla. Se abrió paso entre la multitud, en dirección hacia el señor Leveson y entabló conversación con él. Sin embargo, el señor Leveson no parecía estar prestando atención a su padre. Tenía los ojos clavados en Charis, y la expresión de su rostro le provocó escalofríos.

Charis se giró. Qué hombre detestable. Que la llevara a la ruina, si podía. No le importaba en lo más mínimo él, ni sus acciones, ni nada de lo que saliera de su boca.

Charis se acercó con sigilo a la mesa de aperitivos y se olvidó de su intención de quedarse con Kalli. Pasó unos agradables minutos valorando sus opciones antes de seleccionar un chocolate moldeado con delicadeza. Cuando el dulce se disolvió en su lengua, se sintió un poco más alegre. Decidió probar uno más.

—¿Señorita Elphinstone?

La sorpresa casi provocó que se atragantara con aquel segundo chocolate. Al darse vuelta, sintió que una oleada de calor le subía por el rostro, hasta alcanzar las orejas y la coronilla.

El señor Leveson estaba frente a ella, ofreciéndole una copa de limonada y sonriendo. El corazón de Charis le dio un vuelco de forma peculiar. Sin duda, era injusto que fuera tan apuesto. Si la vida fuera justa, los rostros de las personas reflejarían la esencia de sus corazones, y una chica sabría a qué hombres debía evitar con solo mirarlos. Después de todo, los animales acostumbraban a indicar la presencia de veneno con colores, cascabeles u otros medios. ¿Por qué la gente no?

Charis miró detrás del señor Leveson, en busca de Kalli, su padre o alguien que la rescatara de esa conversación. Pero Kalli estaba hablando con el señor Salisbury, y su padre se limitó a sonreírle de un modo alentador a varios metros de distancia.

Charis aceptó la limonada que le ofreció el señor Leveson. Quería vaciar la copa con urgencia para no tener que hablar con él, pero tenía miedo de que, mientras ella intentaba esta hazaña, aquel hombre pudiera decir algo reprochable que le hiciera expulsar la limonada por la nariz, y pasar el resto de la noche en una nube de humillación, con la nariz ardiendo. (Deseaba que su conocimiento tanto de la humillación como del ardor en la nariz fuera meramente teórico, pero, por desgracia, no lo era).

El señor Leveson se quedó quieto un momento, inspeccionándola. La recorrió con la mirada desde la coronilla (¿acaso tenía el pelo fuera de lugar?) hasta el vestido rosa pálido que su madre le había insistido en que usara. Los labios del hombre se torcieron en una leve mueca de disgusto, y el temperamento hizo que a Charis se le formara un nudo en el estómago. Se preguntó con qué estaba más en desacuerdo: con ella o con los excesivos volantes del vestido. ¿Cómo se atrevía a hacerla sentir insignificante?

Después de un largo silencio, el señor Leveson volvió a hablar:

—Su padre me dijo que usted quería decirme algo. ¿Es así?

Charis apretó los labios. No cabía duda de que su padre quería que se disculpara. Pues no lo haría. Moriría primero.

—Ya le he dicho todo lo que quería decirle, señor. —Dio un sorbo a la limonada con mucha cautela y el decoro la obligó a añadir—: Gracias por la bebida.

—Muy bien —dijo con aprobación—. Pero dígame, ¿se ha propuesto insultarme deliberadamente? Si no se debe a mi raza, ¿tal vez sea por mi estatus? Hay quienes consideran que es su deber moral desairar a los hombres y mujeres de moda, como si la finura de nuestra vestimenta connotara una pobreza de alma.

Charis abrió los ojos con inocencia.

—¿Es un hombre de moda? Debo confesar que nunca había oído hablar de usted antes de esta noche.

El hombre soltó una carcajada. El sonido le recorrió todo el cuerpo y le provocó un torrente de emociones placenteras, aunque Charis no tuvo compasión y reprimió su impulso de sonreír.

—Ah, excelente, señorita Elphinstone. ¿Acepta mis disculpas por mi descortesía de hace un momento y empezamos de nuevo?

Charis dudó. Había algo bastante atractivo en el señor Leveson, en especial cuando no era maleducado. Además, ella carecía de amistades en Londres. Pero también estaba el hecho no insignificante de que había sacado lo peor de ella en los primeros minutos de su encuentro.

El señor Leveson le dedicó una sonrisa.

—Hablo en serio. La mayoría de la gente considera que nadie puede llevarme la contraria. Incluso me han dicho que mi amistad puede otorgar cierto prestigio a la reputación de las personas que me rodean.

Suficiente. Si había algo que Charis no soportaba... Bueno, en realidad, había muchas cuestiones que consideraba irritantes, pero la vanidad pura se encontraba en lo alto de su lista.

—Me temo que eso es imposible, señor.

Una frialdad perceptible se materializó en su rostro y eliminó cualquier rastro de dulzura.

—¿No? Por favor, dígame por qué.

—Por una cuestión de principios, me disgustan los hombres ricos y apuestos. —Charis se arrepintió de haber dicho esas palabras casi al mismo tiempo que abandonaron sus labios. Necesitaba poner fin a esa conversación y mantenerse muy muy lejos del señor Leveson.

—Ah, ¿le parezco apuesto? Qué generoso de su parte. —Sus ojos centellearon—. Tiene principios curiosos. Muchos miembros de la alta sociedad priorizan las apariencias y las riquezas.

Charis *había* tenido la intención de poner fin a la conversación, pero no pudo evitar responderle:

—Entonces esas personas son necias. ¿Por qué debería concederle tanta importancia a mantener una buena apariencia, algo atribuible tanto a la suerte y la herencia como a cualquier esfuerzo real? La belleza física se desvanece, el dinero se puede perder, pero en un carácter amable se puede confiar toda la vida. —Se obligó a encontrar su mirada burlona—. Por desgracia, usted, al igual que otras personas semejantes, está demasiado acostumbrado a que lo adulen por atributos que no puede adjudicarse, de modo que ha descuidado lo que podría brindarle mayor

felicidad a usted y a su futura esposa: cultivar su carácter.
—Se le ocurrió que tal vez ya estuviera casado, en cuyo caso no solo acababa de insultar a él, sino también a su esposa. En fin… La verdad era que Charis se había comprometido a pisotear su orgullo y no se echaría atrás.

Se escucharon gritos ahogados a su alrededor. Habían atraído un público. No se atrevía a mirar a su padre y su expresión de desaprobación entre las filas de oyentes.

Sin embargo, el señor Leveson no parecía furioso, ni siquiera ofendido. De hecho, se vio el atisbo de una sonrisa jugando en sus labios (que tenían un contorno bastante definido, aunque Charis no quería fijarse en ellos).

—Me ha favorecido con una evaluación contundente de mi carácter. Permítame devolverle el favor. Se enorgullece de ser una mujer sensata, incluso con *carácter*. Tal vez como no ha sido dotada de ingenio *ni* de belleza, cree que no es posible que alguien sea tan talentoso. Pero créame, señorita Elphinstone, muchas de las personas de la alta sociedad son más que solo caras bonitas, y sería prudente que no haga suposiciones basándose en un criterio tan superficial.

Luego, con indiferencia, como si no acabara de destriparla con sus palabras, el señor Leveson eligió un chocolate, se lo metió en la boca, inclinó la cabeza hacia Charis y se alejó. Los murmullos a su alrededor se convirtieron en risitas. Los espectadores se estaban riendo porque había recibido su merecido. Se estaban riendo *de ella*.

Charis volvió a parpadear. La respuesta del señor Leveson no fue más de lo que ella había provocado con su propia franqueza, pero hizo que la invadiera una oleada de vergüenza. El salón parecía demasiado caluroso y demasiado estrecho al mismo tiempo. Necesitaba aire. Con la visión borrosa, Charis dejó su copa y se dirigió dando tumbos hacia las puertas cristaleras que daban a un jardín. No le daría al señor Leveson, ni a nadie más, la satisfacción de verla llorar.

# 4

# LOCO, MALO Y PELIGROSO

## (THALIA)

Ahora estás
En Londres, ese gran mar, cuyo flujo y reflujo
Es sordo y ruidoso al mismo tiempo, y en la orilla
Vomita sus naufragios y, aun así, aúlla por más.
Pero en su profundidad, ¡qué tesoros!

*—Percy Bysshe Shelley*

Londres no era en absoluto lo que Thalia esperaba. Era su primer gran evento de la temporada, su primera oportunidad de conocer y socializar con las mentes más brillantes de la sociedad británica, y de lo único que se hablaba era de la cena, el clima y el vestido sumamente indecente que llevaba lady Comosellame, como si se creyera unos veinte años más joven. (De todas formas, Thalia había visto a la mujer, y estaba bastante segura de que la tía Harmonia diría que ese vestido era sin duda inadecuado para una *señorita.* La propia Thalia admiraba la valentía de la mujer por usar lo que le gustaba).

Había hablado con varios conocidos de su tía y había conocido algunas caras nuevas, pero todos y cada uno de ellos habían sido insatisfactorios. Incluso el poeta que le habían presentado le había fallado, puesto que solo había dicho algunas tonterías sobre su rostro y le había ofrecido una limonada.

En resumen: Thalia estaba aburrida.

Experimentó un gran alivio cuando vio la figura alta y el pelo rubio de Adam Hetherbridge y lo saludó con la mano. Al menos, debería de poder entablar una conversación razonable con Adam.

—¿Estás disfrutando de tu primera fiesta? —preguntó Adam, esquivando a un grupo de mujeres mayores—. Los Gardiner deberían de estar orgullosos de su éxito. Hay poco espacio para moverse.

—Ay, no me hables de la fiesta. Ni de comida. Ni del clima —suplicó Thalia, mirando a su costado por el rabillo del ojo. La tía Harmonia estaba inmersa en una conversación con alguien que conocía, así que no la reprendería por hablar mal de la fiesta—. No he oído ningún otro tema de conversación esta noche. Cuéntame algo que estés estudiando. Háblame de ideas.

—Mi pobre Toodles —dijo Adam, riéndose de ella—. ¿Creías que la *crème de la crème* de Londres dedicaba su tiempo a debatir ideas reales?

—Alguien debe hacerlo. En algún lugar.

—Seguramente, pero pocas veces en una pista de baile, y mucho menos frente a señoritas solteras. Quizá cuando seas una dama de sociedad a la moda, pero ahora…

—Parece un problema imposible de resolver. Debo casarme para encontrar a alguien con quien hablar con sensatez, pero ¿cómo puedo casarme si nadie quiere hablarme con sensatez? Imagina si me endosan a un tonto.

—No creo que seas víctima de un destino tan terrible. Tu ingenio es evidente para cualquiera que te conozca y solo un gran tonto le propondría matrimonio a alguien que sea mucho más inteligente que él, y a un gran tonto lo detectarías de inmediato, así que estás a salvo.

—Creo que nunca antes me habías dicho algo tan bonito, Adam.

—Entonces será mejor que lo saborees. —La estudió con la mirada, sonriendo un poco—. ¿Te traigo un poco de limonada?

—No —rechazó, con un poco de desesperación—. Un poeta ya me ha ofrecido limonada.

—Realmente estás en una situación terrible si un *poeta* no pudo ofrecerte nada mejor que eso —opinó Adam—. ¿De qué te gustaría hablar? He estado leyendo de nuevo sobre la reina Isabel y las tropas en Tilbury. ¿Recuerdas cuando leímos su discurso hace años?

—¿Cómo podría olvidarlo? Tuvimos una discusión, y no volviste a hablarme durante dos días. —Thalia siempre había admirado a la reina, quien no solo había defendido su lugar entre las mejores mentes de su época, como Edmund Spenser, William Shakespeare, sir Philip Sidney y Mary Sidney, sino que también había mantenido un trono independientemente de cualquier rey—. Creías que era una ingenua por haber hecho hincapié en su feminidad cuando dijo: «Sé que tengo el cuerpo de una mujer débil y enfermiza, pero tengo el corazón y el estómago de un rey».

—Y tú argumentaste que muchos de sus soldados ya la consideraban débil por ser mujer, así que ¿por qué no reconocerlo y resaltar la parte más importante: que su coraje era tan bueno como el de cualquier hombre?

—En realidad, se consideraba a sí misma un príncipe —dijo Thalia—. Les recordó a todos que ella era su rey ante Dios y que tenían el deber de obedecerla.

—Pero no era un rey... Era una reina.

—¿Acaso importa el título o el cargo en sí? Seguía siendo la soberana de Inglaterra.

—Y una mujer —aclaró Adam.

—¿Crees que era inferior debido a eso? —preguntó Thalia, mientras el viejo y conocido fuego de la discusión se encendía en su interior—. Más bien, yo diría que tenía que ser más inteligente y más fuerte porque sabía que la subestimarían.

—¿Hablas de Isabel o de ti misma? —replicó Adam.

Thalia se sonrojó. Adam nunca sabría lo que era ser una mujer en la sociedad, subestimada por su sexo y por ser joven y bonita. Pero no quería hablar con Adam al respecto, así que le dijo:

—Estabas equivocado entonces y estás equivocado ahora.

Adam esbozó una sonrisa.

—Si admito que estaba y estoy equivocado, ¿admitirás que ya no estás aburrida?

Le devolvió la sonrisa a regañadientes.

—De acuerdo, ya no estoy aburrida. Pero ¿qué dice de mí el hecho de que prefiero un buen debate contigo antes que socializar con los demás?

—Que tienes un gusto excelente. —Adam miró alrededor del salón, frunciendo un poco el ceño—. Caramba, el lugar está demasiado lleno como para encontrar a alguien. Iré a buscar a unos viejos amigos de Oxford para presentártelos, en caso de que pueda ubicarlos. No te prometo que vayan a discutir contigo tan bien como yo, pero no creo que te aburran.

Thalia lo vio marcharse con cierto pesar. Su tía estaba enfrascada en una conversación a la que no tenía ganas de unirse, pero tampoco podía separarse de su tía. Se suponía que una joven no debía deambular sola en tales fiestas. Aunque estaba incómoda, se quedó de pie durante un momento, tratando de decidir cómo sonreír para que nadie que la mirara se compadeciera de ella por no tener con quién hablar.

Un toquecito en su brazo hizo que se diera la vuelta. A su lado había un hombre alto, casi tan alto como Adam, con un rostro tan ridícula y exquisitamente cincelado bajo una mata de pelo oscuro que Thalia solo pudo quedarse mirando. Era como si uno de los maestros del Renacimiento, Miguel Ángel o Donatello, hubiera creado su rostro a partir de sus bocetos.

—Discúlpeme —dijo el hombre en voz baja, como si se tratara de una visión—. Sé que no es para nada apropiado hablar cuando no nos han presentado, pero no he podido evitar escuchar su conversación. Me fascinó la energía con la que defendió sus ideas y sentí una profunda curiosidad por saber su nombre.

Thalia vaciló. Una parte de ella sentía una fuerte atracción por ese hombre (y no era solo que fuera el hombre más apuesto que jamás había conocido), pero sabía lo que diría la tía Harmonia si hablara con un hombre al que no le habían presentado.

De todas formas, la tía Harmonia estaba cuchicheando detrás de su abanico y no le prestaba ninguna atención a Thalia. El cotilleo que estaba compartiendo, fuera cual fuera, debía de ser bueno.

—Parece una joven sensata —continuó el hombre—, demasiado sensata para dejarse influenciar por una costumbre absurda. Después de todo, ¿qué son las presentaciones en una fiesta como esta? Por lo visto, todos los asistentes han sido invitados por nuestros anfitriones, entonces, ¿qué objeción puede haber a que nos conozcamos? Insinuar que no debemos hablar sin una presentación previa es un insulto tanto al gusto de nuestros anfitriones como a nuestro propio criterio.

Thalia se enderezó, respondiendo a la sonrisa que le llegaba a los ojos oscuros del hombre. No había pensado mucho en ello antes, pero el caballero tenía toda la razón. No era como si estuviera hablando con un extraño en la calle.

—Thalia Aubrey —se presentó, extendiendo una mano enguantada.

—James Darby —contestó y la tomó de la mano con firmeza, ni demasiado fuerte ni demasiado flojo. Ante su toque, Thalia sintió un cosquilleo a lo largo del brazo.

—¿Es usted de Londres, señor Darby?

—Nací en Florencia, pero he estudiado aquí en Inglaterra y mi tío, que ha sido mi tutor desde el fallecimiento de mi padre, tiene una finca en Sussex. Así que no soy londinense, pero ya estoy bastante familiarizado con la ciudad. ¿Y qué me dice usted? Estimo que no es de Londres, ya que a estas alturas tendría que haber percibido que mi acento no posee el verdadero aire londinense.

—Soy de Oxfordshire —admitió Thalia—. Entonces, ¿es un estudiante de acentos, señor Darby?

—¡Ah, uno de mis lugares favoritos! A decir verdad, señorita Aubrey, soy un estudiante de casi todo, y lo he sido desde mi época en Oxford. Idiomas, comportamientos, filosofía natural. Mi tío preferiría que me dedicara a una sola rama de estudios, pero me resulta imposible limitarme cuando el mundo en sí es tan cautivador.

—¡Qué aburrido sería el mundo si estuviéramos confinados a una sola rama de ideas! He descubierto que las ideas se suelen retroalimentar entre sí: el estudio de la naturaleza puede inspirar a un poeta, y las palabras de un poeta pueden inspirar a un filósofo.

El señor Darby le lanzó una sonrisa.

—Aquí encontrará buena compañía. Hay muchos de nosotros que preferimos los debates a los bailes, o recitar poemas antes que adoptar poses para impresionar. ¿Ha leído el poema más reciente de Percy Shelley, *Himno a la belleza intelectual*? Se publicó en enero pasado.

Thalia negó con la cabeza. Conocía a Percy Shelley, por supuesto; el poeta había escandalizado bastante a la alta sociedad cuando se fugó a Europa con Mary Godwin, la hija de Mary Wollstonecraft. Pero no estaba al día con el mundo de la poesía y la literatura, ya que su padre no estaba suscrito a ninguna revista literaria.

—Es magnífico —aseguró Darby—. Creo que a usted le gustaría. En este poema, Shelley sostiene que la belleza da significado a un mundo que de otra manera sería impío:

«Solo tu luz, cual niebla entre montañas,
o la música que el viento nocturno
arranca de las cuerdas de un instrumento inmóvil,
o cual claro de luna sobre el agua a medianoche,
otorga gracia y verdad al sueño inquieto de la vida».

Thalia no respondió de inmediato cuando el señor Darby terminó su cita. Tenía buena voz para recitar poesía, grave y clara, y las imágenes distantes de sus palabras le llegaron al corazón. Pero al ser la hija de un vicario, no podía acceder a ellas por completo.

—¿Usted lo cree? —preguntó ella—. ¿Que la belleza por sí sola muestra la verdad del «sueño inquieto de la vida»?

—¿Acaso no todo lo bello aporta su propia verdad al mundo? Sin duda alguna nuestro mundo posee el tamaño suficiente como para albergar verdades distintas a Dios.

Su conversación rozaba la herejía, y a Thalia le pareció más emocionante de lo que debería. Pero se dijo a sí misma que contemplar una idea o una posibilidad no era lo mismo que adoptar una creencia, y además, estaba pasándolo bien.

—Thalia —la llamó Adam cuando por fin regresó con un hombre bajo y fornido detrás de él—. Te presento a mi amigo... —Su voz se apagó al ver al señor Darby a su lado. Hizo una leve reverencia—. Darby.

El señor Darby le devolvió el gesto.

—Hetherbridge.

—Thalia, ¿puedo hablar contigo? —preguntó Adam. Sin esperar su respuesta, la sujetó del codo y se la llevó. Abandonaron a su amigo y al señor Darby en medio de la multitud detrás de ellos.

Thalia apartó el brazo.

—No hay necesidad de ser tan descortés. ¿Qué es tan importante que no puedes decirlo delante del señor Darby?

—¿Tu tía te ha presentado a ese hombre?

Thalia no respondió. No quería mentirle a Adam, pero tampoco estaba dispuesta a decirle que se había presentado ella misma para que luego él la sermoneara sobre modales.

—Déjame adivinar. Se presentó e insinuó que las presentaciones eran una tradición obsoleta en la alta sociedad.

Thalia sintió una pequeña sorpresa al percatarse que Adam había leído tan bien al señor Darby.

—¿Lo conoces?

—Estaba en Oxford, un poco más avanzado que yo en sus estudios. Lo conozco lo suficiente como para saber que *no* es alguien a quien debas conocer, Thalia. Es amigo de Byron, Shelley y otras personas de ese grupo, y de él se podría decir lo mismo que Caroline Lamb dijo de Byron: «loco, malo y peligroso».

Thalia intimidó a Adam con la mirada. Nunca lo había visto menospreciar tanto a otra persona.

—Estás celoso.

Adam se pellizcó el puente de la nariz.

—¿De Darby? No digas tonterías. Simplemente no quiero verte sufrir.

—Puedo cuidar de mí misma, muchas gracias. Y mi vida apenas está en peligro en un espacio público, en compañía de mi tía, mi tío, mi hermana, mi prima y un vecino más entrometido de lo necesario. Me parece un hombre agradable, nada más. Para que lo sepas, estábamos hablando de poesía.

—Yo también puedo hablar de poesía contigo —dijo Adam, aunque Thalia sabía que había poco que le pareciera más tedioso que los esquemas de rima.

«Había una vez un tulipán llamado Darby.
que se vio engatusado por la señorita Aubrey.
Las palabras de él eran escurridizas,
ocultaban bien su cursilería,
y la engañaron con chabacanerías».

Adam terminó con un ademán lo suficientemente ostentoso como para atraer las miradas de los invitados a su alrededor. Incluso la tía Harmonia pareció por fin darse cuenta, y los miró con una expresión tensa.

Varias emociones compitieron por la supremacía en el pecho de Thalia. Al frente estaba el deseo de reír, seguido de cerca por la indignación ante la arrogancia de Adam. Se negaba a recibir órdenes de alguien a quien conocía desde hacía tanto tiempo como él, alguien tan *convencional* como su amigo, quien estaba destinado a formar parte de una casa parroquial.

Thalia aplaudió con sorna.

—Olvídate de la iglesia, deberías ser un poeta. Avergüenzas incluso a Wordsworth. —Después de un momento, añadió—: Aunque quizá debas perfeccionar tus rimas. ¿Cursilería y chabacanerías? ¿En serio, Adam?

Adam se estaba sonrojando.

—Tienes razón, ha sido absurdo. Lo reconozco. Pero realmente deberías evitar a ese hombre, y como no querías escuchar nada de lo que te decía, pensé que igual hacías caso a mi poesía. —Hizo una mueca ante la rima involuntaria—. Sí, lo he notado. Mejor me callo.

Adam la llevó de vuelta con su amigo y el señor Darby y los presentó a todos. El amigo era bastante amable, pero en presencia del señor Darby se desvanecía por su insignificancia hasta tal punto que a ella le costaba recordar su nombre. Los cuatro mantuvieron una conversación amena sobre historia, aunque careció de la emoción estimulante de su diálogo privado con el señor Darby. Y luego, cuando Thalia pensó que Adam y su amigo debían irse para socializar con otras personas, se quedaron allí. El señor Darby tampoco se fue, y a Thalia se le ocurrió que los dos hombres querían quedarse y acompañarla más tiempo que el otro.

Después de un tiempo, el amigo de Adam hizo una reverencia y se alejó, y Thalia tomó las riendas de la situación.

—Adam, estoy muerta de sed. ¿Podrías traerme una copa de ratafía?

Él, lejos de complacerla, se limitó a mirarla fijo.

—Pero nunca has bebido eso. Y además, ¿no acabas de beber limonada?

Thalia esbozó una sonrisa, mostrando más dientes de lo que podría considerarse decoroso.

—No es de buena educación rechazar la petición de una señorita.

—Estoy seguro de que el señor Darby estará encantado de traerte una bebida.

—Sería un placer... —comenzó a decir el aludido.

—No, no es así —intercedió Thalia—. Te lo he pedido a ti, Adam, y si sigues actuando con recelo, lo tomaré como una afrenta personal.

Adam la fulminó con la mirada.

—De acuerdo. —Se fue ofendido hacia la mesa rebosante aperitivos y bebidas mientras el resentimiento endurecía cada línea de su cuerpo.

Thalia volvió a mirar de reojo a la tía Harmonia, pero ella estaba observando a Adam en vez de a ella. Con una audacia que le produjo un escalofrío, Thalia sujetó la mano del señor Darby y lo arrastró entre la multitud, lejos de la tía Harmonia y de Adam. Sabía que más tarde podría recibir un sermón por parte de ambos pero, en realidad, una señorita podía caminar con un acompañante en una reunión pública sin provocar ningún escándalo, siempre y cuando siguieran moviéndose.

—¿Señorita Aubrey? —preguntó el señor Darby.

—Shh. Si queremos perder de vista al clérigo prosaico, tenemos que movernos rápido. —Si tuvo algún escrúpulo por insultar así a Adam frente a su nuevo conocido, lo olvidó en cuanto el señor Darby se rio y se dejó guiar.

La velada, pensó Thalia, estaba siendo inesperadamente deliciosa.

# 5

# INDISCRECIONES EN EL JARDÍN

## (KALLI)

Una desviación de los buenos modales casi nunca escapa al castigo.

*—Regina Maria Roche, encontrado en el cuaderno de apuntes de Kalliope Aubrey*

Una oleada de vergüenza ajena invadió a Kalli. Mientras el tío John iba a tranquilizar al señor Leveson y Charis se dirigía hacia los refrescos con una determinación que solía reservar para sus estudios de la naturaleza, Kalli solo quería que la tragara la tierra. ¡Era inconcebible que una señorita le dijera semejantes cosas a un caballero del estatus del señor Leveson! Y que él le respondiera con comentarios tan hirientes. Kalli deseaba poder decir que no veía a Charis capaz de hacer algo así, pero la realidad era que, a veces, su prima podía ser brutalmente honesta.

Con un suspiro, se dispuso a ir hacia Charis. La tía Harmonia querría que permanecieran juntas, y tal vez pudiera evitar otro encuentro desastroso.

—¡Señorita Aubrey!

Aún no había alcanzado a Charis cuando Henry (es decir, el señor Salisbury) se acercó a ella a través de la multitud, seguido de cerca por su hermana Anne. Los dos hermanos Salisbury le dedicaron una sonrisa, así que Kalli se detuvo para saludarlos. Se olió la manga de forma subrepticia. Olía a lavanda y agua de rosas, *mucho* mejor que la leche agria con la que el señor Salisbury la había visto empapada la última vez.

—Está preciosa esta noche —la elogió la señorita Salisbury.

Cuando llegó el momento de arreglarse, Kalli había combinado un vestido azul turquesa con unas enaguas azul pálido, como si fuera una especie de criatura marina. A ella le parecía muy elegante, pero fue agradable que alguien que no era de su familia lo confirmara.

—¿Cómo se siente en su primer evento londinense? —preguntó el señor Salisbury.

*Bastante incómoda, gracias a Charis y al señor Leveson,* pensó Kalli. Pero respondió:

—¡Hay demasiada gente! No conozco a casi nadie aparte de mi familia.

—Ah, recuerdo bien esa sensación. Puede ser muy incómodo vagar por una habitación llena de extraños —empatizó Anne Salisbury—, pero no se desanime. Mi predicción es que en breve conocerá a tantas personas como Henry y yo.

—Aunque deseará no conocer a la mitad de ellas —masculló Henry.

Kalli se echó a reír, y de pronto se sintió mucho más relajada.

—Estoy segura de que no será el caso. La mayoría de las personas me parecen simpáticas una vez que las conozco.

—Imposible. Estoy seguro de que es al revés —dijo Salisbury.

—Parece que *tú* eres de su agrado, Henry —dijo Anne—. ¿Será porque aún no te conoce?

El señor Salisbury dejó escapar una sonrisa.

—Debo de ser la excepción a mi regla. Las damas de sociedad me adoran. Se ha dicho en reiteradas ocasiones que mi presencia transforma una simple fiesta en un verdadero espectáculo.

—Porque en reiteradas ocasiones el espectáculo lo montas tú —dijo su hermana con una seriedad fingida, y luego ambos hermanos Salisbury se echaron a reír.

La envidia se apoderó de Kalli al presenciar ese momento de camaradería. Echaba de menos el cotorreo con sus hermanos en casa. Quería a Thalia, pero era tan seria que era difícil burlarse de ella como Anne lo hacía con el señor Salisbury. Si Thalia estaba de mal humor, entonces las burlas solo la ofenderían.

—Me pregunto por qué el señor Leveson tiene cara de haber mordido un limón —comentó el señor Salisbury de repente.

El buen humor de Kalli se evaporó. La conversación la había distraído tanto que se había olvidado de vigilar a Charis. Se volvió hacia donde estaba su prima y descubrió que el señor Leveson había dejado al tío John y se dirigía, santo cielo, hacia Charis otra vez.

Sintió la necesidad de hacer algo, de acercarse para tratar de aplacar la irritación del señor Leveson y la franqueza nefasta de Charis. Pero también sentía como si tuviera los pies pegados al suelo.

—Me temo que mi prima fue un tanto descortés con él —reveló Kalli.

—¿Descortés? —repitió la señorita Salisbury—. ¿Con el señor Leveson? Me sorprende que él no la haya aniquilado en el acto.

—Aún puede suceder —dijo Kalli, viendo cómo el rostro de su prima se tornaba de un tono blanco y rosa mientras el señor Leveson le hablaba. Tenía que acudir a su rescate.

—¿Su prima precisa nuestra ayuda? —preguntó el señor Salisbury. Su expresión burlona de antes se suavizó y se volvió seria.

Probablemente. Kalli suspiró.

—No creo que muestre gratitud si alguien intenta protegerla. A Charis le gusta pelear sus propias batallas. —Se volvió hacia los Salisbury. No podía ver cómo Charis cavaba su propia tumba.

El señor Salisbury la estudió con atención durante un momento y luego dijo:

—Ofender adecuadamente es una forma de arte y algo en lo que tengo experiencia. —Empezó a contar una historia sobre una excursión reciente a la galería de un artista—. Vi un cuadro de Helena lanzando mil navíos al agua y dije que ella se parecía bastante a mi tía Agatha. Y después añadí que su rostro tenía fama de asustar a los niños pequeños. Si consiguió echar algún barco al mar, fue solo porque estaban huyendo de ella.

Kalli sonrió con reservas.

Anne se inclinó y añadió:

—Cabe mencionar que el artista estaba justo detrás de Henry mientras hablaba.

—¿Y lo escuchó todo? ¡Pobre hombre! —dijo Kalli.

—Nada de pobre —aclaró el señor Salisbury—. Me sentí obligado a comprar una de esas condenadas pinturas, y debo decirle que me costó una suma considerable.

Kalli se rio. ¿El señor Salisbury lo había hecho a propósito? ¿Acaso había visto su malestar y había tratado de distraerla con una historia? ¿O simplemente no podía actuar con seriedad más de dos segundos seguidos?

La multitud que los rodeaba se empezó a reír al igual que Kalli. El sonido creció como una ola expansiva y luego regresó, haciéndose más fuerte, y Kalli se dio cuenta de que la historia del señor Salisbury no podía ser la causante de semejante reacción. *Ay, no.* Se volvió hacia su prima y vio al señor Leveson (quien parecía abominablemente orgulloso de sí mismo) alejándose de la mesa de refrescos y a Charis huyendo hacia las puertas. Parecía al borde de las lágrimas.

—¿Su prima se encuentra bien? —preguntó la señorita Salisbury, mientras la preocupación le hacía juntar las cejas de color dorado rojizo.

—No lo sé —respondió Kalli—. Con permiso, debo ir con ella.

Esa vez no le costó ningún esfuerzo mover los pies y abrirse paso entre la multitud que se interponía entre ella y la puerta; estaba demasiado preocupada como para no hacer nada. Pero, cuando llegó al balcón, no había rastro de Charis. ¿Hacia dónde había ido? Había dos escaleras curvas que desembocaban a ambos lados de una plaza de piedra. Los jardines se ramificaban en todas direcciones y estaban decorados con una gran cantidad de setos y rosales.

Kalli alcanzó a ver algo rosa cerca de un seto alto. ¿Sería ella? Mientras bajaba las escaleras de forma estrepitosa, llamó a su prima, pero no obtuvo respuesta.

Se escucharon unos sollozos ahogados a través del seto. Trotó en dirección del sonido, siguiendo la vegetación a medida que se curvaba hacia un enorme muro de piedra, pero no podía ver ninguna abertura. Llegó al muro y volvió sobre sus pasos mientras escuchaba con atención. Percibía las voces procedentes de la terraza, así como también lo que sospechaba que era una pareja en medio de un acto indiscreto, pero los sollozos habían cesado.

Abrió un hueco en el seto con las manos enguantadas y entrecerró los ojos en la penumbra. Deseó que los faroles que brillaban con tanta intensidad cerca de la casa también estuvieran encendidos cerca de esos muros. No vio ningún rastro de su prima. Tal vez debería dejar que se las arreglara sola y regresar a la casa. Si Charis *realmente* estaba en alguna parte del matorral, eso significaba que se había metido sola y que podría salir por su cuenta.

... No, Kalli no era capaz de hacer algo así. No sería apropiado dejar que Charis deambulara sin compañía por los jardines, pero, sobre todo, sería cruel dejar que lo hiciera estando triste y molesta.

Avanzó unos pasos más a lo largo del seto.

—¿Charis?

Obtuvo un leve gimoteo como respuesta. Había algo desgarrador en el sonido, en su suavidad, como si lo hubieran amortiguado por temor a que alguien lo escuchara y se burlara.

A Kalli se le encogió el corazón. No permitiría que una persona a quien quería llorara sola.

Con una determinación renovada, volvió a mirar entre los arbustos. El sonido *parecía* provenir de detrás del muro de matorrales, pero era difícil saberlo a ciencia cierta. Kalli estaba casi segura de que ese destello de tela pálida era de color rosa. Bueno, si Charis había logrado atravesar el seto, ella también podría hacerlo.

—¡Ya voy, Charis! —Kalli irguió los hombros y se adentró en el seto tras haber elegido un lugar donde las ramas parecían más escasas y más fáciles de romper.

Las ramas desnudas le arañaron el rostro y se engancharon al vestido. Se metió más adentro y se detuvo. No encontraba ninguna forma de avanzar entre las ramas que le cerraban el paso y la sujetaban de las faldas. Soltó un quejido y trató de retroceder por donde había venido, pero se había quedado atrapada. Su manga estaba tan enredada que no podía mover el hombro y sus delicadas y vaporosas faldas también se engancharon en un visto y no visto. Algo afilado se clavó en su trasero.

Maldita sea.

—¡Charis! —susurró lo más fuerte que pudo, sin atreverse a hablar más alto por temor de que alguien más la encontrara en esa situación—. ¡Charis!

Sin respuesta. ¿Charis realmente había desaparecido dentro de aquel matorral o solo se lo había imaginado? Intentó liberarse, pero solo logró empeorar la situación.

Maldijo con una selección de palabras que había aprendido de su hermano Frederick. La tía Harmonia se desmayaría si supiera que Kalli *conocía* esas palabras, y ni hablar de si supiera que las usaba.

El sonido de pasos que se acercaban se detuvo de repente.

—¿Hay alguien ahí?

Kalli se quedó inmóvil. No permitiría que la vieran en una posición tan humillante. Durante varios largos momentos, ni siquiera respiró, pero entonces una ráfaga de viento atravesó el seto y un trío de ramitas le hicieron cosquillas en la nariz.

Se le escapó un enorme estornudo.

—*Sí* que hay alguien ahí.

Alguien separó las ramas cercanas a su rostro y Kalli se encontró con los ojos bien abiertos de Adam Hetherbridge, en cuyas gafas redondas se reflejaba la luz de la luna. Ella se relajó, aliviada, tan feliz de ver un rostro conocido que podría besarlo. Era probable que Adam se burlara de ella por estar en un apuro, pero nunca la expondría para que se convirtiera en el hazmerreír de la sociedad londinense.

Es decir, realmente no quería besarle. Solo estaba un poco aturdida por la gratitud que sentía.

De pronto, se le vino un recuerdo a la mente. Una vez, cuando era pequeña, había estado jugando al escondite con Thalia, Charis, Frederick y Adam. Se había escondido tan bien, bajo un gran arbusto en flor, que nadie había podido encontrarla. Pero los demás se habían distraído con algo (ella no recordaba qué) y se habían olvidado de ir a buscarla. Adam había sido el primero en recordarla, quien había apartado el arbusto al oír su llanto y la había encontrado temblando y con los ojos llorosos. Fue quien la había ayudado a salir y la había llevado a casa en su espalda.

Durante meses, había pensado que Adam era la persona más maravillosa que existía. Pero luego, por supuesto, se convirtió en el amigo especial de Thalia, y Kalli poco a poco abandonó su idolatría. Qué curioso, casi lo había olvidado.

—¿Kalli? Por todos los cielos, ¿se puede saber qué estás haciendo aquí?

—Estoy buscando a Charis —respondió con un suspiro.

—¿Y Charis está... escondida en un seto? Parece un poco exagerado; incluso para ella.

—Me pareció verla. Debo haberme equivocado.

Adam comenzó a pasar las manos con cuidado por las ramas, tratando de desenredarlas de la delicada seda de su vestido. Kalli hizo una mueca ante el sonido de la tela rasgándose.

—Mi cabello también está atrapado en las ramas —dijo ella, y luego los dedos enguantados de Adam viajaron a lo largo de su cuello hasta llegar a los rizos oscuros apilados en su cabeza. El tacto de sus dedos contra su cuero cabelludo era suave y le provocó un curioso escalofrío. Con unos cuantos movimientos hábiles, su cabeza quedó libre.

Después de varios largos minutos de trabajo, con Adam bloqueando parte del arbusto con su propio cuerpo, Kalli quedó prácticamente liberada. Lo que fuera que se había enrollado alrededor de su manga corta y abullonada no tenía ninguna intención de cooperar.

—Tendrás que liberarte sola —indicó Adam—. Sujetaré las ramas lo mejor que pueda.

Con esfuerzo, Kalli logró salir del seto. Nunca antes se había sentido tan feliz de estar de pie en un sendero empedrado, con las piedras irregulares presionando las suelas sucias y rayadas de su calzado. La pobre manga del vestido le colgaba rota e inútil debajo del hombro. Esperaba que la criada de la tía Harmonia pudiera arreglarla.

Adam la tomó del brazo, y ella volvió a sorprenderse por la altura del joven. De hecho, ni siquiera le llegaba al hombro.

—Tengo que llevarte de regreso a la fiesta sin que te vean. Si puedes llegar al lavabo de mujeres, es posible que haya hilo y tijeras para arreglar la manga. Buscaré a Thalia para que te traiga tu chal, en caso de que no puedas coserla.

Kalli negó con la cabeza.

—El vestido ha sufrido demasiados daños como para repararlo en unos minutos. —Consideró la situación durante un momento—. Creo que será mejor que me vaya. No quiero que nadie me vea así.

—Entonces buscaré a tus tíos y me aseguraré de conseguirte un lugar tranquilo para que esperes el carruaje.

—Gracias. —Kalli intentó lanzarle una sonrisa a Adam, pero le temblaron los labios. *No debía* llorar. Un escalofrío la recorrió de pies a cabeza.

Adam se estaba quitando el frac para dárselo cuando un resoplido los interrumpió. Fue un resoplido muy elocuente, que logró transmitir molestia y desaprobación al mismo tiempo. Adam, vestido con camisa y chaleco, y Kalli, con la manga rota colgando del hombro, se giraron para descubrir el origen del sonido.

Una ramita cayó del pelo de Kalli y aterrizó a sus pies y su mirada horrorizada se cruzó con la mirada igual de espantada de la mujer que se encontraba frente de ellos. La señora Drummond-Burrell, quien llevaba el tipo de tocado de seda preferido por las matronas de la sociedad, no solo era una de las mecenas de Almack's, sino que a menudo se decía que era la más exigente. Alternó la mirada entre el cabello alborotado de Kalli, su ropa rasgada y arrugada y las mangas de la camisa de Adam. No era difícil adivinar a qué conclusiones había llegado: que Kalli y Adam se habían besado de manera escandalosa en el jardín.

—Con permiso —dijo la señora Drummond-Burrell en tono glacial. Se dio la vuelta, mientras sus largas faldas ondeaban detrás de ella.

—Dios mío —murmuró Adam.

Kalli parpadeó con fuerza. De todas las personas que podrían haberlos descubierto... Sin duda, aquellas invitaciones de Almack's que la tía Harmonia se había esforzado tanto en conseguir iban a ser papel mojado. ¿Y qué diría la gente de ella? ¿De Adam?

Las reglas sociales establecían que las jóvenes solteras nunca debían estar solas con un caballero, excepto en los lugares públicos donde se estuvieran moviendo (por ejemplo, caminando por un parque o viajando en un carruaje abierto). Se suponía que esas reglas existían para impedir la intimidad antes del matrimonio y, ante la mínima sospecha de que tales reglas se habían incumplido con un solo beso ilícito, las jóvenes corrían el riesgo de ser enviadas de regreso al campo caídas en desgracia, con las puertas del ocio y el mercado matrimonial cerradas para ellas mientras los cotilleos se extendían por la alta sociedad.

Kalli no podía dejar que esto sucediera, así que se encaminó determinada hacia la mecenas.

—¿Señora Drummond-Burrell? Por favor, no es lo que usted piensa.

La mujer se detuvo y giró la cabeza. Una estatua podría haber sido más complaciente.

—Como no nos han presentado, no tiene nada que decirme. Como su comportamiento es visiblemente lascivo, puedo asegurarle que *nunca* seremos presentadas —sentenció antes de reanudar su caminata.

—¡Estaba buscando a mi prima! Estaba triste, y pensé que se había escondido en el seto —explicó Kalli, alzando la voz con desesperación.

La señora Drummond-Burrell la ignoró. Con la espalda bien erguida, la mujer continuó su lenta marcha hacia la casa.

Adam intentó darle su abrigo a Kalli de nuevo, pero ella lo rechazó, como si repudiando el abrigo pudiera reparar lo que acababa de suceder. Se le puso la carne de gallina en los brazos. Sintió una pequeña opresión en el corazón. Ya podía imaginarse cómo se propagaría el escándalo, desde la señora Drummond-Burrell hasta lady Jersey, quien no podía evitar hablar por los codos.

Pero existía la posibilidad de que la señora Drummond-Burrell no supiera quién era ella. Después de todo, los jardines estaban oscuros y, como había señalado la señora, aún no las habían presentado.

Kalli se estremeció de nuevo y Adam la observó con el ceño fruncido.

—Vamos, estás helada. ¿Estás segura de que no quieres mi abrigo? Por lo menos, te ayudará a cubrir el vestido.

—Pero la gente hablará... —Kalli vaciló.

—La gente hablará independientemente de lo que hagamos —reflexionó Adam—. ¿No prefieres entrar en calor?

Kalli se dejó convencer y aceptó el abrigo. Por fortuna, estaba calentito, y se sintió un poco mejor, como si el abrigo fuera una armadura contra los miedos que empezaban a invadir su mente. Y olía bien, a papel, tinta y algo ligeramente almizclado que era característico de Adam. La envolvía como un abrazo tranquilizador.

Ya casi habían llegado a la casa cuando alguien llamó a Kalli.

—¿Señorita Kalliope? ¿Es usted?

Consternada, Kalli se volvió hacia la voz. Una de las amigas de la tía Harmonia, una viuda regordeta de mediana edad cuyo nombre no recordaba. Se acercaba a paso rápido mientras la saludaba con la mano.

—Kalliope, querida, ¿ha estado en los jardines todo este tiempo? Tal vez haya visto... Ay, es algo escandaloso. No sé si debería decírselo. —Pero el brillo en los ojos de la mujer delataba sus ganas de cotillear, y la historia escapó de sus labios—. La señora Drummond-Burrell estaba paseando por los jardines hace un momento y descubrió a una pareja joven *in fraganti*. Imagínese perder todo el decoro y que alguien la descubra en una situación inapropiada en uno de los senderos. ¡Vaya! —En la última exclamación parecía ofendida y complacida al mismo tiempo, como si el escándalo fuera un bombón digno de saborear.

Kalli no sabía lo que significaba «*in fraganti*», pero cuando echó un vistazo al rostro rígido e impasible de Adam, el corazón le dio un vuelco. Fuera lo que fuera, era malo. ¿Acaso la mujer había entrado en los jardines con la esperanza de encontrar a la pareja en cuestión y luego seguir fomentando los rumores?

Adam le apoyó una mano en la espalda de manera protectora y trató de alejarla de la mujer.

—Si nos disculpa, señora, la señorita Aubrey no se siente bien. Debo llevarla con su tía.

La mujer pestañeó y agudizó la mirada, hasta que por fin se percató del cabello despeinado de Kalli y el abrigo de Adam a su alrededor.

—Ay, señorita Kalliope… —susurró en un tono de voz alegre, ya que parecía encantada de comprender lo que estaba pasando—. Por supuesto. Iré a buscar a su tía, ¿de acuerdo?

*Y a esparcir rumores a lo largo del camino, arpía despiadada,* pensó Kalli. Pero ¿qué opción tenía? Si la mujer no iba, podría optar por quedarse con Kalli mientras Adam buscaba a su tía, y Kalli no creía ser capaz de soportar las preguntas indiscretas de la mujer disfrazadas de falsa simpatía.

—Gracias —dijo Adam, y la mujer se dirigió a la casa a toda prisa. Luego, el joven llevó a Kalli hacia un banco y se sentó a su lado.

Lo único que había deseado era disfrutar de su primera fiesta y ayudar a Charis. No era justo que algo inocente y generoso se malentendiera y la acusaran de un acto sórdido. Se le formó un nudo al fondo de la garganta y se abrazó el torso con fuerza para mantener a raya las lágrimas.

A su lado, Adam la rodeó con un brazo, aunque notó la indecisión de su gesto. Ella también se puso tensa, pero tras pensarlo mejor, se relajó: de todas maneras, ya se sospechaba que había compartido un momento mucho más íntimo con Adam, así que ¿qué daño podría hacer? Necesitaba el consuelo. Trató de no pensar en lo bien que la hacía sentir Adam, ni en lo bien que olía. Era solo un abrazo fraternal, como el que le habría dado Frederick.

—Todo irá bien —le aseguró él; pero Kalli no le creyó.

Una brisa helada le apartó el pelo enredado de la cara. Por primera vez desde que llegó a Londres, Kalli deseó no haberse ido nunca de casa.

# 6

# UNA CUESTIÓN DE PRINCIPIOS

## (CHARIS)

Muy impresionado por la convicción de que cada intento de dilucidar cualquier parte de la historia natural tendrá una buena acogida, me he atrevido a presentar a la Royal Society algunas observaciones en relación con el modo de propagación, etc., del *Hirudo vulgaris*.

—*James Rawlins Johnson,* Transacciones Filosóficas de la Royal Society [Nota de Charis: ¿A las sanguijuelas se les exige llevar a cabo el ritual del cortejo antes de la «propagación»? ¿O dichos rituales están reservados para las especies más complejas?].

Charis observó que nadie en el carruaje se comportaba de forma habitual. Kalli estaba acurrucada en un rincón junto a Thalia, como si tratara de seguir encogiéndose para desaparecer por completo. Thalia tenía un brazo alrededor de su hermana mientras le susurraba palabras reconfortantes. Pero de vez en cuando, su voz se apagaba y sus ojos se ponían vidriosos por algún recuerdo. Enfrente, su madre estaba sentada con los brazos cruzados y los labios apretados en un gesto sombrío. Ni siquiera su padre estaba dando cabezadas como era su costumbre después de un evento social, sino que miraba a su mujer con el entrecejo fruncido.

Y Charis... apenas podía soportar la idea de pensar en lo inadecuado que había sido su comportamiento. Primero su disputa con el señor Leveson, y luego sus lágrimas en el jardín.

¿La sociedad londinense afectaba a todo el mundo así?

Al menos, no tendría que volver a hablar con el señor Leveson. Después de su proceder esa noche, no cabía duda de que el hombre estaría más que feliz de evitarla el resto de la temporada. Tras huir del salón de baile, Charis había encontrado un banco de piedra escondido al fondo del jardín, detrás de un seto que serpenteaba casi como un laberinto. Allí había caído presa de la vergüenza mientras sus lágrimas se secaban y sus mejillas se enfriaban. Luego había decidido entrar a hurtadillas en el salón de baile, esperando que nadie hubiera notado su ausencia.

Charis se había dado cuenta de que algo andaba mal en el instante en el que regresó. No había podido encontrar de inmediato a sus padres, pero sí que había oído a los asistentes susurrando el nombre de Kalli en oraciones con la palabra «escandaloso», aunque no se imaginaba lo que su prima podría haber hecho. Alguien que había estado esperando su debut durante años no pondría en peligro su posición en la sociedad en la primera noche oficial de su temporada. Al final, el padre de Charis la había encontrado y le había dicho que Kalli no se sentía bien y que debían irse enseguida.

Buscando respuestas, se volvió hacia Thalia, que estaba a su lado.

—¿Qué ha sucedido?

Kalli dejó escapar un fuerte sollozo, y Thalia negó con la cabeza antes de inclinarse hacia su hermana.

—¿Mamá? —preguntó Charis.

—Silencio —dijo su madre—. Ahora no es el momento, Charis.

¿No era el momento para *qué*? ¿Cuándo sería el momento? Charis deseaba que las reglas que gobernaban la sociedad y las interacciones humanas siguieran el mismo orden lógico que las reglas que gobernaban el universo de la naturaleza. Su madre le había explicado algunas reglas de la alta sociedad, como que una joven nunca debía estar sola en público en Londres, ni debía aventurarse por St. James's Street, la calle donde se encontraban muchos de los clubes masculinos. Charis entendía esas reglas, aunque no entendía el *porqué* de ellas. Tampoco entendía por qué no podían hablar de aquello que, *evidentemente,* había molestado a Kalli.

Cuando llegaron a casa, Charis se moría de ganas de ir a su habitación y buscar el libro científico más complejo que ofrecía su exigua biblioteca de Londres para alejar el persistente malestar de la noche. Sin embargo, no podía hacerlo con la conciencia tranquila mientras Kalli seguía tan angustiada. Cuando sus padres entraron al estudio de su padre para conversar en privado, ella subió las escaleras para seguir a sus primas y se detuvo en el pasillo fuera de sus habitaciones. Kalli había dejado de llorar, pero sus resuellos no pasaron desapercibidos.

—Kalli, ¿estás bien?

—Qué amable de tu parte preocuparte por mí *ahora* —espetó ella.

El rostro de Charis se arrugó por la confusión.

—Intenté hablar contigo antes.

—Pero parece que no estabas tan preocupada cuando saliste corriendo llorando y desapareciste por el jardín. No pensaste que alguien podría seguirte.

¿Por qué la gente no decía lo que quería decir?

—¿Alguien me siguió? —Poco a poco se esclareció la situación en su mente—. ¿Tú me seguiste?

—Sí y, como resultado, quedé atrapada en un seto. Adam Hetherbridge tuvo que rescatarme y la señora Drummond-Burrell nos encontró y pensó... Ay, todo es un desastre.

Charis recordó su propia miseria en el rincón oscuro del jardín, y la culpa se adueñó de ella. Había estado tan absorta en sus propios sentimientos que se había perdido el drama que se desarrollaba no muy lejos. Peor aún: Kalli estaba en apuros por su culpa.

—No tenías que seguirme.

—Estabas *llorando* —intervino Thalia—. Claro que Kalli te siguió. Es como si hubieras levantado una bandera frente a un toro. No puede resistirse a actuar frente a la angustia ajena.

—Lo siento —dijo Charis, poniendo su mano con cautela sobre el brazo de Kalli. Rara vez sabía qué hacer con las emociones fuertes, ya fueran las suyas o las de cualquier otra persona. Era mucho más fácil *pensar* detenidamente en las cosas que *sentirlas*.

Kalli le quitó la mano.

—Si no hubieras discutido con el señor Leveson, ¡nada de esto habría sucedido!

Charis parpadeó con asombro ante la manera en la que llegó a esa conclusión.

—Esto no es culpa de Charis —dijo Thalia en tono tranquilizador—. Y tampoco es culpa tuya. Tú solo pretendías ayudar a Charis, y Charis pretendía defender al tío John. —*¿Qué habrá oído exactamente Thalia de la boca de mi padre? ¿O, peor aún, qué le habrá dicho mi madre?*—. Está claro que la culpa es de la señora Drummond-Burrell por esparcir rumores infundados.

—Sí —afirmó Charis, con un poco más de entusiasmo de lo necesario—. Echémosle la culpa a la señora Drummond-Burrell. ¡Muerte a los tiranos!

Kalli soltó una risa llorosa.

—No intentéis hacerme sentir mejor.

—Muy bien, no lo haremos —dijo Thalia—. Ven, te acompañaré a la cama. Estoy segura de que te sentirás mejor por la mañana.

Charis observó cómo las hermanas desaparecían en la habitación de Kalli y trató de no sentirse aliviada de que Thalia estuviera soportando la peor parte de la angustia emocional de Kalli. Entró en su habitación y encendió un par de velas en su escritorio. Luego se sentó en la silla y empezó a hojear el último número de *Transacciones Filosóficas de la Royal Society*. En cuestión de minutos, estaba tan metida en la lectura que las humillaciones y malestares de la noche se desprendieron de ella como la piel de una serpiente.

Le llamó la atención un artículo en particular: una respuesta al último volumen del naturalista francés Lamarck sobre la historia natural de los invertebrados. El texto del artículo había sido presentado ante la sociedad científica en febrero, justo antes de la llegada de los Elphinstone a Londres, por alguien que se hacía llamar L.M. En general, el crítico era cordial al elogiar la idea de Lamarck de que las especies cambian de forma gradual con el tiempo, siempre hacia una mayor complejidad, aunque desaconsejaba la dependencia de Lamarck de los principios alquímicos y mostraba su preferencia por la química más nueva utilizada por Lavoisier.

Charis leyó el artículo por segunda vez, murmurando para sí misma. Había leído el libro de Lamarck y no estaba de acuerdo ni con los principios alquímicos en los que se basaba ni con su tesis básica. ¿Por qué suponía que el cambio de las especies siempre era cada vez más complejo? Sí, en términos generales, ese parecía ser el caso, pero solo había que observar la lingüística, la forma en la que la gramática inglesa se había simplificado desde el inglés antiguo, para ver que la naturaleza solía favorecer la eficiencia. La eficiencia no tiene por qué significar complejidad. Van Leeuwenhoek había descubierto todo tipo de animálculos que prosperaban a pesar de ser organismos simples.

Con ideas para refutar punto por punto la respuesta de L.M., Charis comenzó a hacer algunas anotaciones en un libro que tenía junto a la cama. Escribió hasta que las velas se apagaron, hasta que se olvidó de Kalli, del señor Leveson y, de hecho, del propio Londres.

Charis esperaba pasar la mañana enclaustrada en su habitación terminando el borrador de la carta que había comenzado en respuesta a L.M. Nunca se había visto a sí misma como una científica de la misma magnitud que los hombres cuyas palabras salpicaban las páginas de las revistas. Sobre todo porque no tenía la misma educación que ellos; además, era una mujer. Pero había que empezar por algún lado. Quizá, si su refutación resultaba ser lo suficientemente sólida, encontraría el valor necesario para presentar la carta (con un seudónimo apropiadamente ambiguo para ocultar su género, por supuesto).

No obstante, en el desayuno todos sus planes se disolvieron como un azucarillo. El bonito rostro de Kalli estaba pálido y triste, y le daba toquecitos a la comida sin probar bocado. Era evidente que no se sentía mejor. Poco después, su madre bajó para anunciar, con las mejillas sonrosadas y un tono serio en la voz, que pasarían la mañana en el salón recibiendo visitas.

La consternación que Charis había sentido durante el desayuno se convirtió en confusión: su madre hablaba de la recepción de invitados como si se tratara de un acto de rebeldía. Pero Charis no podía adivinar a quién o qué pretendía desafiar su madre.

Cuando se instalaron en el salón, intentó volver a disculparse. No estaba segura de entender por qué el episodio de la noche anterior había sido tan terrible, así que se enfocó en la parte que sí comprendía.

—Lo siento, Kalli. Debería haberme quedado yo atrapada en ese seto, no tú.

—No es culpa tuya —mascullό Kalli, pero su voz carecía de convicción.

Thalia meneó la cabeza con impaciencia.

—No importa de quién haya sido la culpa. Es un malentendido absurdo. Kalli no ha hecho nada malo.

Pero su madre las interrumpió:

—No es tan simple. Vivimos en una sociedad en la que se concede mucha importancia a las apariencias. Y esto..., bueno, nos hace quedar muy mal. Pero vuestro tío y yo hemos estado hablando y ya encontraremos una manera de solucionarlo.

—Entonces Kalli podría comportarse de forma indecorosa, pero mientras no se sepa en la alta sociedad, ¿es aceptable? —espetó entonces Thalia—. Si la sociedad es tan superficial, ¿por qué deberíamos preocuparnos por su buena opinión?

Su madre suspiró.

—Chicas, os he traído a Londres con la esperanza de que encontréis a un hombre disponible para casarse. Vuestra madre cuenta conmigo. Y sí, a veces la alta sociedad puede ser superficial, pero no por eso su opinión es menos importante. Si la alta sociedad cree que la reputación de Kalli está comprometida, no solo Kalli quedará excluida, sino que también podrían mancillar la percepción que tienen de ti y de Charis. No podréis conocer a los hombres adecuados si no os permiten asistir a las fiestas adecuadas.

Charis frunció el ceño. ¿A qué se refería con «adecuado»? ¿Hombres ricos? ¿De linajes importantes? Si se casara, algo que consideraba poco probable, querría a un hombre amable con cierto atisbo de ingenio.

—Pero eso es absurdo —continuó Thalia—. No somos criaturas para ser compradas y vendidas al mejor postor del mercado; somos mujeres con corazones, mentes y voluntades, y merecemos ser valoradas por nuestros propios méritos, y no simplemente por nuestra apariencia o nuestra reputación.

—Veo que estás acostumbrada a decir lo que piensas en casa. Me parece que mi hermana te ha dado más libertad de la que te conviene. ¡Espero que no hables con tanta franqueza en compañía de otras personas! —recomendó su tía—. ¿Qué propones que hagamos, Thalia? ¿Desafiar a toda la sociedad? No tenemos ese poder. Ni siquiera tu tío, que ocupa un escaño en el Parlamento, tiene ese poder.

—Yo no quería desafiar a la sociedad —aclaró Kalli en voz baja—. Solo quería que me aceptaran, asistir a las fiestas, tener pretendientes y bailar.

La madre de Charis le dio unas palmaditas en la mano.

—Y así será, cariño. Recibiremos juntas a las visitas y les demostraremos a todos que no nos avergonzamos de ti.

A Thalia se le escapó un bufido poco refinado. Charis se preguntó si sería desalmado de su parte ponerse a leer su revista científica. A pesar de su genuina preocupación por Kalli, toda la charla social le resultaba difícil. Pero cuando intentó alcanzar la revista, su madre la miró y negó con la cabeza, así que dejó caer las manos en su regazo. Tocaba esperar.

Después de una hora, Kalli dijo:

—Nadie vendrá. Es mi ruina.

—Aún es temprano —comentó la tía Harmonia.

—Si la gente no puede ver lo valiosa que eres a pesar de un rumor absurdo, entonces no son amistades de verdad. —Thalia cruzó los brazos sobre el pecho.

Esperaron un poco más. Esa vez, la madre de Charis no la detuvo cuando apoyó la revista en su regazo y comenzó a leer.

Después de una pausa para disfrutar de un almuerzo ligero, Kalli pidió permiso para ir a su habitación.

—Estoy agotada, tía Harmonia, y comienza a dolerme la cabeza.

La tía Harmonia se retiró para cuidar de Kalli, pero ordenó a Charis y Thalia que regresaran al salón. Thalia fue directa al escritorio y agarró una pluma, y Charis reanudó su lectura, aunque se detenía de vez en cuando para hacer notas en los márgenes de la revista.

Un rato después, Thalia se rio y se giró en su asiento.

—Hacemos buena pareja, ¿no crees? Dudo que esto fuera lo que tu madre tenía en mente cuando nos envió a esperar a las visitas. Se supone que debemos sentarnos a coser o bordar en silencio y mimetizarnos con las decoraciones. Pero yo tengo manchas de tinta en los dedos y tú… ¿en qué estás trabajando?

—Una carta. Creo. Para las *Transacciones Filosóficas*.

—¡Ah! —Thalia parecía sorprendida—. No sabía que tenías intención de publicar.

—Pues los científicos deben hacerlo en algún momento si desean compartir sus ideas. No tenía intención de hacerlo esta temporada, pero leí un artículo que considero ilógico y que merece una respuesta, y bien podría ser yo quien la escriba. —Charis se encogió de hombros; no podría soportarlo si su prima decidiera ridiculizar la idea. Era más fácil fingir que no significaba nada para ella.

Thalia no respondió de inmediato, por lo que Charis preguntó:

—¿Y tú en qué estás trabajando? ¿En otro poema?

—Sí, pero las palabras no me salen como me gustaría. —Thalia arrugó la cara, lo que hizo reír a Charis, y, en ese momento, se abrió la puerta del salón.

—El señor Leveson —anunció Dillsworth.

Charis dejó caer la revista. Horrorizada, se quedó mirando la figura alta y elegante que emergió de la puerta detrás del mayordomo de sus padres.

Mientras Thalia hacía una reverencia en un gesto de cortesía, Charis se puso de pie y escupió:

—¿Qué está haciendo aquí? —En cuanto las palabras salieron de su boca, deseó haberse mordido la lengua.

Una sonrisa se dibujó en los labios bien definidos del señor Leveson.

—¿Debo recordarle que es costumbre visitar a nuevos conocidos?

—Pensé que prefería verme en el in... eh, perderme de vista antes que hacerme una visita —dijo Charis. Caray. ¿Qué tenía ese hombre que la despojaba de todo su tacto? Aunque tampoco es que ella tuviera mucho de eso. Con torpeza, hizo una reverencia tardía y añadió—: Señor.

El señor Leveson la miró divertido.

—No es necesaria tanta cordialidad, se lo aseguro.

—¿Quiere sentarse, señor Leveson? —intervino Thalia.

El señor Leveson se sentó en el sofá junto a Charis, quien se movió a una silla cercana al instante. No le importó que Thalia la mirara con los ojos bien abiertos ni que el señor Leveson le sonriera con suficiencia. No quedaría atrapada tan cerca de él. Charis recogió la revista científica, pero perdió el placer que le producían las ideas. Se contentó con escribir en el margen: «La existencia del elegante caballero londinense, sin nada en mente más que cuestiones sobre moda y caballos, prueba mi teoría: a veces el cambio en las criaturas con el tiempo involuciona en lugar de progresar».

Después de haber derrotado mentalmente al señor Leveson, Charis permaneció en silencio mientras Thalia mantenía una conversación respetable con él, hablando del mal tiempo y de los recuerdos de la infancia del señor Leveson en la India, así como también de la familia de su madre, que había vivido en Guyarat durante generaciones.

Mientras continuaba el diálogo, la culpa la carcomió. Su padre querría que se disculpara y, de hecho, su propia conciencia reconocía que no había sido del todo justa con el señor Leveson. Cuando la conversación languideció, ella intervino:

—Siento que debo disculparme por algunas de las cosas que le dije anoche. Incluso si fueran ciertas, no debería habérselas dicho a la cara.

—Prefiero, con mucho, que me las diga a la cara antes que a mis espaldas —confesó el señor Leveson—. Pero aceptaré sus disculpas y le devolveré el gesto. Me temo que fui mas cortante de lo que pretendía.

Charis negó con la cabeza.

—No ha dicho nada que no fuera cierto. Admito que he sido *bastante* propensa a prejuzgarlo, y no debería haberlo hecho. Dicho esto, no está obligado a hacerme compañía, ni tampoco a mi familia, cuando es evidente que le produce muy poco placer.

—Mis amigos le dirán que no hago nada que no me produzca placer, así que puede quedarse tranquila en ese aspecto.

¿Qué quería decir con eso? ¿Que esa visita le producía placer?

El señor Leveson posó la mirada en su rostro antes de desviarla al suelo. Charis miró en esa dirección y vio que, en su premura por moverse, sus faldas se habían levantado un poco y habían dejado a la vista unos centímetros de su tobillo cubierto por una media. Esa era otra de las reglas sociales que no entendía del todo: ¿cómo estaba permitido que una joven mostrara parte de su pecho en un salón de baile, pero exponer los tobillos, incluso cuando llevaba medias, era completamente indecente?

Pero el señor Leveson no parecía consternado ni disgustado. De hecho, estaba sonriendo un poco.

—¿Empezamos de nuevo? —propuso el señor Leveson, volviendo a mirarla a los ojos—. Olvidaré las cosas desafortunadas que me dijo si usted olvida aquellas que le dije yo. Luego procederemos a entablar una conversación inofensiva sobre el clima y elogiaré... —El caballero volvió a echarle un vistazo y frunció apenas el ceño. Charis sintió que su cuerpo se tensaba otra vez—. Su encantador vestido.

Tenía puesto un vestido de día color limón pálido que estaba a la moda; y estaba bastante limpio, dado que no tenía manchas de tinta visibles. Sin embargo, no era el color que más le favorecía: el cabello castaño rojizo y la piel pecosa de Charis lucían mejor con colores intensos, dorados, marrones rojizos, verdes y ocres. Pero su madre una vez le dijo que esos colores eran inadecuados para mujeres muy jóvenes, por lo que Charis se mordió la lengua y no discutió.

—Podría verse encantador en otra persona —dijo Charis—. Es un vestido precioso, pero el color no me queda bien, y no puedo convencer a mi madre de que no quiero usar volantes.

—Nadie debería usar volantes —dijo el señor Leveson—. Pero creo que la respuesta adecuada a un cumplido es «gracias».

Thalia apretó los labios, como si estuviera reprimiendo una risa.

—¿Incluso si el cumplido es mentira? —Diablos, acababa de aceptar ser inofensiva—. Es decir, gracias —apremió a decir Charis, ganándose una sonrisita del señor Leveson—. Supongo que también debería agradecerle por el placer de su visita, ¿verdad?

—¿Ese es su método poco sutil para despedirse de mí? —Su sonrisa se acentuó.

*Sí,* pensó Charis.

—Claro que no.

—De todos modos, no me quedaré mucho tiempo más. En verdad, he venido principalmente para frenar la avalancha de rumores —dijo Leveson—. No tolero a los cotillas, y las especulaciones más desafortunadas con respecto a la señorita Kalliope Aubrey están a la orden del día. Pensé que mi visita podría minimizar sus efectos.

Charis lanzó otra mirada a Thalia, quien ya no parecía tener ganas de reír.

—¿Por qué supuso que su visita podría disipar los rumores? —La voz de Thalia sonaba peligrosamente tranquila.

—Cuando se sepa que las he visitado, puede que la alta sociedad no se crea tanto los cotilleos. Si no las evito, muchos miembros de la clase alta seguirán mis pasos, sin importar lo que haya dicho la señora Drummond-Burrell.

—Entonces, ¿ha sentido lástima por nosotras? —preguntó Thalia.

Charis se puso rígida. Aquel hombre estaba teniendo un efecto totalmente petrificante en su postura.

—Preferiría no ser tratado con condescendencia, pero gracias de todas formas. —Los labios del señor Leveson se tensaron en una línea recta. De verdad era una boca muy fina. Un escalofrío le atravesó el cuerpo a Charis ante la ira que brillaba en los ojos del hombre—. ¿Les gustaría que les mintiera, que les dijera dulces verdades que las hagan sentir halagadas? No he venido aquí por lástima, sino por compasión.

—Mi hermana no ha hecho nada malo —dijo Thalia.

El señor Leveson asintió, y sus ojos se relajaron.

—No tiene que convencerme a mí. No es necesario. Pero como mi presencia parece causar malestar a su prima, me retiraré.

Ni bien la puerta se cerró detrás de él, Thalia se volvió hacia ella.

—Charis… no tenía ni idea de que habías hecho semejante conquista.

—Si por conquista te refieres a un incordio, entonces sí. —Suspiró. *Había* tenido la intención de ser cortés. Levantó su revista una vez más y la abrió en la página del artículo ofensivo. Pensar en su respuesta había aliviado su frustración con el señor Leveson la noche anterior. Tal vez podría hacerlo otra vez.

—Charis… —retomó la conversación Thalia. Una vacilación insólita en su voz atrajo la atención de su prima hacia ella. Charis alzó la vista—. Creo que también te debo una disculpa.

—¿Por qué? *Tú* no me has insultado ni tratado con condescendencia hoy.

—No, pero he sido una pésima prima y una muy mala amiga. Cuando me has hablado de tu carta, he debido decirte algo. He debido felicitarte o alentarte. Pero mi primer pensamiento ha sido de celos, porque escribir siempre ha sido *mi* destreza, el talento que me define. Yo soy la poeta, tú eres la científica y Kalli es la doméstica. Si tú eres científica y escritora al mismo tiempo, ¿qué soy yo?

—Siempre serás la poeta de la familia —aseguró Charis—. Yo no tengo ningún don para la poesía. En cualquier caso, aunque sí lo tuviera, eso no te haría menos poeta. Tengo la certeza de que ambas podemos triunfar y hacer el bien en el mundo sin opacarnos entre nosotras, ¿no crees?

Thalia se puso de pie y atravesó el salón corriendo para abrazar a Charis.

—Te quiero, Charis. ¿Me perdonas?

—Siempre y cuando no vuelvas a hablarme de conquistas amorosas.

# 7

# UN DESASTRE EN CIERNES (THALIA)

*Cuando Shelley escribe sobre Londres, de un mar agitado hablará,*
*con olas que retroceden para revelar tesoros perdidos sin igual.*
*Pero las oleadas ruidosas y las ruinas no me desanimarán:*
*al reclamar mi derecho de nacimiento, mi voz por fin se alzará.*

*—Thalia Aubrey*

Thalia se refugió en su enfado. Con cara de pocos amigos, miró por la ventana del salón verde hacia las calles mojadas por la lluvia y a los transeúntes con sus paraguas y sus abrigos con el cuello levantado. En realidad, no estaba enfadada con los desventurados peatones ni con el clima, pero dar rienda suelta a la ira era más sencillo que dejarse llevar por los otros sentimientos que se arremolinaban en su interior.

Primeramente, estaba furiosa con la sociedad, que parecía empecinada en responsabilizar a Kalli por algo que no había hecho. Estaba frustrada con la tía Harmonia, quien parecía pensar que la sumisión a las reglas absurdas de la sociedad era el único camino aceptable a seguir. Y también estaba enfadada consigo misma porque no se le ocurría ninguna forma efectiva de ayudar a su hermana, como su padre le había pedido, y eso la hacía sentir que había fracasado.

Por otro lado, Thalia se había despertado esa mañana con un brillante sentido de anticipación, esperando que el señor Darby la visitara. Pero la mañana y la tarde habían terminado, y no hubo más visitantes además del señor Leveson y algunas amistades de su tía. Thalia se sintió tonta por albergar esperanzas, lo cual no hizo más que irritarla. ¿Qué importaba si era el primer hombre con quien había tenido una conversación sensata desde su llegada a Londres? Si él no la buscaba, seguramente habría otros hombres y mujeres inteligentes en la ciudad, aunque sería bastante difícil encontrarlos si nadie la visitaba y si la tía Harmonia se negaba a permitir que las muchachas salieran de la casa mientras el escándalo se cernía sobre ellas.

Y para ponerle la guinda al pastel que era aquel día, había sentido celos de Charis por querer que la publicaran, en vez de mostrarle su apoyo desde el principio, lo que le hacía sentir tremendamente culpable.

Todas esas situaciones no hacían si no sumar y sumar a su crispación y sumirla en un profundo malestar.

¿Y dónde estaba Adam? Debería haber sido el primero en aparecer para ayudarlas a idear un plan para enfrentar el escándalo. Su ausencia se sentía más como un absceso, como un punto doloroso en el diente que no podía evitar palpar con la lengua.

En general, era mucho más fácil estar enfadada.

—Qué miserables buitres —sentenció Thalia cuando se marchó la última de las amigas de la tía Harmonia. Estaba segura de que habían venido solo para regodearse y alimentarse de la desgracia de Kalli.

—¡Thalia! —dijo la tía Harmonia con desgana; pero no disintió.

—Eso es un insulto para los buitres —observó Charis, sin levantar la vista de su lectura.

Kalli, quien había bajado al salón a última hora de la tarde ante la insistencia de tía Harmonia, dijo:

—Tendré que volver a casa y vivir con mis padres para siempre.

—Estoy segura de que no es tan grave —aseguró Thalia, en un intento de reprimir su impaciencia al ver que su hermana respondía a la situación con lágrimas. No era culpa de Kalli no ser como ella, testaruda y obstinada—. ¿Qué tal si le escribes una carta a la señora Drummond-Burrell explicándole todo? —Actuar era, sin duda, mejor que lamentarse.

—¡No! —exclamó Kalli—. Traté de explicárselo esa noche, pero le pareció una gran impertinencia. Enviarle una carta ahora solo empeoraría las cosas.

Una criada entró en el salón con una pequeña pila de tarjetas dobladas en una bandeja de plata. La tía Harmonia le dio las gracias y empezó a mirar una por una. Abrió una al azar, y todo el color desapareció de su rostro. Abrió una segunda y luego una tercera con las manos temblorosas.

—¿Tía? —preguntó Thalia—. ¿Qué dicen?

—Esta es una carta de lady Jersey —respondió la tía Harmonia—, en la que rescinde la invitación de Kalli para Almack's. Hay otras tarjetas también, en las que nos anulan la invitación a varios eventos sociales. La redacción no es tan directa, por supuesto, pero el significado implícito es el mismo.

Kalli enterró el rostro en las manos.

—Bueno, si Kalli no está invitada a Almack's, yo tampoco iré —anunció Thalia.

—Ni yo —añadió Charis.

—Por favor, no os perjudiquéis por mi culpa —pidió Kalli—. Debo soportar el peso de mi propio error.

Thalia se preguntó si Kalli estaba disfrutando en secreto del drama.

—Estoy segura de que todo pasará al olvido en cuestión de días, en cuanto los cotillas tengan algo más de qué preocuparse. Si quieres, puedo hacer o decir algo escandaloso.

—Por favor, no lo hagas —rogó la tía Harmonia—. Mis nervios apenas pueden soportar a una sobrina desprestigiada. Querida Kalli, no le des demasiadas vueltas al asunto. Todo irá bien, ya lo verás. —Les clavó la mirada a Thalia y Charis—. Siempre y cuando vosotras dos os comportéis de manera apropiada y no causéis más problemas.

El señor James Darby apareció por fin la tarde del tercer día posterior a la fiesta de los Gardiner, después de una lluvia matutina con muy pocas visitas. La tía Harmonia ni siquiera les había permitido ir a la iglesia el día anterior. Thalia lo recibió y, con cortesía y frialdad, aceptó su ramo de rosas de invernadero de un rojo intenso, decidida a no mostrarse ofendida por su retraso.

El señor Darby le ofreció una sonrisa arrepentida.

—Le debo una disculpa, señorita Aubrey. Mi demora en visitarla debió de parecer muy poco caballeroso por mi parte. La verdad es que pensaba visitarla mucho antes, pero unos asuntos de negocios se interpusieron, y no pude librarme de ellos hasta el día de hoy. Pero sí que ha estado en mis pensamientos en todos mis momentos libres desde que nos conocimos.

—Es muy amable, señor Darby. —Thalia trató de reprimir un revoloteo en el estómago mientras le entregaba las flores a una criada para que las colocara en un florero con agua. Invitó al señor Darby a sentarse junto a ella en el sofá. La tía Harmonia y Charis estaban conversando en un rincón, y Kalli estaba arriba con dolor de cabeza.

—Me alegro de volver a verla, señorita Aubrey.

—Lo mismo digo, señor Darby. —Thalia dudó. No lo conocía bien ni estaba al tanto de lo que él podía saber sobre la situación de Kalli, pero, por otro lado, le agradaba el señor Darby y estaba verdaderamente dispuesta a conocerlo mejor. Además, no creía que las amistades pudieran basarse en engaños y secretos, por lo que se inclinó hacia el señor Darby y bajó la voz, segura de que a la tía Harmonia no le gustaría lo que estaba a punto de preguntar—. ¿Podría ser sincero conmigo?

Había un atisbo de diversión en los ojos del hombre.

—Eso depende de lo que me pida.

—¿Qué dice la gente de mi hermana? —Quizá si supiera cuáles eran los rumores, sabría mejor cómo actuar, cómo proteger a Kalli.

La diversión se desvaneció. El señor Darby le dedicó una mirada rápida a la tía Harmonia.

—Prefiero no decirlo. El cotilleo no es exactamente halagador.

—¿Cree que los sentimientos de una doncella como yo son muy frágiles? Soy más audaz de lo que aparento.

—De acuerdo. —Suspiró el hombre—. ¿Su tío lee el periódico? Puede que sea más fácil enseñárselo.

Thalia tragó saliva. Si la situación de Kalli había salido en el periódico, las cosas estaban realmente mal.

—Creo que está en la biblioteca. Iré a buscarlo de inmediato.

Se disculpó y se alejó corriendo por el pasillo hasta la biblioteca, que en ese momento estaba vacía. Recogió el periódico con las yemas de los dedos como si fuera a arder de forma espontánea.

El señor Darby lo agarró y lo abrió en la sección de sociedad. Señaló un pequeño cuadrado de texto.

Thalia leyó en silencio.

**Una reciente fiesta en casa del señor G se vio animada por el descubrimiento de una joven pareja casi *in fraganti* en el jardín. Se desconoce la identidad del joven (¿nos atrevemos a llamarlo caballero?), pero se dice que la joven, la señorita A, es hija de un vicario, así que es poco probable que haya aprendido tal comportamiento en casa.**

Thalia estaba casi temblando cuando terminó. Eran puras *tonterías*...

—Si fuera un hombre, retaría a alguien a duelo por esta calumnia.

—Si usted fuera un hombre, tal vez no nos habríamos conocido, y evidentemente yo no le habría traído flores, así que no puedo decirle que lo siento —dijo el señor Darby mientras dejaba el periódico a un lado con un movimiento que hizo que sus dedos rozaran los de ella—. No se angustie. Esas exageraciones tan insignificantes dicen más de la moralidad anticuada del escritor que de la de su hermana.

El señor Darby puso en voz alta lo mismo que había pensado Thalia.

—Puede que sea verdad. Pero ¿no ve lo injusto que es? A este periodicucho no le importa la identidad del caballero desconocido, sino la desgracia de mi hermana. Estos rumores le hacen más daño a ella porque es una mujer de escasos recursos. Un hombre en una posición comprometedora tiene poco que temer. Incluso una mujer, si es una heredera, podría capear el escándalo. Mire al príncipe regente —subrayó—: tiene permitido deleitarse con extravagancias que arruinarían la reputación de una mujer.

—Y aun así, el mismo Prinny tiene críticos —puntualizó el señor Darby.

—Pero ninguno de ellos dudaría en permitirle el acceso a sus fiestas si este mostrara el mínimo interés en asistir.

—Tiene razón, por supuesto. Es muy injusto que la sociedad le permita a un caballero ciertas libertades que no se conceden a las damas. Pero esas convenciones no cambiarán a menos que *nosotros* las cambiemos. Que las mujeres actúen como les plazca sin tener en consideración las opiniones de nadie más que las suyas.

—¿Por qué les corresponde a las mujeres cambiar la opinión de la sociedad? ¿Acaso los hombres no tienen algo de responsabilidad también? Si a las mujeres les cuesta más actuar según su parecer, ¿no debería entonces compartirse parte de esa carga? —Después de tres días de sentirse atrapada por la prudencia bien intencionada de la tía Harmonia, ese intercambio rápido resultó liberador. Thalia notó una vibración en el cuerpo.

El señor Darby iba a responderle, pero la voz de Dillsworth se extendió por toda la habitación.

—El señor Adam Hetherbridge.

Thalia se puso de pie para saludar a Adam y, en medio de la oleada de alivio que la invadió, se olvidó de su conversación con el señor Darby. Adam estaba allí y, de alguna manera, todo el lío con Kalli ya no parecía tan terrible.

—¿Dónde has estado? —susurró ella, aferrándose a su mano a modo de saludo.

—He estado ocupado —contestó Adam. Era incapaz de mirarla a los ojos. Recorrió la habitación con la mirada y solo se detuvo un momento cuando divisó al señor Darby—. ¿Dónde está Kalli?

—Te necesitábamos —confesó Thalia.

Esa vez Adam la miró a los ojos. El joven tenía una expresión que Thalia no pudo interpretar del todo. Estaba serio y… ¿resignado? Creía conocer todos los estados de ánimo de Adam.

—Lo sé. Lamento no haber podido venir antes, pero primero tenía que encargarme de algunas cosas. En serio, debo hablar con Kalli.

La tía Harmonia envió a la criada a llamar a Kalli, pidiéndole también que se asegurara de que la señorita estuviera presentable.

Adam se negó a sentarse, a pesar de la invitación de Thalia, así que ella regresó a su asiento junto al señor Darby. El señor Darby intentó retomar la conversación, pero Thalia había perdido el interés. ¿Dónde había estado Adam? ¿Por qué se comportaba de una manera tan extraña? ¿Se debía a ese asunto con Kalli? Y si ese fuera el caso, ¿por qué ni siquiera le había escrito? Debió de haber sabido cuánto daño les haría su ausencia en un momento como ese.

Kalli apareció por fin. Su pelo no estaba tan arreglado como siempre, pero tampoco es que eso fuera a desacreditarla ahora. No pareció sorprendida de ver a Adam, por lo que la criada debió de habérselo advertido. Avanzó unos pasos hacia el interior del salón y se detuvo, sin mirar a nadie.

—¿Podemos hablar? —preguntó Adam. Como Kalli no se movió, añadió—: ¿En privado?

Kalli asintió, y parecía casi tan infeliz como Adam. Ambos desaparecieron por la puerta.

*No.*

A Thalia le recorrió un escalofrío por dentro. Solo se le ocurría una razón por la que Adam insistiría en hablar en privado con Kalli, y solo una razón por la que la tía Harmonia lo permitiría.

Quería proponerle matrimonio.

Pero de todas las ideas absurdas, esa no podía ser la que pusiera solución al dilema de Kalli. Thalia estaba bastante segura de que los sueños de Kalli para su futuro no incluían a Adam, y era imposible que Adam quisiera casarse con Kalli. Adam necesitaba una esposa que apoyara sus estudios y desafiara sus ideas. Kalli necesitaba a alguien que la mimara y le brindara un hogar cómodo. Ambos serían miserables.

El señor Darby le hizo una pregunta a Thalia, y ella respondió de forma automática, mientras su imaginación seguía a su hermana fuera de la habitación.

Después de varios momentos, la tía Harmonia se escabulló. Cuando volvió, lo hizo con una sonrisa felina: engreída y autocomplaciente. Ni Kalli ni Adam regresaron.

Thalia frunció el ceño, y la inquietud hizo que se le formara un nudo en el estómago.

—¿Se encuentra bien, señorita Aubrey? —quiso saber el señor Darby, estudiándola con cierta preocupación.

Thalia casi había olvidado su presencia.

—Sí —respondió—, pero me temo que mi hermana no. Le ruego que me disculpe, debo ocuparme de ella.

El señor Darby no le insistió en que se quedara, lo cual agradeció, pero pudo sentir sus ojos sobre ella cuando abandonó la habitación.

Thalia se dijo a sí misma que todo iría bien mientras subía las escaleras con prisa para buscar a Kalli. Era probable que hubiera malinterpretado la situación y que Adam solo le estuviera compartiendo algunas noticias privadas a Kalli.

Entonces, ¿por qué sentía un gran peso en el estómago, como si estuviera a punto de ocurrir algún desastre?

# 8

# ADMITIR IMPEDIMENTOS

## (KALLI)

Un matrimonio que se contrae por motivos adecuados de estima y afecto, es sin duda el más dichoso; las convertirá en las mujeres más respetables del mundo y en los miembros más útiles de la sociedad.

—The Female Instructor, *encontrado en el cuaderno de apuntes de Kalliope Aubrey*

Kalli siguió a Adam al salón rosa más pequeño, una habitación estrecha y mal ubicada con una sola ventana pequeña y luz tenue y, en consecuencia, poco utilizada por la familia. La joven cruzó la habitación hasta llegar a la ventana y miró las caballerizas que había en la parte de atrás de la vivienda.

Adam permaneció en el centro del salón. Kalli sentía los ojos en su espalda. Sabía lo que quería preguntarle y sabía cuál debía de ser su respuesta. Y deseaba retrasar ambas cuestiones el mayor tiempo posible. Se frotó los brazos y sintió un hormigueo en la piel bajo la muselina de su vestido. ¿Por qué no estaba encendida la chimenea?

—Kalli —empezó Adam, pero luego se detuvo.

El silencio creció entre ellos como si algo se estuviera gestando. Aunque tal vez, pensó Kalli, haciendo una mueca para sus adentros, *gestarse* no era la palabra más adecuada para referirse a la situación actual.

Finalmente, Kalli se dio la vuelta. No podía postergar lo inevitable y Adam no se iría hasta haber hablado con ella. Era un hombre demasiado leal.

—Adam —dijo ella en el mismo tono. Al mirarlo, vio que tenía el rostro pálido y ojeroso, como si no hubiera dormido mucho más que ella esos últimos días.

Adam dio un paso hacia ella y la tomó de las manos. La calidad del agarre contrastaba con sus dedos fríos.

—Kalliope Aubrey, ¿me harías el honor de ser mi esposa?

Adam no le soltó los dedos, lo cual ella agradeció. Su pregunta no fue inesperada, pero aun así, la habitación parecía oscilar a su alrededor, y sus manos actuaban de centro de gravedad.

—Sé que esto no es lo que querías. —Era demasiado caballeroso como para decir que eso no era lo que *él* quería, pero tampoco hacía falta decirlo en voz alta. Adam quería a Thalia. Siempre había querido a Thalia—. Y lamento no haber podido venir antes, pero tus tíos pensaron que sería mejor que siguiera las formalidades y le pidiera tu mano a tu padre.

Kalli tragó saliva y retiró las manos. Adam había hablado con su padre. Los barrotes de hierro de una trampa parecían cerrarse a su alrededor.

—Me haces sentir muy honrada —atinó a decir Kalli, tratando de pensar y retrasar su respuesta.

Había esperado, esa temporada o la siguiente, conseguir un «buen matrimonio», encontrar a un hombre pudiente y de buena posición a quien pudiera querer, alguien que la llenara de alegría, que la mirara como su padre todavía miraba a su madre después de tantos años. Se le cruzó por la mente la sonrisa con hoyuelos del señor Salisbury y se le retorció el corazón.

No quería casarse porque los rumores la habían obligado a hacerlo. No quería casarse con alguien que pretendía convertirse en un vicario, como su padre, que no tenía riquezas ni una buena posición que ofrecer a sus hijos. No quería casarse con Adam, un hombre que estaba enamorado de su propia hermana.

Él negó con la cabeza.

—No es el honor que te mereces. Lo siento. Sé que no es justo. Pero quiero hacer lo correcto contigo. Espero que sepas que siempre te he tenido en gran estima, que aprecio mucho a tu familia y que haré todo lo posible para hacerte feliz.

«Siempre te he tenido en gran estima». No era la declaración de amor que Kalli había anhelado escuchar.

—Pero Thalia...

Adam cerró los ojos con fuerza, una expresión que le hizo ver a Kalli que había hablado demasiado.

—Thalia nunca va a interesarse en mí de esa manera. Tú y yo lo sabemos.

Era probable que fuera verdad. La presencia de Adam era cómoda y familiar, no lo suficientemente emocionante para Thalia.

—Podría irme a casa. Retirarme al campo uno o dos años antes de regresar. —Kalli oía la desesperación en su propia voz.

—Me temo que no, querida. —La tía Harmonia había entrado en el salón a tiempo para oír eso último. Cruzó la habitación para quedar al lado de su sobrina y rodearle la cintura con el brazo—. La señora Drummond-Burrell tiene un considerable poder social y una buena memoria.

Aunque tú estés diciendo la verdad, y yo te creo, no es la verdad lo que importa. Es lo que *parece ser* la verdad, lo que la gente elige creer. Solo basta con recordar a la pobre señorita Thompson. Se esparció el rumor de que había besado al hijo menor de lord Ainsley, y como él no le hizo una proposición, nadie más lo hizo.

»Harías bien en aceptar al señor Hetherbridge. Es un joven agradable, de buena familia, y me inclino a creer que podría hacerte tan feliz como esperas ser.

—Me esforzaré al máximo —aseguró Adam.

La tía Harmonia apretó a Kalli con suavidad.

—Tienes dos opciones. Si deseas ser aceptada por la alta sociedad, debes estar casada; un compromiso será suficiente para silenciar las críticas. Si casarte con el señor Hetherbridge te parece de muy mal gusto, entonces deberás regresar a casa. Quizá encuentres a alguien en el campo que no esté al tanto de las noticias y los escándalos de Londres y que aún pueda aceptarte.

Kalli se separó de su tía y se rodeó el pecho con los brazos. No quería renunciar a su temporada en Londres, no cuando acababa de empezar.

Menos aún quería volver a casa y casarse con cualquier necio ignorante que aún pudiera «aceptarla».

—Y no se trata solo de ti —añadió la tía Harmonia—. Tu reputación influirá en lo que la gente piense de Thalia. De Charis. Nuestras invitaciones para Almack's ya han sido anuladas, al igual que muchas otras.

Kalli volvió a tragar saliva. Se sentía como si se estuviera ahogando. Podía soportar su propia ignominia, pero ¿cómo podía pedirles lo mismo a dos de las personas que más quería en el mundo? Y cuando la noticia llegara a sus amigos de Oxfordshire, su desgracia también afectaría a sus padres. Incluso podría afectar la temporada de Antheia, aunque todavía faltaban al menos tres años. Era mucho mejor sacrificar su propia felicidad que la de sus seres queridos.

Dejó escapar un largo suspiro.

—Muy bien. Como parece que no tengo otra opción, acepto.

Su tía la tomó de la mano y le dio unas palmaditas.

—Así me gusta. Cuando seas una mujer casada, tendrás más independencia para ir a donde desees. Te gustará. Además, el matrimonio no se trata realmente del romance. Una amistad buena y cómoda suele ser mucho mejor que una historia de amor salvaje.

Kalli sintió que se sonrojaba. No quería pensar en Adam ni en ninguna «historia de amor salvaje». Ni en el tipo de intimidad que requeriría el matrimonio. De algún modo, todo le parecía mal.

Pero Adam, que había clavado la mirada en el suelo mientras su tía hablaba, en ese momento la miraba con un ligero brillo de humor en los ojos.

—Gracias. Me has hecho el hombre más feliz del mundo.

—Te pido que no te burles de mí —dijo Kalli. Unas lágrimas se acumularon en sus ojos, y solo quería escapar antes de que la traicionaran—. He dicho que sí, ¿no?

—No era mi intención… —empezó a decir Adam, pero Kalli había salido del salón antes de que pudiera escuchar cualquier mentira piadosa que Adam pretendía ofrecerle.

Kalli estaba acostada en su cama, mirando al techo mientras unas lágrimas calientes se derramaban por sus mejillas, cuando alguien llamó a la puerta. Sabía que era Thalia antes de que abriera la puerta; a nadie más se le ocurriría comprobar cómo estaba con tanta premura. La tía Harmonia estaba muy contenta con el compromiso, y Charis, pobrecita, tardaría un rato en darse cuenta de que Kalli había desaparecido.

La cama se movió bajo el peso de Thalia, quien secó con suavidad las lágrimas en las mejillas de Kalli.

—Puedes felicitarme si quieres. Voy a casarme —reveló Kalli. Sintió una amargura en la lengua al pronunciar esas palabras.

—¿Adam te ha propuesto matrimonio?

La voz de su hermana cambió cuando dijo el nombre de Adam, y Kalli sintió una satisfacción profunda y poco fraternal. Siempre había pensado que Thalia tendía a subestimar a Adam, así que, de alguna forma, se merecía descubrir de esa manera que él ya no sería su fiel escudero. Kalli se hundió aún más bajo la manta.

—Así es. Y le he dicho que sí. La tía Harmonia dijo que era la única manera de silenciar las difamaciones en mi contra.

—¿Vas a casarte con él para salvar tu reputación? Kalli, no lo amas.

¿La preocupación de Thalia era por Kalli… o por Adam?

—¿Qué opción tengo? Es esto, o regresar al campo.

—¿Por qué te importa tanto lo que piense la gente? ¿Por qué no mejor te quedas aquí para desafiar su juicio? ¿Qué es lo peor que pueden hacer? ¿No invitarte a sus fiestas? Eso no debería importarte.

Pero ese era precisamente el problema. A Kalli sí le importaba. Quería ser parte de la sociedad, no mirar con melancolía desde afuera. Quería la aprobación de la tía Harmonia y la de sus padres. Quería mantener a su familia a salvo, al margen del escándalo que había provocado.

—No soy tan valiente como tú —explicó Kalli, girándose hacia un lado para no tener que ver cómo el desprecio oscurecía los ojos de Thalia—. Cuando sea una mujer casada, tendré más libertad para ir a donde quiera y hacer lo que quiera. —Estaba repitiendo como un loro las palabras de la tía Harmonia, aunque no estaba segura de creerlas, pero era mejor que dejar que Thalia viera lo patética que era.

—¿Y por eso vas a condenar a Adam a una *vida entera* de matrimonio, solo porque tienes miedo? ¿Porque quieres seguir asistiendo a todas esas fiestas absurdas?

Kalli se incorporó y miró a su hermana. Se casaría con Adam tanto para proteger a Thalia y Charis como para salvarse a sí misma, pero no se lo diría, no si Thalia estaba decidida a pensar lo peor de ella.

—Adam me lo pidió por voluntad propia. Nadie lo obligó a hacerlo. Y acepté. Listo. Si estás decepcionada, recuerda que podrías haberte casado con Adam en cualquier momento de estos últimos dieciocho meses, si tan solo le hubieras dado algún tipo de motivación. No lo hiciste, así que ahora está comprometido conmigo. Y no finjas que estás enfadada conmigo por mi supuesta cobardía cuando es tu orgullo herido lo que te duele más que nada porque Adam ya no está disponible.

Thalia se echó hacia atrás, con las mejillas sonrojadas.

—No seas odiosa, Kalliope Aubrey. Solo intento ayudarte.

Thalia se levantó de la cama y se fue ofendida, mientras dejaba que la puerta se cerrara con fuerza detrás de ella. Kalli se llevó las rodillas al pecho y se deshizo en lágrimas. No podía evitar preguntarse qué demonio la había poseído para atacar a su hermana, cuando lo que realmente quería era que Thalia se quedara, la abrazara y le dijera mentiras reconfortantes: que todo estaría bien, que Adam aprendería a querer a Kalli más que a ella, que todos serían felices.

# 9

# UN ACUERDO INCONVENIENTE (CHARIS)

La presente disposición sobre la formación de un nido a partir de sus propias secreciones en un animal de un orden tan superior como la clase Aves, nos sorprende, ya que los pájaros en los demás países encuentran sustancias de uno u otro tipo con las que forman sus nidos.

—*Sir Everard Home,* Transacciones Filosóficas de la Royal Society *[Nota de Charis:* En otras palabras, la golondrina de Java construye su nido con su propio moco. ¿Las futuras esposas de la sociedad estarían tan deseosas de adquirir sus propias casas si tuvieran que hacer lo mismo? Pobre Kalli].

Los Elphinstone cenaron en familia con Thalia y Kalli la noche del compromiso.

Por lo general, Charis sentía un alivio cuando estaba con su familia, ya que no tenía que preocuparse tanto por lo que decía ni por lo que llevaba puesto, pero esa noche le habría gustado tener a alguien más en su fiesta familiar (incluso al odioso señor Leveson). Su padre trajo un vino especial para celebrar el futuro matrimonio, pero aunque él y su madre parecían muy complacidos con el anuncio, Kalli estaba sentada en la larga mesa del comedor junto a la tía Harmonia con los ojos enrojecidos y fijos en su plato, sin decir nada. Charis no tenía mucha experiencia enamorándose (de hecho, nunca había sentido el más mínimo *afecto* por ningún caballero que conociera), pero pensaba que una joven recién prometida debía de sonreír más de lo que lloraba.

Frente a Kalli, al lado de Charis, Thalia ignoraba de manera deliberada a su hermana. Charló animadamente sobre todos y cada uno de los temas que se plantearon, pero su voz sonaba entrecortada. Verla hablar *a* los presentes en vez de hablar *con* ellos desconcertó a Charis. Thalia y Kalli debían de haberse peleado por algo, pero ¿por qué?

Cuando terminaron el último plato y las damas de la familia se retiraron al salón, la tía Harmonia trató de reconfortar a Kalli hablándole de las compras que harían para su ajuar. Aunque la futura novia intentó recuperar el ánimo y mostrar algo de interés en los diseños que le mostraba su tía, un inminente ataque de hipo hizo que de sus ojos brotara un nuevo torrente de lágrimas.

Charis se preguntó por qué la gente lloraba, qué sustancias químicas concretas o nervios desencadenaban la liberación de lágrimas, y por qué eran tan saladas, y si alguna vez a la gente se le acababan las lágrimas, como pasaba con la sangre si alguien sufría heridas graves. Se contuvo, con una punzada de culpa, al recordar que debería de estar más preocupada por Kalli que curiosa por los fluidos corporales. A veces le resultaba difícil aferrarse a los detalles personales y actuales cuando lo abstracto era mucho más fácil y fascinante para ella.

Se dispuso a sentarse junto a Kalli en el sofá, pero Thalia la interceptó para llevarla al pianoforte y preguntarle su opinión sobre una canción nueva que estaba aprendiendo.

Thalia tocó los primeros compases de una melodía alegre y enérgica.

—Bueno, ¿qué te parece?

Charis no entendía nada de música y tampoco recordaba con seguridad la diferencia entre los compositores modernos más populares.

—¿Por qué no hablas con Kalli?

—Creo que la melodía está bastante bien —señaló Thalia, añadiendo algunos compases más—, pero se torna repetitiva. Quizá debería abandonarla.

—Thalia. ¿Me has oído?

—Sí, pero tú tampoco me has respondido, así que pensé que estábamos jugando a ignorar nuestras preguntas.

Charis no creía que Thalia hablara en serio. A esas alturas, Thalia ya debía de saber que a Charis no le gustaban los juegos.

—¿Sigues enfadada conmigo por el artículo que estoy escribiendo?

Thalia apoyó los dedos en las teclas y se escuchó un acorde estridente.

—¿Qué? No, ¡claro que no! Pensé que ya habíamos zanjado ese asunto.

—Yo también, pero pareces irascible. Así que pensaba que el problema era yo.

Thalia empezó a tocar de nuevo, presionando las teclas con más fuerza de lo estrictamente necesario.

—No estoy enfadada contigo, Charis.

—¿Entonces, con Kalli? ¿Pero por qué?

Thalia fulminó con la mirada a su hermana al otro lado de la habitación y respondió con una lentitud premeditada.

—Porque mi hermana ha decidido arruinar no solo su propia vida, sino la de alguien que me importa.

Al lado de la tía Harmonia, Kalli se estremeció.

Charis arrugó el entrecejo.

—Pensé que la vida Kalli estaría arruinada si *no* se casaba. Entonces, ¿está condenada tanto si lo hace como si no?

—Charis, no hables así —ordenó su madre, levantando la vista de su muestrario—. El señor Hetherbridge es un buen hombre por hacer lo correcto con nuestra querida Kalli. He enviado un anuncio al *Times*, así que debería aparecer en cualquier momento. Me imagino que una vez que, se corra la voz, nos volverán a aceptar como antes.

Charis no entendía por qué un anuncio en el periódico haría aceptable el escándalo de Kalli, pero su madre parecía segura de su declaración.

Kalli se puso de pie de repente.

—Perdóname, tía, pero creo que me iré a la cama. Me duele la cabeza.

—Por supuesto que le duele la cabeza —murmuró Thalia ante las teclas. Pero solo unos momentos después de que Kalli abandonara el salón, Thalia también se fue, alegando cansancio.

Charis siguió a Thalia antes de que su madre pudiera invitarla a mirar los muestrarios. Dudó antes de entrar en su habitación y finalmente decidió llamar a la puerta de Kalli.

—Lárgate, Thalia —dijo su voz al otro lado.

—Soy yo, Charis.

Se produjo un momento de silencio, y luego:

—Déjame en paz. Solo quiero dormir.

Charis obedeció y se alejó de puntillas. Decidió llamar a la puerta de Thalia, pero ella ni siquiera le respondió. Charis regresó a su habitación, una vez cumplida su obligación para con sus primas, y acercó la silla al escritorio. Afiló la pluma, pensó un momento y empezó a escribir.

No fue culpa de L.M. que su frustración, ya fuera con la situación tensa de Kalli o con la negación de sus primas a hablar entre ellas, la obligara a desquitarse con él y su análisis. Mientras escribía, se acordó de las veces en las que sus intentos de investigación científica habían sido recibidos con desprecio porque casualmente había nacido mujer. Recordó con qué facilidad el señor Leveson la había desestimado, cómo la sociedad valoraba a las mujeres jóvenes, encantadoras e inocentes, y cómo Dios no les permitía carecer de ninguna de esas cualidades. Siguió escribiendo, clavando la pluma con fuerza en el papel, hasta que por fin su frustración se disipó y se dejó caer, exhausta, en la cama.

El anuncio del compromiso de Kalli apareció en el *Times* dos días después, y con él llegó un aluvión de visitantes esa tarde, lo que indicaba su tácita readmisión en la alta sociedad. Parecía que su madre tenía razón: el compromiso *sí* que había arreglado su estatus social. No fueron invitadas a Almack's de inmediato, pero su madre habló con lady Jersey, quien les aseguró que pronto recibirían uno nuevo.

Kalli y Thalia seguían sin hablarse más allá de lo que exigían los buenos modales, pero en medio de la avalancha de gente, sus silencios intencionados eran mucho menos notorios.

La oleada de visitantes trajo consigo al señor Leveson, como un desecho que la marea había arrastrado hasta la playa. Cuando Dillsworth lo anunció, Charis se sobresaltó como si alguien la hubiera pinchado con una aguja. Se sentía presa del aburrimiento por la conversación sobre moda que tenía lugar a su alrededor y, cuando posó la mirada en la de él, tuvo la leve sospecha de que sabía con certeza lo aburrida que estaba.

El hombre cruzó el salón hacia ella, sonriendo. La mujer sentada junto a Charis, a quien ella había visto como una especie de escudo protector frente al señor Leveson, eligió ese momento para abandonarla por completo y dejar el asiento libre para el recién llegado. Al sentarse, su muslo rozó el de ella. La joven respiró hondo, se movió unos cinco centímetros y se obligó a no sonrojarse ante el calor que aún la invadía por ese ligero contacto. Se miró las manos y notó, para su mortificación, que las puntas de los dedos estaban manchadas de tinta negra por el artículo en el que había estado trabajando esa mañana. Apretó los puños sobre el regazo.

—¿Cómo se encuentra en esta bella mañana? —preguntó el señor Leveson.

—Ciertamente, *es* una hermosa mañana —aseveró Charis.

—Lo es —coincidió el señor Leveson, con un brillo en los ojos oscuros—, pero quiero saber cómo está *usted*, no qué opina de la mañana. Aunque supuse que, al ser una joven inglesa bien educada, estaría de acuerdo en lo bella que es la mañana incluso aunque fuera estuviera lloviendo a cántaros.

—Si estuviera lloviendo, no diría que es una bella mañana —aclaró Charis.

—Sigue evadiendo mi pregunta.

—Prefiero hablar sobre el tiempo —dijo Charis con franqueza.

El señor Leveson se echó a reír.

—Muy bien. Entonces tal vez le interese dar un paseo en carruaje conmigo. Eso nos dará tiempo suficiente para conversar sobre el clima.

Charis no respondió de inmediato. Sospechaba que era la clase de hombre refinado que consideraría insultante que alguien como ella ignorara sus habilidades para conducir un carruaje.

Por desgracia, su madre pasó a su lado justo en ese momento tan inoportuno.

—He invitado a su hija a dar un paseo en carruaje, lady Elphinstone —la informó el señor Leveson, dedicándole una mirada de reojo traviesa a Charis—. ¿Podría darnos su bendición?

—Qué honor, señor Leveson —dijo su madre con entusiasmo—. Estoy segura de que mi hija estará encantada. Además, no tendré que preocuparme en absoluto por ella en su compañía, dado que sé muy bien que usted pertenece al club Four-Horse.

Charis no tenía ni idea de lo que eso significaba. Kalli lo sabría..., así que hizo una nota mental para preguntarle más tarde.

El señor Leveson se volvió hacia Charis y arqueó una ceja.

—¿Se siente honrada, señorita Elphinstone?

—¿Debería sentirme honrada de que me lleve de paseo como si fuera la figura de una exposición? —replicó ella—. Me han dicho que los miembros de la alta sociedad solo conducen para ser vistos por los demás, en cuyo caso, debería decir que el honor es todo suyo.

Su madre pellizcó el brazo de Charis, quien se dio cuenta de que había vuelto a hablar de más cuando debería haber guardado esos pensamientos para sí misma. Así que añadió con rapidez:

—Es decir, sí, estaría encantada de pasear en carruaje con usted.

En ese momento, el señor Leveson tenía una amplia sonrisa en el rostro.

—Algo me dice que su primera respuesta fue, de lejos, la más honesta de las dos.

—Sin embargo, gran parte de la sociedad no valora dicha honestidad. —Charis dirigió la mirada a su madre, quien tenía el ceño fruncido—. Algunos podrían considerarlo descortés de mi parte.

—Yo sí la valoro —afirmó el señor Leveson con presteza—. A tal punto que espero que nunca me mienta.

Caramba, ¿por qué *ese* comentario la había hecho sonrojar?

—Señor, le prometo que nunca le mentiré.

—Charis es una muchacha muy buena —intervino su madre—. La hemos educado como es debido.

La aludida se mordió el labio para evitar decir algo que pudiera avergonzar aún más a su madre.

—Excelente. Ya está decidido. Ahora, ¿podría decirme si tiene un vestido en color ámbar o algún tono similar... a las hojas de otoño?

Charis no tenía un vestido así. De hecho, no había tenido suerte convenciendo a su madre de que le comprara un vestido de esas características. ¿Se acordaría ella de que había rechazado sus sugerencias respecto a la vestimenta?

—Mmm. No creo que tenga nada en ese tono en particular —se apresuró a señalar su madre—, pero sí tiene uno de un celeste muy bonito y otro de un rosa pálido.

—Qué pena —dijo el señor Leveson—. Los tonos dorados y marrones rojizos parecen resaltar mejor con el marrón y crema de mi carruaje. —Luego se levantó, preparándose para despedirse—. Pasaré a buscarla el sábado.

Lady Elphinstone lo acompañó hasta la puerta y repitió su agradecimiento en nombre de Charis. Esta no se movió, pero sus pensamientos lo siguieron incluso después de su partida. Tratándose de cualquier otro hombre, pensaría que su pregunta sobre el color del vestido era por una cuestión de orgullo, simplemente porque realmente quería que usara un vestido que complementara su carruaje. No obstante, a pesar de su fina apariencia, el señor Leveson no parecía el tipo de dandi que desfilaba por la ciudad con atuendos que estuvieran a juego con su carruaje. Además, ese día no había actuado con tanta altanería.

Solo pudo llegar a la conclusión de que el caballero recordaba el comentario que ella había hecho en la última visita sobre su desafortunado vestido. La mayoría de las personas, al ver su indiferencia hacia su peinado y sus esfuerzos por mantener una conversación educada, asumían que a ella no le importaba su atuendo. A decir verdad, *sí* que le importaba, pero como tenía poco poder de decisión en esos asuntos, le parecía mejor fingir indiferencia.

El hecho de que el señor Leveson la hubiera visto a través de todo eso era... —dudó, tratando de nombrar la emoción que le revoloteaba en el pecho— preocupante.

Y pronto tendría que ir de paseo con él. ¿Qué le diría durante casi una hora a solas?

# 10

# EL ALMA DE UNA MUJER CARECE DE SUSTENTO

## (THALIA)

*Las chicas fascinantes de aspecto atractivo*
*no deberían cambiar los bailes por los libros.*
*Deberían conversar con los visitantes matutinos*
*en lugar de leer a los clásicos eruditos.*
*Pero al estar privada de sustento,*
*el alma de una mujer carece de subsistencia.*
*No hay romance en la simple existencia.*

*—Thalia Aubrey*

La tercera mañana después del compromiso de Kalli, cansada de sus propios pensamientos y de la falsa alegría que impregnaba la vivienda, Thalia se puso un vestido que tenía reservado para salidas, llamó a Hannah, la criada que compartía con su hermana, y se dirigió a la librería Hatchards, en Piccadilly. La tienda, con sus ventanas en saliente repletas de libros nuevos, comenzó a obrar su magia en cuanto Thalia entró. Respiró hondo (la tinta y el papel eran unos de sus aromas favoritos) y dejó que parte de la tensión de los últimos tres días desapareciera.

Un librero se ofreció a llevarla a la sección de las novelas más recientes, pero Thalia lo rechazó con un gesto de la mano. Si hubiera querido novelas, se habría quedado en casa: por lo general, tanto Kalli como la tía Harmonia tenían las últimas novedades de la biblioteca, aunque la tía Harmonia se inclinaba por los cuentos góticos y Kalli, por las historias contemporáneas, como *Mansfield Park*. Así que, mientras Hannah inspeccionaba las novelas, Thalia se encaminó a la parte de la librería que exhibía los títulos de poesía. Pasó los dedos por los lomos a medida que reconocía a los autores: Wordsworth, Byron, Coleridge e incluso *La restauración de las obras de arte para Italia* de «Una dama», que se creía que era la joven señora Hemans.

Al recordar su conversación con el señor Darby en el baile, buscó a Percy Bysshe Shelley. ¡Ah! Allí estaba. Sacó *Alastor* y después *El espíritu de la soledad* del estante y comenzó a hojear las páginas y a leer frases por encima a medida que avanzaba, hasta que una estrofa la atrapó.

*Somos como las nubes que enmascaran la luna,*
*que huyen sin descanso, relampaguean, tiemblan,*
*rasgando con destellos lo oscuro, mas, de pronto,*
*la noche las rodea y se pierden para siempre;*

Había algo en las palabras que la dejó sin aliento: una melancolía, una visión impredecible de la luna en la noche. *Somos como las nubes*. Efímeros, transitorios, impulsados por algo externo a nosotros. Thalia abrió su bolso para contar las monedas en su monedero. No tenía dinero suficiente para adquirir el nuevo volumen. Tendría que convencer a Charis, quien rara vez gastaba todos sus ahorros, de que le prestara algunas monedas. De mala gana, se movió para volver a dejar el libro en el estante.

Una mano enguantada interceptó el libro.

—¿No está satisfecha con la poesía?

A Thalia se le aceleró el corazón cuando alzó la mirada. Conocía esa voz.

—¡Señor Darby! No esperaba verlo aquí.

—¿Dónde más deberían congregarse los amantes de las palabras? —preguntó él, sonriendo—. Aunque, en verdad, esta es una afortunada coincidencia. Mi hermana Emma me rogó que la acompañara. No me opuse a la misión, pero usted ha demostrado el dicho de que toda buena acción es recompensada.

—Le aseguro que algunas no son recompensadas, así como también algunas acciones viles quedan impunes. Al menos en esta vida.

—¿Y dónde más deberían ser recompensadas o castigadas? ¿En el cielo? Por favor, señorita Aubrey, es demasiado lista como para refugiarse en un cuento de hadas.

Thalia dudó antes de responder. Creía en el cielo que predicaba su padre. Y aun así, le gustaba que la consideraran inteligente y el interés que destellaba en los ojos color café del señor Darby. No quería que la considerara ingenua.

—¿Una historia debe ser verídica para que contenga verdad?

—Claro que no. De lo contrario, los poetas se verían limitados con sus palabras. Apuesto a que este libro de poesía contiene más verdad que la Biblia de tu padre.

Thalia negó con la cabeza, sonriendo un poco.

—No puedo permitir que haga esa afirmación hasta que no me diga cómo define la verdad. Platón diría que aquello que nos atrae hacia el bien es la verdad… ¿Puede decirme si estos poemas lo motivan a ser una buena persona?

—No creo en el «bien» tal como lo determinan los moralizadores —explicó el señor Darby—. Creo que lo que nos da placer es bueno, y lo que valoramos como virtud ocurre cuando el interés propio coincide con un ideal socialmente aceptado de lo que es correcto.

A Thalia le encantaba eso, el intercambio de ideas, las conversaciones ingeniosas, la sensación de ser desafiada y desafiante al mismo tiempo. Había muy pocas personas con las que podía permitirse esas charlas: su padre, cuando no estaba ocupado; Charis, cuando no estaba distraída; Adam, sobre cuestiones de historia y teología. Kalli evitaba esos debates entre risas porque consideraba que Thalia era demasiado inteligente para ella. Y ahora tenía al señor Darby, ese caballero casi desconocido cuya mente le resultaba curiosamente familiar, que la tomaba en serio y no cuidaba sus palabras delante de ella porque era una mujer, que no creía que necesitara que la protegieran de las ideas complejas o heréticas.

—Me parece cínico, señor Darby —apuntó Thalia, sonriendo para mitigar el efecto de sus palabras.

—Más bien, realista —aclaró el aludido mientras le tomaba la mano derecha. Thalia sentía el calor de su palma incluso a través del guante, y un hormigueo se apoderó de todo su brazo al ser consciente de la cercanía entre ellos—. Me ha dicho que su padre es un vicario, ¿verdad? Dígame, ¿no es más feliz cuando predica sobre un tema que le interesa, sabiendo que después le espera una buena cena en casa, en lugar de hacerlo cuando su corazón no está implicado? Aun así, la gente lo considerará un buen hombre que habla bien cuando hace lo primero y poco inspirado cuando hace lo segundo.

—¿Eso es de Quintiliano? —adivinó Thalia, complacida por haber captado la referencia.

La sonrisa del señor Darby se ensanchó, y no le soltó la mano.

—Es tan brillante como hermosa, señorita Aubrey.

Thalia se ruborizó y apartó la mano.

—Por ese elogio, le diré que tiene razón, tanto en lo que respecta a mi padre, como en lo que respecta a la poesía de Shelley. Las palabras que he leído me han parecido encantadoras.

—¿Pero no lo comprará? —Cuando la miró, Thalia notó un brillo en sus ojos oscuros—. ¿Su tía desaprueba la moral de Shelley?

—No le tengo miedo a mi tía —aclaró—. Es solo que ya he invertido mi dinero en otros gastos menores. —Era mejor ser considerada pobre de dinero que pobre de espíritu o de ingenio.

—Eso es fácil de solucionar. ¿Me permite regalárselo?

Thalia volvió a dudar. *Sí* que quería el libro con desesperación, sobre todo porque le daría una excusa para buscar de nuevo al señor Darby y preguntarle su opinión sobre los poemas una vez que los hubiera leído todos. Pero aunque su tía no supiera lo suficiente sobre Shelley como para desaprobarlo, desaprobaría un obsequio de un hombre que no era pariente de Thalia.

—Es un regalo insignificante, se lo aseguro —continuó él—. Nadie se opone a que un hombre le compre flores a una mujer joven y soltera. ¿Cómo podrían oponerse a algo que estimule su mente en vez de su apariencia?

Thalia se rio. Su razonamiento era absurdo (había una gran diferencia entre un ramo de rosas y un libro con contenido potencialmente escandaloso), pero le agradaba que el señor Darby tuviera aquel detalle con ella. En cualquier caso, ¿cómo iba a saber la tía Harmonia, o cualquier otra persona, de dónde había salido el libro? Hannah no se lo diría, no si Thalia le pedía que no lo hiciera.

—Entonces, gracias, lo aceptaré con mucho gusto.

Siguió al señor Darby hasta el mostrador, donde una joven de pelo oscuro estaba terminando una compra. Thalia fingió inspeccionar los libros expuestos en la ventana cercana mientras el señor Darby completaba la transacción. Hannah se unió a ella en el expositor.

—¿Quién es su hombre, señorita? —preguntó la criada.

Thalia negó con la cabeza.

—No es *mi* nada. Nos hemos conocido en la fiesta de los Gardiner, y luego nos ha visitado en casa.

El señor Darby apareció ante ellas, con un paquete envuelto en papel madera en las manos.

—Señorita Aubrey, ¿me permite presentarle a mi hermana, la señorita Emma Darby? —A su lado se encontraba la joven de cabello oscuro que había visto en el mostrador.

—Encantada de conocerla —dijo Thalia.

—Lo mismo digo —respondió la señorita Darby, con una mirada pícara entre Thalia y su hermano—. He oído mucho sobre usted.

Thalia sintió como le subían los colores. ¿Qué había oído la señorita Darby?

—Esto es para usted. —Al coger Thalia el paquete que el señor Darby le estaba entregando, este tomó su mano entre las suyas y le dio un beso rápido en los nudillos enguantados. La joven levantó la vista y se encontró con Hannah mirándola boquiabierta y con Emma sonriendo con satisfacción. Thalia retiró la mano, y los labios que acababan de rozar sus guantes formaron una curva deslumbrante. Thalia contuvo el aliento ante aquella sonrisa. La verdad es que era injustamente guapo.

Después de despedirse, Thalia y Hannah salieron de la librería.

—Así que no es *su* caballero. —A la criada se le formaron hoyuelos en las mejillas redondas y sonrosadas.

—Mi tía no puede enterarse de esto —dijo Thalia—. Me quitaría el libro si lo supiera.

—Es bastante romántico, ¿no?

Thalia se relajó y le devolvió la sonrisa a Hannah.

—Supongo que sí.

Aún estaba sonrojada por la euforia del aire fresco, los pensamientos novedosos y su encuentro con el señor Darby cuando regresó a casa y vio a Adam sentado junto a Kalli en el salón; la tía Harmonia los observaba desde cierta distancia con benevolencia con benevolencia.

El buen humor de Thalia se evaporó. Sabía que era su deber de hermana apoyar a Kalli, que sus padres esperaban eso de ella, pero no se veía capaz de hacerlo. No estaba del todo segura de con quién estaba más enfadada: con la sociedad, por tener expectativas tan ridículas sobre las mujeres y los hombres; con Kalli, por rendirse con tanta facilidad, o con Adam, por proponerle matrimonio ante la presión social. Aquel matrimonio los haría miserables.

Por otra parte, tal vez se lo merecían.

—¡Adam! —exclamó con alegría—. No he tenido la oportunidad de felicitarte. Estoy segura de que Kalli y tú vais a entenderos muy bien.

Tanto Kalli como Adam la miraron con recelo. *Bien.* Levantó el libro que le habían regalado y continuó:

—Hoy he ido a Hatchards y he adquirido este libro de poesía de Shelley. Es una muy buena recomendación del señor Darby, que estaba allí con su hermana. —Observó a Adam con atención mientras hablaba y se alegró de verlo apretar la mandíbula en un gesto de irritación.

—No creo que sea una buena influencia para ti, Thalia —apuntó él.

—Cuidado —contestó Thalia—. Algunas personas podrían pensar que le tienes envidia.

Antes de que las palabras hubieran terminado de salir de su boca, ya estaba deseando no haber dicho eso. Adam apretó los labios hasta formar una línea severa y su hermana se sonrojó por la vergüenza. Si bien estaba irritada con ambos, Thalia solo había querido molestar a Adam, no hacerle daño a Kalli.

—¡Thalia! —la reprendió la tía Harmonia.

Pero Kalli no se había disculpado con Thalia, por lo que ella tampoco se disculparía.

Adam se acercó a Kalli y le sujetó la mano.

—Ningún hombre que tenga el honor de estar comprometido contigo podría estar celoso de otra persona.

Kalli lo miró durante un largo momento y luego apartó la mano.

—Te pido que no seas condescendiente conmigo, Adam —aseveró, mientras se levantaba de su asiento y abandonaba el salón.

—Las mentiras piadosas siguen siendo mentiras, Adam —añadió Thalia—. Kalli merece algo mejor que eso.

Adam la miró fijamente.

—No tienes por qué alegrarte por nosotros, pero al menos podrías intentar no empeorar las cosas. —Se puso de pie y se colocó el sombrero—. Tú no eres así.

Luego se retiró antes de que ella tuviera la oportunidad de responderle.

—Thalia, ¿qué diría tu madre? —preguntó la tía Harmonia.

Thalia no quería hablar sobre lo que diría su madre. Ya podía oír la suave voz de su madre en sus oídos: *Cariño, puedes enfadarte si quieres, pero no debes desquitarte con tu hermana. Kalli te necesita.*

Pero Kalli no la necesitaba. Adam tampoco. Se tenían el uno al otro.

Thalia aferró el libro y se marchó del salón para subir las escaleras y dirigirse a su habitación. Se dejó caer sobre la cama, abrió el ejemplar de los poemas de Shelley y empezó a leer. Las palabras de la poesía ardían por sus venas como los primeros disparos de una rebelión en ciernes.

Se incorporó y se dirigió a su escritorio, sacó una hoja de papel y empezó a escribir. Palabras furiosas que quemaban la página. Palabras desgarradoras que la arrugaban. Escribió poemas de mujeres agraviadas. Le dio palabras a Penélope, que esperaba fielmente a un marido infiel; a Medea, para que respondiera a Jasón; a Hera, para que se las soltara a Zeus.

Escribió las palabras que quería que Kalli dijera, pero que su hermana jamás se atrevería a usar.

# 11

# LA PERSPECTIVA DE UN BAILE

## (KALLI)

Las señoritas que no piensan más que en vestirse, disfrutar de las atracciones públicas y establecer lo que ellas llaman buenas conexiones son, sin lugar a dudas, las que más fácil se dejan manejar por el miedo a lo que el mundo dirá de ellas.

*—Maria Edgeworth, encontrado en el cuaderno de apuntes de Kalliope Aubrey*

Kalli no vio la expresión de Adam cuando Thalia lo acusó de envidiar al señor Darby, pues se había quedado mirando sus manos, sobre todo las uñas que con tanto cuidado se había limado apenas una semana antes, en anticipación de su primera noche en sociedad. Una noche que la había llevado hasta allí, sentada de forma sumisa en una silla junto a su prometido.

Aún le resultaba extraño llamar a Adam así.

Su vida había dado un vuelco y, como consecuencia, estaba perdida. No se sentía ella misma; la chica a la que le gustaban las fiestas más que cualquier otra cosa había desaparecido y, en su lugar, había un ser austero que cuestionaba su propio juicio. Echaba de menos a esa otra Kalli.

Adam la había tomado de la mano y le había dicho: «Ningún hombre que tenga el honor de estar comprometido contigo podría estar celoso de otra persona».

Eran palabras amables, pero Adam no solo no las decía en serio, sino que no *podía* decirlas en serio, y eso era lo que más le dolía. Adam *sí* que estaba celoso del coqueteo de Thalia. ¿Cómo no iba a estarlo? Cualquiera podía darse cuenta de que Thalia estaba encandilada por el señor Darby como nunca antes lo había estado, y mucho menos por Adam.

Una oleada de vergüenza la acompañó cuando salió del salón. Se estaba comportando como una niña. Adam se estaba tomando bien el compromiso (a pesar de Thalia) mientras que ella había pasado días desanimada, como si casarse con un buen hombre fuera el peor castigo que podía imaginar. Aunque, en honor a la verdad, mientras que ella solo estaba renunciando a la remota posibilidad de casarse con un hombre que amara (¿por qué el rostro amistoso del señor Henry Salisbury se materializó frente a ella?), Adam estaba renunciando a la posibilidad *real* de estar con Thalia.

Al menos, Adam podría mantener a Thalia en su vida. Kalli no podría conservar ni siquiera un atisbo de ese amor porque, para empezar, nunca lo había tenido.

Cuando Charis llamó a su puerta poco después, Kalli la ahuyentó. Luego se quedó mirando el techo ensombrecido hasta que el sueño la venció.

La noche siguiente, las Aubrey y los Elphinstone asistieron a su primer baile de la temporada, organizado por la señora Salisbury. Kalli había elegido su atuendo con cuidado;

llevaba un vestido de seda azul pálido con una delicada capa de encaje que combinaba con el tono de sus ojos a la perfección. La promesa del baile no le produjo ningún placer (era toda una desilusión, ya que la expectativa era una buena parte de la alegría de cualquier velada), pero sabía que estaría en el centro de las miradas al ser una mujer recién comprometida que se salvó por poco del escándalo. No le daría a nadie motivos para pensar que se arrepentía de su elección.

Se ajustó las perlas alrededor del cuello y miró su reflejo mientras se preguntaba con aire ausente si el señor Henry Salisbury la consideraría bonita. En ese instante, dejó de mover los dedos. Ya no le correspondía anhelar al señor Salisbury. ¿Qué pensaría él de ella? ¿Se habría creído los escandalosos rumores que circulaban?

Kalli trató de no pensar en el señor Salisbury mientras conducían por las calles cada vez más oscuras de Londres, pero ciertamente le resultaba difícil concentrarse en otra cosa. Primero pensaba en que esperaba poder evitarlo durante toda la velada en lugar de afrontar el cambio en sus respectivas situaciones; después, esperaba que la viera y, tal vez, la invitara a bailar.

Intentó no pensar tampoco en Adam, quien sin duda la invitaría a bailar y luego perseguiría a Thalia por todo el salón.

Las majestuosas puertas de entrada de la mansión Salisbury, cerca de la plaza Grosvenor, estaban abiertas de par en par y custodiadas por lacayos que sostenían velas; estaba dando comienzo la velada. Kalli dejó que el mozo de cuadra del tío John la ayudara a bajar del carruaje y siguió a sus tíos hasta el vestíbulo. Su tío llevó sus capas al guardarropa y luego las alcanzó mientras subían las escaleras en dirección al salón de baile, donde la familia Salisbury estaba recibiendo a los invitados.

Anne Salisbury estaba radiante, con sus rizos rubios rojizos recogidos con precisión sobre su cabeza y decorados con una sarta de perlas. Tenía puesto un vestido color marfil pálido con cintas verdes que adornaban el dobladillo. Cuando Kalli se acercó, el abrazo que le dio desprendía aroma a lavanda.

—¡Ah, qué alegría ver una cara conocida! Muchos de los invitados son amigos de mi madre, y también de mi padre antes de que este falleciera. Estoy encantada de que esté aquí, siento que usted y yo estamos destinadas a ser amigas. Por cierto, enhorabuena por el compromiso.

—Gracias. ¡Y enhorabuena a usted también! Esta noche está espléndida, y la fiesta parece ser todo un éxito.

Anne sonrió.

—Eso espero. ¡Aunque me encantaría dejar la fila de recepción y empezar a bailar! Creo que Henry esperaba invitarla a bailar, señorita Aubrey.

El señor Salisbury se asomó por detrás de su madre.

—Henry es capaz de hacer sus propias preguntas, pero gracias de todos modos. —Le dedicó una sonrisa a Kalli, mostrando el mismo hoyuelo que tenía Anne y que tan nerviosa la ponía—. ¿Qué opina, señorita Kalliope Aubrey? ¿Me haría el honor de concederme el primer baile?

Kalli sintió como se renovaba su entusiasmo por el baile en un segundo y, sin pensárselo más, hizo una reverencia.

—Por supuesto. —No pudo reprimir un momento de petulancia. Sería una buena lección para Adam descubrir que ya tenía reservado el primer baile cuando él ni siquiera se había molestado en pedírselo.

Kalli siguió a los demás al salón de baile, donde el anuncio de sus nombres se mezcló con el ruido de la multitud ya reunida. Adam los encontró unos minutos más tarde, con limonadas para las damas. El joven recorrió con la mirada a cada una de ellas antes de detenerse en Kalli.

—¿Quieres bailar conmigo, Kalli?

—Sí, con mucho gusto lo haré, pero no el primer set. Ya me he comprometido a bailar con otra persona.

A Adam se le ensombreció el rostro, pero fue tan rápido que Kalli no pudo descifrar la expresión.

—Pero pensé… No importa. Me merezco ser castigado por mi suposición. Debería habértelo pedido mucho antes. Thalia, ¿te gustaría bailar conmigo?

Thalia, más divertida que ofendida, dijo:

—No estoy segura de cómo tomarme eso, porque está claro que soy tu segunda opción, pero da la casualidad de que también tengo el primer set reservado.

—Charis bailará con usted, señor Hetherbridge —propuso la tía Harmonia.

—Sería un honor —aseguró Adam valerosamente antes de volverse hacia Charis.

Pero Charis, que llevaba un vestido rosa pálido con cuatro capas de volantes en el dobladillo, protestó.

—¡Mamá! Yo no tenía planeado bailar esta noche.

—No digas tonterías. ¿Por qué una joven vendría a un baile sin ganas de bailar?

—Porque dicha joven no tiene otra opción —se quejó Charis.

—Si prometo no pisarte los pies más de lo razonable, ¿bailarías conmigo? —preguntó Adam—. Deberías apiadarte de mí porque ya me han rechazado tus dos primas.

Al escuchar eso, Charis se rio y aceptó.

—Pero solo para salvar tu reputación.

La familia Salisbury se unió a la multitud, y el primer grupo de baile empezó a formarse. El señor Henry Salisbury se acercó a Kalli y la llevó al principio de las dos filas para posicionarse justo detrás de Anne y su compañero.

El baile en sí fue encantador, justo lo que Kalli había anhelado cuando se imaginaba los bailes en Londres. El señor Salisbury se movía con facilidad y la guiaba con pericia a través de las formaciones. Kalli sentía el agarre firme y seguro de su mano enguantada sobre la de ella. Pero más que eso, el caballero sabía precisamente cómo hacerla disfrutar al máximo: halagándola y molestándola por momentos, haciendo comentarios animados sobre las otras parejas y, en general, permitiendo que Kalli olvidara cualquier ansiedad que pudiera haber sentido al llegar esa noche. A la joven la asaltó una pequeña duda, pues la amabilidad del señor Salisbury indicaba que quizá aún no estaba al tanto del compromiso. Pero Anne lo sabía..., así que seguro que su hermano también.

Cuando pasaron por el centro de la pista, Kalli sonrió al ver a Charis y Adam. No reconoció a la pareja de Thalia, pero su hermana le lanzó una sonrisa por primera vez en días, y ella le devolvió el gesto. Durante un breve momento, todo parecía estar bien a su alrededor.

Al final del baile, el señor Salisbury tuvo la amabilidad de llevarla de regreso con sus tíos, donde Adam la esperaba. El señor Salisbury saludó a Adam con suma cordialidad, pero había una frialdad en su voz que emocionaba a Kalli en secreto. ¿Era posible que tuviera celos de Adam?

Se contuvo: no debía dar rienda suelta a ese tipo de esperanzas.

Adam reclamó el baile que le correspondía. Su alta sombra cayó sobre ella e hizo que el corazón de Kalli diera un vuelco. Él la miraba con bastante solemnidad, como si estuviera analizando su rostro; su mandíbula parecía tensarse por momentos.

Kalli se tocó el pelo y frunció el ceño.

—¿Me veo mal?

—No. Te ves… bien. Estás preciosa.

Kalli se sonrojó. Adam nunca se había referido a ella como «preciosa».

No le dijo más de tres palabras mientras bailaban, pero continuó estudiándola con esa intensidad curiosa, como si hubiera algo desconcertante en ella. Kalli casi se alegró cuando terminó el baile y Adam la llevó de regreso con su tía, quien la esperaba con una serie de caballeros.

Kalli se dejó llevar por la vorágine y la energía del baile, deleitándose en el movimiento y la elegante formalidad de las coreografías. Ni siquiera el hecho de que su pareja le pisara dos veces los dedos de los pies pudo disminuir su deleite.

No fue hasta poco antes de la cena que tuvo la oportunidad de sentarse, y no fue porque le faltaran parejas de baile, sino porque deseaba recuperar el aliento.

—¿Está libre este asiento?

Una mujer elegante con un vestido color burdeos oscuro señaló el asiento vacío junto a ella. Cuando Kalli dijo que sí, la mujer se sentó, y entonces pudo reconocerla como lady Stanthorpe, la hermana mayor del señor Salisbury. Como ya no vivía en casa con la familia, no había formado parte del grupo de anfitriones que los había recibido.

—Señorita Kalliope Aubrey, ¿verdad? —Ante el asentimiento de Kalli, sonrió—. Creo que le debo una disculpa porque mi hijo le estropeó el vestido.

Kalli negó con la cabeza.

—No se preocupe. Ha sido fácil quitar la mancha del vestido, y es normal que los niños pequeños vomiten.

—Lo ensucian todo, ¿no cree? —preguntó lady Stanthorpe en tono jovial—. Bueno, querida, ¿le está gustando el baile de mi madre?

—Es una maravilla —afirmó Kalli, olvidando durante un momento que mostrar tanto entusiasmo no era del todo adecuado.

Pero lady Stanthorpe se limitó a reír.

—Recuerdo sentirme igual que usted en mi primer baile.

—Todos han sido muy amables —añadió Kalli, y luego deseó haberse mordido la lengua. Si bien los caballeros estaban dispuestos a sacarla a bailar esa noche, no habían sido tan amables una semana antes cuando estalló el escándalo entre ella y Adam. ¿Lady Stanthorpe la consideraría una ingenua por creer en la bondad de la gente?

—Creo que no se trata de amabilidad —apuntó ella—. Usted es cautivadora. Desde luego, mi hijo lo cree. Henry parece pensar lo mismo también.

Kalli se ruborizó.

—El señor Salisbury es muy amable. —Cerró los ojos brevemente. Su comentario sonó bastante vano.

La sonrisa de lady Stanthorpe se amplió.

—Eso ya lo ha dicho. Y ya se lo he disputado. Dejando de lado los motivos concretos de Henry, me alegra verlo feliz. —Dudó un momento y luego añadió—: No siempre es fácil vivir con nuestra madre, y Henry ha sacrificado gran parte de su propia felicidad para verla feliz y cuidar de Anne.

A Kalli se le encogió el corazón. Conocía ese sentimiento, quizá demasiado bien. Pero su fugaz sensación de cercanía con el señor Salisbury se desvaneció cuando recordó a Adam.

—Somos amigos y nada más. Hace poco que me he comprometido.

Lady Stanthorpe la examinó.

—Eso he oído. Espero que no me considere muy impertinente, pero ¿se trata de una unión por amor o de un matrimonio de conveniencia?

Kalli se sonrojó aún más. *Sí* que ha sido bastante impertinente, pero lady Stanthorpe tenía una mirada dulce, como si le importaran realmente sus sentimientos y no simplemente la oportunidad de cotillear.

—Estoy segura de que ha oído los rumores. El señor Hetherbridge y yo nos preocupamos mucho el uno por el otro, pero... —Se dio cuenta de que no podía terminar la frase. Admitir que no era una unión por amor tampoco iba a cambiar las cosas.

—Entiendo. —Lady Stanthorpe permaneció un rato en silencio, observando a las parejas que pasaban bailando junto a ellas—. Voy a decir algo que puede resultar escandaloso, algo que sin duda su buena tía no le diría. En primer lugar, no está casada hasta que está casada. No descarte a Henry tan rápido. En segundo lugar, incluso si está casada, la sociedad les ofrece a las mujeres casadas mucha más independencia que a las solteras. En el caso de las solteras, cualquier indicio de escándalo puede resultar en un desastre. En el caso de las mujeres casadas, mientras sean discretas en sus asuntos, la mayor parte de la sociedad hará la vista gorda frente a sus acciones. Además, como ya sabe, tampoco es de buen gusto en sociedad parecer que se está muy enamorada de su marido o de su prometido. —Sus labios se curvaron en una mueca divertida e irónica.

Kalli tenía sentimientos encontrados que se le agolpaban en el pecho: una parte de ella estaba sorprendida por esa visión casual del matrimonio, tan diferente del compromiso propugnado por sus propios padres. Otra parte de ella estaba enfadada. La mera sugerencia de un amorío siendo soltera la había obligado a comprometerse con Adam, pero, si estuviera casada, ¿tendría la libertad de ser infiel mientras nadie lo supiera? ¿Cómo iba a ser eso justo?

—¿Por qué me cuenta esto?

—Porque usted le gusta a Henry y, perdóneme, pero creo que el interés es mutuo. No le pido que rompa el compromiso, solo que considere las otras opciones disponibles.

Kalli respiró hondo en un intento de calmar sus pensamientos. No creía que pudiera serle infiel a Adam, pero tal vez... tal vez no fuera tan malo si le gustaba coquetear con el señor Salisbury de vez en cuando. Lady Stanthorpe no lo habría sugerido si fuera de mala educación; ella conocía las prácticas de la sociedad mucho mejor que Kalli. No era como si Adam le mostrara atenciones similares. Su única intención era pasarlo bien, y dado que ni su corazón ni el de Adam estaban involucrados en la unión, Adam no podía terminar herido.

Lady Stanthorpe agitó su abanico hacia Kalli.

—Justo lo que pensaba. Usted es una joven sensata. Ahora le recomiendo que regrese a la fiesta. Henry está merodeando aquí cerca, esperando ser su acompañante en la cena, así que será mejor que no lo decepcione.

Kalli se puso de pie, miró por encima del hombro y descubrió que, en efecto, Henry, el señor Salisbury, estaba esperando a unos pasos de distancia con una sonrisa esperanzada en el rostro. Ella dudó durante un momento. ¿No debería cenar junto a Adam? Pero mientras echaba un vistazo rápido a los invitados reunidos, vio a su prometido aferrado al brazo de Thalia, en dirección al comedor. Sintió una pequeña y aguda punzada porque era evidente que ni siquiera había pensado en invitarla, pero luego esbozó su sonrisa más amplia y se volvió hacia el señor Salisbury.

—¿Me haría el honor de dejarme llevarla a cenar, señorita Kalliope Aubrey?

—Gracias, señor Salisbury. Me encantaría. Pero le pido que me llame señorita Kalli. Solo mi madre me llama Kalliope.

—Me gusta mucho el nombre Kalliope, la facilidad con la que puedo pronunciarlo. ¿Usted es poeta como su hermana? —preguntó, y ella recordó que habían hablado de la poesía de Thalia cuando se conocieron.

Negó con la cabeza.

—Apenas puedo entonar una melodía, y ni hablar de escribir mis propios versos.

—Entonces nos llevaremos muy bien. En mi opinión, uno no debe ser demasiado culto ni dotado, pues la gente empieza a esperar cosas de uno mismo. Es mejor sorprender a los demás al cumplir con sus bajas expectativas que decepcionarlos al no cumplir con las altas. —Le sonrió. Tenía una sonrisa encantadora, acompañada de un hoyuelo.

El hombre le tendió el brazo. Kalli lo tomó y sintió cómo su calidez se extendía a través de ella.

—Señor Salisbury, no creo que pueda decepcionarme, ni aunque lo intentara.

La miró y enarcó las cejas.

—¿Me está desafiando?

Kalli soltó una risotada. Era la primera vez desde hacía días que se sentía tan relajada. Después de todo, tal vez el señor Salisbury no se había enterado del compromiso. Decidió que se lo diría. Después de la cena.

Pero luego, durante la cena, la hizo reír de nuevo y le elogió el vestido, de modo que no soportaba la idea de contárselo y ver cómo la cálida luz de su admiración desaparecía de su rostro. Pensó en lo que había dicho su hermana, que el señor Salisbury tenía derecho a ser feliz. ¿Tan malo era aprovechar la oportunidad de ser feliz cuando se presentaba? Al fin y al cabo, solo estaban hablando.

Notó que Thalia y Adam la estaban observando. Thalia parecía molesta, pero no podía leer la expresión en el rostro de Adam. Se giró hacia el señor Salisbury, con una sonrisa más grande y brillante, estirando las mejillas.

Se lo contaría al señor Salisbury más tarde. O tal vez otra persona se lo diría. Por el momento, Kalli quería disfrutar un poco más de la burbuja dorada en la que estaban metidos.

# 12

# A LA FUERZA AHORCAN

## (CHARIS)

*Tienen un sabor más austero y meramente astringente en comparación con cualquier otra sustancia vegetal que conozco de esa clase y producen, cuando se echan en cualquiera de las sales rojas de hierro, un tinte completamente negro.*

—*William Thomas Brande,* Transacciones Filosóficas de la Royal Society
[*Nota de Charis:* «Austero y meramente astringente» bien podría describir a un caballero que conozco. Por cierto, ¿cuántos científicos han muerto por probar sustancias desconocidas en nombre de la ciencia?].

Charis nunca había sido particularmente devota, al menos no desde la perspectiva de la familia Aubrey. Prefería encontrar su religión al aire libre, entre árboles y arroyos, contemplando el cielo en lo alto. Sin embargo, en los días previos a su paseo con el señor Leveson, había orado fielmente, noche tras noche, con un fervor que habría sorprendido a sus dos primas si lo hubieran sabido.

Rezó para que lloviera. Rezó para que se desatara una tempestad. Rezó para que hubiera una tormenta de granizo como nunca antes se había visto en Londres. Se habría conformado con una llovizna; incluso con la típica niebla de finales de invierno que se adhiere a los ladrillos y balaustradas y pone en peligro a quienes conducen los carruajes.

Pero el día de su esperado paseo con el señor Leveson, la mañana siguiente al baile de los Salisbury, amaneció despejado y terriblemente soleado, en una primavera que de otro modo sería fría. Charis no estaba segura de si era una señal de su propia falta de fe o si Dios se estaba riendo de ella.

Su madre se ofreció a ayudarla a vestirse, pero Charis les pidió a Thalia y Kalli que le echaran una mano. Necesitaba pedir prestado algo de coraje a sus primas, y esperaba que, al ir a ayudarla, se vieran obligadas a hablar entre ellas. Después del comentario del señor Leveson sobre los colores de su carruaje, su madre había sorprendido a Charis comprándole una chaquetilla de color ámbar para que usara durante el paseo y se protegiera del viento. Le resultaba fastidioso darse cuenta de que había hecho falta la sugerencia de un hombre para que su madre oyera lo que Charis había intentado sugerirle tantas veces en vano.

Charis aún temía que su madre insistiera en combinar la chaqueta con un vestido rosa o alguna prenda con una cantidad indecente de volantes. Charis no se escondía de sí misma: sabía que los volantes y los vestidos de encaje que lucían tan etéreos en sus primas, a ella la hacían parecer más bien una gallina que se había atiborrado de migajas. Las líneas simples y los tonos vivos y cálidos le sentaban mucho mejor. Pero su madre no le ofreció nada más que la chaqueta nueva, por lo que Charis la combinó con un vestido marfil de corte sencillo, ribetes color café y un par de guantes beige.

Thalia la ayudó a ajustarse la chaqueta mientras Kalli estaba a su lado.

—¡Estás preciosa, Charis! —aseguró Kalli.

Charis se sentó en el tocador y estudió su apariencia mientras su criada, Mary, le recogía el pelo en un moño suelto a la altura de la nuca, con dos mechones cayendo sobre la frente, pero sin los rizos que tanto le gustaban a su madre. Inspeccionó sus mejillas anchas y pecosas, su cabello castaño rojizo, sus labios carnosos y rosados. Sus ojos eran bonitos, bien separados y de color café, como un jerez oscuro. La verdad es que *sí* estaba preciosa. Durante medio segundo se permitió preguntarse si el señor Leveson también pensaría lo mismo, antes de desterrar la idea. No importaba lo que pensara de ella.

En lugar de eso, decidió verbalizar una observación:

—Kalli, pareces feliz esta mañana. ¿El primer baile ha cumplido con tus expectativas?

Kalli iba a responder, pero Thalia la interrumpió:

—Está claro que lo ha pasado bien, dado que no ha bailado más de un set con su prometido.

—¿Y cómo se suponía que iba a bailar con Adam, si cada vez que me daba la vuelta, estaba *contigo*?

Charis soltó un quejido. Había invitado a las hermanas a su habitación para ayudarlas a reconciliarse, no para que encontraran nuevos motivos para discutir.

—¡No os peleéis! Estoy hecha un manojo de nervios por este miserable paseo y necesito que ambas me ayudéis a tranquilizarme.

Kalli parecía consternada, y Thalia un poco más arrepentida. Pero dejaron de atacarse, por lo menos.

—¿Es tan terrible el señor Leveson? —preguntó Kalli—. Quizá puedas excusarte y decirle a la tía Harmonia que no te sientes bien.

—No es que sea *tan*, es solo que es irritante y me temo que no podré mantener la boca cerrada como debería ante sus provocaciones —explicó Charis.

—Si te provoca para que seas sincera —recalcó Thalia—, entonces se merece escuchar todo lo que tengas que decir.

—Exacto —asintió Kalli, y Charis vio cómo las hermanas intercambiaban una mirada y una sonrisita a través del espejo.

Charis se puso una capota de paja con una cinta de satén marrón y bajó las escaleras con sus primas. Abajo vio que el señor Leveson ya había llegado y estaba entablando una conversación animada con su madre, quien frunció el ceño cuando Charis entró en el salón. Con el pretexto de darle un abrazo, la mujer le susurró:

—Tu atuendo es muy serio, Charis. Quizá sea mejor que vuelvas a subir y le pidas a Mary un pañuelo de encaje o algo por el estilo para darle vida al conjunto. ¿Qué tal unos rizos que asomen bajo la capota?

Charis se sonrojó con incomodidad, pero Thalia le apretó la mano y le dijo:

—Estás muy elegante, Charis. Ese color te queda perfecto y resalta tus ojos.

El señor Leveson la examinó.

—Debo elogiar su gusto, lady Elphinstone. Ha elegido el tono justo para complementar mi carruaje. —Había un brillo en los ojos del hombre, y Charis tuvo que admirar la maestría con la que había manejado a su madre. Lady Elphinstone creería que fue ella, y no el señor Leveson, quien tuvo la idea de vestir a Charis con colores otoñales.

Una fuerte punzada de miedo la atravesó mientras subía al carruaje de dos caballos del señor Leveson, un vehículo ligero y bastante bonito, con un asiento elevado y solo dos ruedas. Charis no supo discernir si era la altura desde el suelo (que era considerable) o la repentina comprensión de que su madre le estaba dando la bendición para pasear *sola* con un hombre al que apenas conocía lo que le generaba dudas. Un hombre, además, que le agradaba a medias, por no decir entre poco y nada.

—No tenga miedo, señorita Elphinstone. Puede que no sea tan extravagante como los de algunos caballeros que podría nombrar, pero le aseguro que soy perfectamente competente.

—Su capacidad nunca estuvo en duda —señaló Charis.

—¿Solo mis modales? —El señor Leveson sonrió—. Prometo comportarme.

Caray, ¿por qué ese comentario la había decepcionado?

Thalia, Kalli y su madre la despidieron como si Charis hubiera logrado un hito importante digno de celebración, y no un simple paseo por el parque.

Condujeron en silencio durante un rato, mientras el señor Leveson chasqueaba la lengua a los caballos y los orientaba para evitar la peor parte del tráfico entre la casa Elphinstone y Hyde Park. Charis admiró la firmeza con la que sostenía las riendas y la bonita forma de sus manos. Se preguntó cómo era posible que los humanos hubieran llegado a tener manos que se adaptaran de forma extraordinaria a tantas tareas. El tío Edward diría que Dios las diseñó así, por supuesto, pero al ser un vicario, tenía que decirlo... ¿Y cómo se le había ocurrido ese diseño a Dios? ¿Y por qué ver un par de manos bien formadas le causaba una sensación tan peculiar en la boca del estómago?

El señor Leveson levantó la vista y la pilló mirándolo.

—¿Y bien? —preguntó él en un tono que sugería que estaba esperando una crítica.

—Lo hace muy bien. ¿Fue muy difícil aprender?

—¿Cómo? ¿Ninguna queja? Por favor, señorita Elphinstone, me decepciona.

Charis se enderezó en el asiento y pasó la mano por las mangas de su nueva chaquetilla. El señor Leveson tenía razón: el color ámbar hacía juego con los asientos de terciopelo color marrón de su carruaje.

—Me gusta dar crédito a quien se lo merece, señor.

—En ese caso, le agradezco el cumplido. Y no, no ha sido difícil aprender a conducir. Solo hace falta una práctica constante, como el dominio de cualquier habilidad que uno tenga en mente.

Parecía el tipo de persona fastidiosa que podía dominar cualquier cosa que se propusiera. Charis no creía pertenecer a esa misma categoría. Algunas actividades, como la danza, requerían aptitud además de la voluntad de practicar.

—¿Usted sabe conducir? —preguntó el señor Leveson—. ¿O montar a caballo? ¿Cuál es su método preferido para disfrutar del mundo natural?

—A pie —respondió Charis—. Es decir, no sé conducir, y sí puedo montar a caballo, aunque no sea una jinete muy elegante. Pero prefiero caminar, porque hay detalles que me pierdo cuando me muevo demasiado rápido por el mundo.

—¿Por ejemplo? Galantos, violetas y campanillas, apostaría.

—Me temo que perdería la apuesta. ¿Por qué los hombres siempre asumen que a las mujeres solo nos interesan las flores? Me gustan mucho, pero me interesa más la fauna que la flora: los diferentes chochines, gorriones, cernícalos, esmerejones y todo tipo de animales que vuelan.

—Es una naturalista, ¿entonces? —Los ojos del señor Leveson centellearon con interés—. ¿Estudia algo en particular?

Charis dudó. Su madre le había inculcado en repetidas ocasiones la importancia de no compartir sus intereses peculiares, ya que a los caballeros no les gustaba escuchar que una dama estudiaba insectos. Pero como no le importaba la buena opinión del señor Leveson y disfrutaba hablando de sus estudios, ignoró ese consejo.

—De hecho, sí. Los insectos son mi especialidad. Cuando regrese a casa, tengo intención de hacer un estudio sobre la *Sphinx stellatarum*, más comúnmente conocida como esfinge colibrí.

—¿Una polilla halcón? Debo admitir que no la tomaba a usted por una científica seria.

Tenía una pregunta en la punta de la lengua. Más que nada, quería preguntarle por qué le sorprendía. ¿Porque era mujer? ¿Porque era joven? ¿Porque pensaba que era sencilla y que solo a las chicas bonitas se les permitía ser interesantes?

—Creo recordar que una vez me sermoneó por atreverme a prejuzgar a alguien por su apariencia. ¿Fue mera hipocresía?

El señor Leveson hizo una mueca.

—*Touché*. Tiene razón. No debería de haber hecho suposiciones sobre usted. Quise decir que, por lo general, a las jóvenes no se las anima a tomarse esas cuestiones en serio. No dudo de su capacidad… Me parece alguien que observa las cosas de cerca.

—Me halaga. ¿Está tratando de reparar su error tras haberme insultado? Observo con atención lo que me interesa, pero eso es todo. Por desgracia, mi madre me considera una persona despistada en lo que refiere a las sutilezas sociales.

—¿Y qué ha observado en mí? —preguntó el señor Leveson.

Charis primero posó la mirada en su rostro, en las largas pestañas que enmarcaban sus ojos oscuros escondidos debajo de unas cejas tupidas. Siguió la línea definida de su mejilla bronceada hasta llegar a su mandíbula firme, y luego continuó hasta los labios absurdamente hermosos que se curvaban un poco bajo su escrutinio. Una barba incipiente le ensombrecía la mejilla de una manera que hizo que a Charis se le encogiera el estómago. Era apuesto, pero por nada del mundo podía hacérselo saber a él.

—Que es diligente, que todo lo que hace en público se preocupa por hacerlo bien, desde su forma de vestir hasta su forma de bailar y su forma de conducir. Que si bien es presuntuoso, también es capaz de complacer a quien le parezca. Y que debe de tener algún conocimiento sobre la naturaleza, porque cuando mencioné la esfinge colibrí, sabía que se trataba de una polilla halcón, y eso que es un nombre poco común.

—Así que me ha observado con mucha atención —dijo el señor Leveson, y esa luz danzante volvió a sus ojos. Charis se dio cuenta demasiado tarde de lo que implicaba esa observación minuciosa: «Observo con atención lo que me interesa». El desgraciado le había tendido una trampa, y ella había caído directo en ella—. Si *fuera* presuntuoso, no sería por mi apariencia ni por mi riqueza, que son cosas que he heredado de mis padres, sino por todo lo que he cultivado. Mi mente, mis habilidades y cualquier elocuencia que se pueda decir que poseo.

Se quedó callado durante un largo momento. Luego prosiguió:

—¿Sabe por qué «todo lo que hago en público me preocupo por hacerlo bien»? ¿Nunca se ha preguntado eso?

La verdad es que no, Charis nunca se había parado a pensarlo.

—Supongo que desea que la gente tenga un buen concepto de usted.

—Sí. Es muy curioso: como angloíndio, cuanto más excepcional soy, más amigable me veo frente a la sociedad. —Hizo una mueca.

A Charis no le pareció curiosa su observación, sino angustiante, casi tan angustiante como el tono de su voz, como si estuviera burlándose de sí mismo. No sabía qué decir; solo quería borrar la amargura que había aparecido en sus ojos.

—¿La sociedad lo considera amigable?

Un atisbo de sonrisa curvó sus labios.

—Impresionante, ¿no cree?

—Bastante —coincidió Charis, sonriéndole con alivio y satisfacción.

Habían entrado en el parque y los árboles empezaban a mostrar la verde promesa de la primavera. Imaginó que en aproximadamente un mes el lugar se vería glorioso, con multitud de seres vivos, pero en ese momento estaba más bien triste, desnudo y gris.

—¿Le interesa saber lo que yo he observado en usted? —ofreció el señor Leveson.

Charis se lo imaginaba. Cruzó los brazos sobre el pecho y miró hacia el parque.

—Preferiría no saberlo.

—Muy bien —dijo el hombre con sosiego, haciendo un gesto con la cabeza para saludar a un caballero que caminaba por el sendero al lado de la carretera.

El caballero, de mediana edad y cintura ceñida (debía de llevar corsé, como se decía que hacía Prinny), con un chaleco bastante florido, se quedó mirándolos mientras pasaban. Alguien conocido como el señor Leveson, que conducía con frecuencia por Hyde Park, no podía generar semejante estupor, por lo que debía de ser Charis, como invitada suya, quien hizo que el hombre se sorprendiera. No cabía duda de que el señor Leveson acostumbraba a pasear con diamantes de primera, si es que realmente paseaba con señoritas.

¿Qué *veía* el señor Leveson cuando la miraba? ¿Veía lo mismo que la mayoría de las personas: una joven regordeta con pocas habilidades sociales? ¿O veía lo mismo que la propia Charis: una mujer brillante, capaz y sin paciencia para los rituales sociales?

Charis suspiró y descruzó los brazos. Se volvió hacia el señor Leveson, que en ese momento observaba el camino que tenían delante y escudriñaba a los jinetes y los carruajes que pasaban.

—Me temo que la curiosidad es un pecado que me domina. ¿Qué ha observado en mí?

—Hay pecados mucho peores que la curiosidad.

El señor Leveson sostuvo las riendas con la mano derecha con facilidad y utilizó la izquierda para acariciarse el mentón. Había un pequeño parche cerca de la unión de su mandíbula y su oreja, como si se hubiera cortado al afeitarse y se hubiera olvidado de quitarse el parche. El descuido no parecía algo común en él, y Charis se preguntó si a él también le había inquietado la perspectiva de ese paseo.

—En mi opinión, señorita Elphinstone, creo que la subestiman a menudo, pero a usted le gusta que sea así. Deja que su madre la vista, aunque sus gustos me hacen pensar que usted misma podría hacer un trabajo loable si tuviera la mínima oportunidad. Asume el papel de una debutante insípida en la sociedad y, sin embargo, tiene una mente aguda y un amplio interés por el mundo natural. Puede ser una joven audaz en lo que respecta a las ideas o el bienestar de otros, pero no es audaz en su propio beneficio. Estas discrepancias me resultan tanto intrigantes como desconcertantes.

Durante un momento, Charis se olvidó de cómo respirar. Sus palabras la hicieron sentir vista, incluso *expuesta*. Si no fuera alguien que le pareciera más apuesto de lo que le convenía, tal vez se sentiría complacida por su perspicacia. En lugar de eso, se sintió un tanto amenazada… o posiblemente traicionada, aunque no sabía decir por quién o por qué.

Charis sintió que las mejillas se le teñían de rojo.

—No pretendo ser intrigante ni desconcertante. Los juegos no son lo mío, señor.

—Lo sé. Eso es parte de lo que me genera intriga.

El calor en su rostro se intensificó. ¿Estaba coqueteando con ella? Y santo cielo, *¿por qué?* Todavía se estaban adentrando en el parque y estaban cada vez más lejos de las puertas de entrada. Calculó cuánto tiempo más tendría que permanecer en el carruaje con la presencia incómoda de aquel hombre. Demasiado tiempo para su gusto, así que se preguntó si sería terriblemente descortés pedirle que la llevara a casa en ese momento. Probablemente sí.

Quizá podría saltar del carruaje y refugiarse en un grupo de árboles allí cerca.

No. Incluso ella sabía que eso último era absurdo. Lo primero, quizá no tanto. Abrió la boca para hablar, pero el señor Leveson la desarmó por completo con una sonrisa.

—Está deseando verme en el infierno, ¿verdad? Le pido disculpas. No era mi intención hacerla sentir incómoda. Debo ser fiel a mi palabra, puesto que al comienzo de este viaje prometí comportarme. Hablemos de asuntos impersonales, ¿qué le parece? Dígame, ¿qué opina del papel que desempeñan los humores en la naturaleza?

Lo miró con recelo. ¿Se estaba burlando de ella? Seguía con esa sonrisa tranquila que tanto detestaba y, después de todo, ella tenía muchas teorías sobre el tema. Aunque su respuesta lo aburriera, se lo tenía bien merecido.

—Creo que están obsoletos y no pueden explicar debidamente lo que sabemos del mundo natural. Dígame, ¿ha leído a Lavoisier?

Mientras movía las manos para demostrar su entusiasmo, Charis se sumergió más en el tema. El señor Leveson no parecía muy versado en los estudios de Lavoisier, pero escuchó con atención y formuló las preguntas adecuadas y, cuando se agotó el tema de conversación, él le estuvo hablando sobre algunas presentaciones recientes a las que había asistido en la Royal Society.

—Me hubiera gustado acompañarlo. Mi único consuelo cuando mi madre me dijo que debía venir a Londres para la temporada fue creer que podría asistir a algunas de las conferencias profesionales. En casa hay muy pocas ocasiones en las que puedo interactuar con personas realmente instruidas. Puede que sea de Oxfordshire, pero rara vez estamos en Oxford. Después de lo que pasó con Kalli, aunque el problema ya esté solucionado, mi madre dice que debemos tener mucho cuidado de no cortejar la censura y que, si yo asistiera a un lugar así, atraería la misma censura que debemos evitar. —Charis suspiró—. No me importaría tanto si eso significara que puedo formar parte de ese mundo.

El señor Leveson guardó silencio durante un momento mientras observaba su rostro en lugar de la carretera.

—¿Su madre se opondría si *yo* la invitara? —Una sonrisa se asomó a sus labios—. Es verdad que las mujeres no suelen asistir a la Royal Society, pero creo que podría obtener el permiso de sir Joseph Banks, el hombre que dirige la sociedad.

El rostro de Charis se iluminó.

—¿Podría hacerlo? —Recordó lo que le había dicho antes, sobre tener que trabajar duro para mantener la aprobación de la sociedad debido a su procedencia—. ¿No perjudicaría su posición? ¿No se arriesgaría a ofender a la Royal Society?

—Creo que mi posición, al igual que la sociedad misma, podría resistir su presencia. —Como Charis siguió observándolo con dudas, él le dedicó una sonrisa—. Me he esforzado por establecer conexiones en la Royal Society, ya que respalda mi prestigio como un caballero de cultura e inteligencia. Y creo que he cultivado lo suficiente la simpatía de sus miembros como para conseguir su admisión.

—Sería increíble, pero primero debo preguntarle a mi madre. —Con esa idea en mente, su alegría disminuyó. Su madre se había vuelto muy cautelosa desde lo sucedido con Kalli. No obstante, parecía que le agradaba el señor Leveson, y si tan solo le dijera que sí, todo lo demás que Charis tuviera que soportar esa temporada sería soportable... incluso la compañía del señor Leveson—. Tal vez esté de acuerdo si le recuerdo que podría ser beneficioso para mi reputación que me vean en su compañía.

—¿Se está burlando de mí, señorita Elphinstone?

—¿Eso cree? No ha sido mi intención. —Reflexionó un momento y luego añadió—: Al menos, no esta vez.

El señor Leveson se rio, y una calidez la recorrió desde la coronilla hasta la punta de los pies. A Charis le gustaba su risa, la manera en la que sus ojos oscuros se arrugaban en las esquinas, la manera en la que la expresión de su rostro parecía suavizarse. Realmente le gustaba mucho... pero lo que no le gustaba era ese pensamiento.

Y menos aún le gustó darse cuenta, después de que el señor Leveson la llevara a casa y obtuviera el permiso de su madre para que Charis asistiera a una conferencia de la Royal Society, de que la compañía del señor Leveson no había resultado tan nefasta como había temido.

De hecho, más bien lo contrario.

# 13

# UN AMOR EN EXHIBICIÓN

## (THALIA)

*Nieblas matutinas en el páramo.*
*Sombras moteadas en el rellano.*
*Niños bailando en el prado…*
*Cambiaría esto por un mundo lejano.*

*—Thalia Aubrey*

Thalia se movía inquieta por el salón de la tía Harmonia. El lugar estaba repleto de visitas y, aun así, mientras pasaba de una conversación a otra, lo único que oía era comentarios sobre el tiempo, los últimos cotilleos, opiniones sobre la nueva moda de las mangas y, de nuevo, comentarios sobre el tiempo. Charis era su salvadora en momentos como ese, porque si bien no disfrutaba de las discusiones filosóficas que Thalia adoraba, sus temas de conversación al menos eran interesantes.

Pero Thalia presenció una situación atípica: un grupo de jóvenes rodeaban a Charis mientras entablaban conversaciones animadas con ella. Thalia se acercó, con la esperanza de pasar un rato interesante, pero descubrió que estaban hablando de *caballos.* Y aunque a Charis le importaba poco la caza o las carreras, sí que le gustaban los caballos y se las apañaba para defenderse en la discusión. La risa se extendió por el pequeño grupo, con Charis en el epicentro. Parecía complacida, más que avergonzada, lo que significaba que de algún modo, por muy imposible que pareciera, Charis estaba teniendo mucho éxito en su tarea de entretener a un grupo de dandis.

Divertida, Thalia siguió adelante. Le echó la culpa al señor Leveson por la popularidad sin precedentes de Charis. Tres días antes había llevado a Charis a dar un paseo por el parque, y dos días antes, después del servicio dominical, había comenzado el aluvión de visitantes. Si fuera la clase de persona que apostaba, habría apostado a que Kalli sería el centro de atención en la casa Elphinstone. Pero Kalli estaba sentada, sumisa, junto a la tía Harmonia, mientras dejaba que los últimos rumores de la corte le resbalaran como si no fueran más interesantes que los caballos de Charis.

Thalia se aproximó a la ventana, donde se quedó mirando a la nada y se sobresaltó cuando Adam pronunció su nombre.

—¡Oh! No te he visto entrar.

Adam levantó una ceja con curiosidad.

—Parece que preferirías estar en otra parte, ¿no?

—Tampoco es eso. Es solo que estoy un poco aburrida. —Echó un vistazo alrededor del salón, lleno de invitados pertenecientes a la alta sociedad, y se rio—. Nunca habría dicho de mí misma que soy una persona difícil de complacer, pero…

Adam siguió su mirada y arrugó la nariz.

—Mejor di que tus estándares son más elevados. ¿De dónde ha sacado Charis a esos aduladores?

—El señor Leveson la ha acogido bajo su ala. Al parecer, su atención es lo único que alguien necesita para volverse *muy* popular.

Adam miró a Kalli, quien estaba al lado de la tía Honoria.

—Es una pena que no haya escogido a Kalli. A ella siempre le gustó ser el alma de la fiesta. —Se volvió hacia Thalia—. Hablando de Kalli, ¿se encuentra bien? Su comportamiento es extraño; solo me habla de nimiedades.

Thalia suspiró.

—Tampoco quiere hablar conmigo.

—Estás enfadada con Kalli —observó Adam—. Y creo que conmigo también. ¿Por qué?

Thalia replicó con su propia pregunta.

—¿Por qué le has propuesto matrimonio a Kalli? ¿La quieres?

—Me preocupo mucho por ella. —Adam titubeó y desvió la mirada hacia la alfombra—. Tu familia ha sido como una segunda familia para mí. Tu padre me ha dado mucho: su tiempo, sus consejos. No podía quedarme de brazos cruzados y permitir que el escándalo se cerniera sobre vosotros, sobre todo cuando la culpa era mía. Quería proteger a Kalli... y quería protegerte a *ti*. —En ese instante, la miró y se ajustó las gafas sobre los ojos azules.

—¿Incluso si eso implica arruinar tu futuro? ¿Y el de Kalli?

—No creo que vaya a arruinar su futuro. Kalli siempre ha querido un hogar e hijos, y eso es algo que puedo ofrecerle. Además, podría haberme dicho que no.

Thalia alzó las manos en el aire.

—¡No, no podría haberlo hecho! ¿Alguna vez Kalli ha hecho algo para sí misma a expensas de sus seres queridos? En el momento en el que la tía Harmonia le dijo que sufriríamos por su escándalo, Kalli no podría haber tomado otra decisión.

—¿Estás molesta porque la… *obligué*? —preguntó Adam, arrugando el ceño.

Thalia notó que la tía Harmonia los miraba y bajó la voz.

—No. Pero estoy enfadada porque ninguno de vosotros tiene el coraje suficiente para enfrentarse a la sociedad y porque terminaréis siendo infelices. Kalli es demasiado amable para ti, y tú eres demasiado inconsciente para ella.

—No soy…

—Sí, lo eres. Viste a Kalli bailando con el señor Salisbury y ni siquiera pensaste que tal vez Kalli quería que la sacaras a bailar.

—¡Sí que lo hice!

—Sí, pero luego me seguiste a *mí*.

—Porque ella parecía más feliz sin mi compañía. —Adam también bajó la voz—. ¿Tienes miedo de que la aleje de ti? No creo que pueda; es tu hermana, siempre te va a querer.

—No me preocupa eso. —Dejó escapar un suspiro antes de continuar—. Pero tú… has sido mi mejor amigo durante los últimos cinco años. Cuando te conviertas en el marido de Kalli, me veré obligada a ocupar un lugar secundario en tu vida. No… no sé cómo lo haré.

—No tienes por qué perderme —aseguró Adam.

Thalia se limitó a negar con la cabeza. Quizá Adam no lo considerara así, pero no era habitual que una esposa dejara que otra mujer se interpusiera entre ella y su marido, incluso si esa esposa era Kalli.

En ese momento, una criada se acercó a ella y le entregó un sobre sencillo con las palabras «Señorita Thalia Aubrey» escritas sobre él. Thalia se disculpó con Adam para alejarse y abrir la carta.

En el interior, una mano femenina había escrito:

*Mi querida Thalia: Estoy planeando una visita al Museo Británico el jueves 20 de marzo y estaría encantada de contar con su presencia, en el caso de que le apetezca acompañarme. —Atentamente, Emma Darby.*

A Thalia se le aceleró el corazón. Era precisamente lo que necesitaba para distraerse de Adam y Kalli. Aún no había ido al museo y tenía muchas ganas de visitarlo. Además, había muchas posibilidades de que el señor Darby acompañara a su hermana. Al menos, Thalia podría descubrir más información sobre él por medio de Emma.

—¿Es la hermana de James Darby? —quiso saber Adam, leyendo por encima de su hombro.

Thalia dobló la carta y la deslizó en su bolsillo.

—No creo que estés invitado.

—Si James va, yo también. Podemos formar un grupo entre todos. Kalli también puede venir; igual la anima.

La imagen de Thalia de una conversación íntima y privada con el señor Darby sufrió una muerte rápida y horrible.

—A Kalli no le gustan los museos. Dice que no soporta ver cosas muertas y esculturas sin alma. —Tal vez si su hermana no iba, Adam se sentiría en la obligación de quedarse con ella.

—Esta salida le hará bien. Mejor que pudrirse en la sala de estar con un grupo de aduladores. A Charis también le gustará la idea.

Pero resultó que Charis no podía acompañarlos al museo, ya que había aceptado la invitación de uno de esos aduladores para ir a pasear en carruaje.

—Ojalá pudiera ir —dijo con bastante melancolía—. Debe de ser más interesante... pero sería descortés de mi parte.

Así que solamente Adam, Thalia y Kalli bajaron del coche de caballos el jueves por la tarde frente al famoso museo, ubicado en Montagu House sobre Great Russell Street, en Bloomsbury. Cuando atravesaron las grandes puertas dobles del atrio, Emma Darby comenzó a acercarse a toda prisa para saludarlos, seguida de cerca por su hermano.

Adam se detuvo en el umbral.

—Caray. —Refunfuñó, mirando a Thalia—. Si esperabas tener un encuentro privado con ese hombre, hoy no es tu día de suerte.

—Lo que decida hacer no es asunto tuyo, Adam.

—Sí, lo es. Como tu amigo y futuro cuñado, es normal que me interese por tu bienestar.

—Interesarte en mi vida no te da derecho a dictar mis decisiones —dijo Thalia, forzando una sonrisa mientras los hermanos Darby se acercaban a ellos.

—Los veo un poco acalorados —mencionó Emma—. ¿Está todo bien?

—Me temo que me duele un poco la cabeza —confesó Kalli.

—No se preocupe. Le pediré a uno de los guías que le traiga un poco de vino aguado. Estará como nueva en unos momentos. —El señor Darby le hizo señas a un hombre bigotudo de mediana edad cerca de ellos, quien fue a buscar la bebida.

Adam se inclinó hacia Kalli.

—Lamento que no te sientas bien. ¿Quieres que te lleve a casa?

*Por favor*, pensó Thalia.

—Y yo lamento no ser Thalia, pero todos debemos soportar nuestras cargas por separado.

Thalia se encogió ante el comentario sin tacto de su hermana y percibió un atisbo de dolor y sorpresa en el rostro de Adam.

Kalli hizo un evidente esfuerzo por sonreír.

—Pido disculpas. Hoy estoy bastante malhumorada.

El guía regresó con una copa y se la ofreció a Kalli. Thalia esperaba que fuera de ayuda: Kalli tenía la lamentable tendencia de actuar como una mártir cuando sentía que la habían herido. La bebida, al menos, pareció revivir el ánimo de Kalli lo suficiente como para poder unirse a ellos mientras bordeaban la biblioteca de la planta baja y subían la amplia escalera. En la planta superior encontraron habitaciones llenas de diversos especímenes, entre ellos algunos animales que Thalia solo había visto en imágenes, como las jirafas de cuello largo de África o un rinoceronte con un cuerno feroz.

—A Charis le hubiera encantado ver todo esto —comentó Adam, mirando a su alrededor.

—¿De verdad crees eso? —preguntó Kalli—. Pobres animales. No me agrada la idea de que me rellenen después de mi muerte para que la gente me contemple en una exhibición.

—A mí tampoco —coincidió Emma Darby.

El señor Darby miró a Thalia a los ojos y le sonrió con aparente diversión. La joven le devolvió el gesto, pero los nervios le provocaron un agradable aleteo en la parte baja del estómago.

Mientras el resto cruzaba la puerta hacia la sala contigua, Thalia se detuvo junto a un expositor acristalado con escarabajos iridiscentes, parpadeando bajo la luz como si se trataran de brillantes joyas. El señor Darby se aproximó a ella, tan cerca que le rozó el brazo.

—Me pregunto qué es lo que les da este color a las alas y para qué les sirve —reflexionó Thalia—. No cabe duda de que llama la atención, pero está claro que no les ayuda a esconderse de los depredadores.

—Tiene razón —afirmó el señor Darby—, pero pensemos en lo que vemos en la sociedad: los individuos que más llaman la atención *son* los depredadores. —Deslizó un dedo enguantado por el antebrazo de Thalia, con tanta suavidad que le dejó un placentero cosquilleo en la piel—. Usted, señorita Aubrey, sin duda llama la atención.

Thalia se echó a reír.

—¿Está insinuando que *yo* soy una depredadora?

—La han educado demasiado bien como para cazar a su presa a la vista de todos, pero creo que tiene un hambre interior, una ambición y un deseo que solo las personas más apasionadas poseen.

Thalia sonrió, irracionalmente complacida de que hubiera visto eso en ella.

—¿Y usted?

El hombre dio un paso más hacia ella.

—Ah, soy un depredador en toda regla.

Thalia sintió la calidez de su aliento contra la oreja y se estremeció.

—¡Thalia! ¿Vienes? —Adam estaba de pie en el umbral, observándolos. Ella, de mala gana, rompió el contacto con el señor Darby para seguir a los demás.

Mientras avanzaban por las siguientes salas, Thalia se demoraba todo el tiempo que podía, fingiendo un interés que en realidad no sentía para que el señor Darby se detuviera con ella. Almacenó algunos datos curiosos para contárselos a Charis, pero lo que más le llamaba la atención era el señor Darby, la forma en la que la miraba, la forma en la que sus ojos bailaban cuando le hacía una broma, la forma en la que le apartaba un rizo de la mejilla con los dedos enguantados. Su colonia la atormentaba, con esa ligera mezcla de lavanda y cítricos. Deseó que no estuviera de moda llevar guantes en público, porque quería saber cómo sería sentir los dedos desnudos del caballero contra su piel, y su temperatura corporal aumentó ante la idea.

Siguieron a los demás por otro tramo de escaleras hasta la galería donde se guardaban las colecciones más famosas del museo: los mármoles de Elgin, adquiridos recientemente en Grecia, y la piedra de Roseta.

Pasaron por un rincón donde solo había una escultura, y el señor Darby le tomó la mano y tiró de ella hacia las sombras proyectadas por la mujer sin cabeza con un vestido vaporoso. Le dio un beso en los nudillos y luego un segundo beso en la muñeca, justo en la zona expuesta entre su guante y la manga larga de su vestido de día, con su aliento quemándole la piel.

—¡Señor Darby! Alguien podría vernos. —A pesar de su protesta, Thalia no se apartó.

—¿Eso le preocupa? No tiene nada que temer de sus amigos. Emma ha accedido a distraer a su hermana y a su acompañante lo mejor que pueda.

Thalia inspiró muy despacio para calmar su corazón acelerado. Quizá se estaba precipitando, puesto que conocía al señor Darby (James) desde hacía unas pocas semanas. Pero todo en él le parecía apropiado. Eran compatibles en temperamento e ingenio, y cuando estaba con él, era la mejor versión de sí misma: inteligente, brillante, divertida. No la versión gruñona, pequeña, enjuta e irritada que últimamente manifestaba tan a menudo alrededor de Kalli y Adam. Thalia nunca había conocido a nadie que la hiciera sentir como James. Había visto a Kalli enamorarse y desenamorarse durante su niñez, y siempre se preguntaba si algo andaba mal con ella porque no se sonrojaba ante las alusiones de los chicos, ni hacía todo lo posible por idear maneras de cruzarse con ellos en el pueblo. Nunca había querido que ninguno la tocara, y mucho menos que la besara.

Pero quería que el señor Darby la tocara. Quería que la besara.

*Ella* quería ser quien le besara *a él*.

Con delicadeza, el señor Darby pasó un dedo por la línea de su mandíbula y apenas le rozó la garganta. Thalia sintió una descarga en aquellos lugares donde la había tocado.

—Podría invitarla a pasear en carruaje por el parque o invitarla a caminar, pero esas actividades son tan públicas que uno se siente expuesto todo el tiempo a los cotillas y a los entrometidos. Preferiría pasar una velada privada en su compañía, entre amigos que no esparcirán rumor alguno. Conozco a una señora que organiza salones literarios al estilo de Madame de Staël, llenos de poetas, intelectuales y filósofos. Me encantaría llevarla allí y verla brillar en un mundo mucho más apropiado para usted. Muy diferente a los salones de baile insípidos o a estas salas de museo aburridísimas. ¿Le gustaría acompañarme?

—Claro que sí. —Thalia ya había dejado volar la imaginación ante la propuesta. Pero entonces, la realidad se inmiscuyó, y añadió—: Aunque no creo que la tía Harmonia me permita acompañar a un hombre soltero a un lugar así.

—Le pediré a Emma que la invite a pasar una velada en casa con unos amigos selectos. Se acerca bastante a la realidad.

—No me dejará ir sola —insistió Thalia.

—Entonces traiga a su prima. Tal vez disfrute de la compañía.

Charis..., no Kalli. El señor Darby ya se había dado cuenta de que era menos probable que Charis los vigilara de cerca o los delatara si lo hacía.

El señor Darby le recorrió el brazo con un dedo, empezando en la mano enguantada hasta llegar a la manga. Se la subió y bailó sobre el hombro antes de descansar sobre la piel sensible del cuello, justo por encima de la clavícula.

—Prométame que vendrá.

A Thalia le costaba respirar.

—Lo prometo —susurró.

El señor Darby levantó la mano para acariciarle la mejilla y se inclinó hacia ella. Estaba tan cerca que Thalia podía sentir el calor que emanaba su cuerpo. A esa corta distancia, los ojos del hombre eran de un castaño rojizo intenso, con motas de cobre en las profundidades. Su aliento tenía un ligero olor a miel.

Thalia cerró los ojos y sintió los latidos del corazón en la base de la garganta.

Algo le rozó los labios; fue un toque tan leve que no supo si era el dedo del señor Darby o su boca. En ese momento, alguien tosió cerca, y la voz de una mujer se elevó en medio de una conversación.

La joven retrocedió de inmediato, consciente del entorno público en el que estaba. Abrió los ojos y vio al señor Darby sonriéndole, con un brillo en la mirada que hizo que todo su cuerpo se calentara. El señor Darby le ofreció el brazo, y ella caminó con él hasta la sala contigua, por fin, para ver los frisos del Partenón y reencontrarse con los demás. Sin embargo, a pesar de toda su placidez exterior, estaba temblando por dentro. Estaba haciendo equilibrio sobre un precipicio y, aunque no podía ver lo que había más allá, la promesa de algo inmenso la emocionaba y la aterrorizaba al mismo tiempo.

# 14

## CONDUCTA IMPROPIA

## (KALLI)

Un proceder recto inspira respeto a todo el mundo[2].

—*La autora de Emma, encontrado en el cuaderno de apuntes de Kalliope Aubrey*

Doce.

Esa era la cantidad de veces que Kalli había visto a Adam aminorar el paso y lanzar una mirada ansiosa hacia la sala del museo que dejaban atrás, a la espera de que aparecieran el señor Darby y Thalia. Cada vez que hacía una pausa, sobrecargaba la nube oscura que se cernía sobre Kalli.

Ya era bastante malo tener que casarse con un hombre que no la quería. Pero que Adam fuera tan obvio en su preferencia por Thalia solo hizo que esa daga se hundiera aún más en su corazón. ¿Se daba cuenta de lo absurdo que parecía, fantaseando sobre Thalia como un joven inexperto que acababa de llegar a Londres por primera vez? ¿No se

2. N. del T.: Austen, J. (2024). *Emma* (Trad. Carlos Pujol). Austral Editorial. (Obra original publicada en 1815).

daba cuenta de lo patética que la estaba haciendo parecer? Ni siquiera se había casado todavía y no era capaz de mantener la atención de su futuro esposo.

Le había dicho: «Y yo lamento no ser Thalia». Si bien lamentaba haber pronunciado esas palabras en voz alta, las había dicho en serio. Si fuera más valiente, como Thalia, tal vez no estaría en ese aprieto. Si se pareciera más a Thalia, Adam no le daría la espalda tan a menudo.

La duodécima vez, Adam no solo se detuvo, sino que se volvió hacia el arco por el que habían entrado. Emma Darby lo interceptó y entrelazó su brazo con el de él para llevarlo hacia un friso cercano y preguntarle su opinión sobre el tallado. Frustrado, Adam volvió a desviar la mirada hacia la puerta, pero era demasiado caballeroso como para apartarse de Emma.

Pero no *tan* caballeroso como para no ignorar a Kalli.

Imaginarse una vida sufriendo semejantes desprecios fue suficiente para hacerla preguntarse si, después de todo, ser soltera y escandalosa podría ser la mejor alternativa que tenía. Se alejó de los frisos y se acercó a una ventana para contemplar los largos jardines que se extendían detrás del museo. Tal vez tomar aire fresco le levantaría más el ánimo que ver cómo Adam vigilaba a Thalia.

La joven se dirigió hacia la puerta. Cuando pasó junto a Adam, él le dio la espalda a la señorita Darby y le dijo:

—Si ves a Thalia, ¿le pedirías que vuelva con nosotros?

Kalli sintió una presión debajo del esternón.

—No voy a buscar a mi hermana. Voy a salir al jardín a tomar aire.

No estaba del todo segura de lo que Adam había leído en su rostro, pero su expresión cambió, y la ansiedad dio paso a un gesto más suave.

—Madre mía. Kalli, lo siento mucho. He sido un pésimo acompañante, ¿verdad? —La mirada apenada que le dedicó alivió un poco la opresión en el pecho.

La señorita Darby les echó una fugaz mirada y siguió avanzando por la sala. Kalli no sabía si su gesto se debía al tacto o a la incomodidad, pero estaba agradecida por ello.

—Debo admitir que he empezado a preguntarme si te había ofendido de alguna manera —confesó Kalli, tratando de mantener el tono ligero. Adam no tenía la culpa de querer a Thalia. ¿Quién podría evitarlo?—. No me has dirigido la palabra en la última media hora.

—No me has ofendido. Al contrario, creo que yo te he ofendido con mi falta de interés. Thalia me dijo que era demasiado inconsciente como para hacerte feliz.

—¿Thalia te ha dicho eso? *—Tal vez todavía le importe mi felicidad.*

—Así es, y me temo que tenía razón. Lo siento. Te mereces a alguien mejor. —Hizo una pausa y posó la mirada en su rostro—. ¿Vas a los jardines solo porque estás frustrada conmigo? ¿Por qué no te quedas aquí un poco más?

Adam no pudo resistirse a mirar de nuevo hacia la puerta, y Kalli notó su preocupación: *No deberíamos dejar a Thalia y al señor Darby solos durante tanto tiempo.*

Aunque hubiera preferido ir a los jardines antes que quedarse en las salas del museo, aceptó de mala gana la propuesta. El señor Darby le parecía una de esas personas que confundían su propia inteligencia con una virtud real. No obstante, a Thalia le agradaba, y Kalli no sabía cómo decírselo sin parecer envidiosa, ya que Thalia había conseguido algo que Kalli siempre había anhelado para ella misma: que alguien la cortejara.

Kalli suspiró y siguió a Adam y Emma hacia la siguiente sala.

Cuando se detuvo frente a una sección del friso que representaba a un grupo de hombres a caballo yendo hacia la batalla, Adam miró a Kalli a los ojos antes de adoptar una pose en la que levantó la mano derecha como si sostuviera una lanza e inclinó las piernas como si estuviera montado sobre un caballo. El parecido con el friso era obvio, aunque, sin un caballo real debajo, Adam parecía un ridículo.

—¿Qué está haciendo, señor Hetherbridge? —preguntó Emma Darby—. Deténgase. La gente nos está mirando.

Pero Adam se limitó a sonreír y empezó a «montar» su caballo invisible. Luego, con voz sonora, como si fuera el narrador de una obra de teatro, dijo:

—El valiente guerrero griego, eh, Adonis, montó su fiel corcel, eh, Caballo, a través de las llanuras para llegar a la batalla. Al ver al enemigo por primera vez, no se acobardó, sino que siguió adelante y no se dio la vuelta hasta que atravesó todo el campo de batalla y trotó directo a casa.

La exagerada expresión de terror en la cara de Adam le causó gracia a Kalli, quien se rio a carcajadas y se ganó la mirada severa del trabajador del museo que los estaba observando.

—Me temo que tu valiente guerrero no es muy valiente.

—No —admitió Adam mientras abandonaba la pose—, pero he oído que es guapísimo. E inteligente.

—Sí —dijo Kalli, todavía sonriendo—. Imagínate la inteligencia que se necesita para llamar «Caballo» a un caballo.

—Ay, ya basta de estos juegos absurdos —suplicó la señorita Darby—. James y Thalia están aquí, así que podemos seguir adelante.

Kalli se dio la vuelta y vio a ambos caminando hacia ellos. Las mejillas de su hermana estaban sonrojadas, y el señor Darby mostraba una sonrisa de satisfacción. Adam hizo un amago de acercarse a Thalia, y Kalli se giró con brusquedad y pasó junto al friso para posicionarse junto a la estatua de una doncella, con los hombros y las piernas tallados como si estuviera en pleno vuelo. Le faltaban los brazos, al igual que la cabeza. Mientras estudiaba la estatua, sintió que algo afilado y caliente le oprimía el pecho.

Adam habló justo detrás de ella.

—Esa mujer parece haber perdido la cabeza. ¿Por qué crees que la ha perdido? ¿Un rival? ¿Un pastel quemado?

Una emoción recorrió el cuerpo de Kalli. Esa vez Adam la había seguido *a ella*, no a Thalia.

—Sin duda, por un amante.

Adam negó con la cabeza y chasqueó la lengua.

—Los amantes son criaturas muy inoportunas.

Tras sucumbir a un impulso que no quería examinar muy de cerca, Kalli imitó la pose de la estatua, echando los hombros hacia atrás y levantando el mentón.

—En un pueblo lejano, Helena esperaba el regreso de su amante de la guerra. Pero, por desgracia, cuando Adonis regresó, ella había perdido la cabeza, el ingenio y los brazos, de modo que no podía abrazar ni besar a su cobarde caballero.

Adam esbozó una sonrisa.

—Diría que Adonis se lo tenía bien merecido por huir de esa manera. Aunque es una lástima para Helena. Una muchacha preciosa *debería* poder besar a quien quisiera.

Adam tenía el rostro bañado de una luz cálida cuando miró de reojo a Kalli. Ella lo miró a los ojos durante un momento y luego bajó la mirada. Adam le había dicho que era preciosa en el baile. ¿Querría besarla?

—¿Eso crees? —preguntó Kalli, tratando de mantener un tono tranquilo en la voz—. ¿No sería escandaloso promover la promiscuidad con esos besos?

—He dicho «debería». No recomiendo que *tú* lo intentes.

Kalli volvió a alzar la vista. Adam estaba justo delante de ella, inclinado para que su altura no sobrepasara tanto la de ella. Sus rostros estaban a solo unos centímetros de distancia. Se sorprendió al ver que, en realidad, era bastante apuesto, incluso con las gafas puestas. Le gustaban sus ojos, claros y directos, y las pecas en su nariz. Sus labios, ahora que los estudiaba, estaban bien formados. Podía ponerse de puntillas y presionar los labios contra los de él. ¿Cómo reaccionaría Adam?

¿Y cómo reaccionaría Thalia? Kalli miró hacia atrás y vio a Thalia observándolos desde el otro lado de la sala, con una expresión seria en el rostro. ¿Estaba *celosa*? La idea la puso feliz de una manera irracional. Kalli apoyó las manos en las solapas de la chaqueta de Adam y sintió su pecho firme. Adam respiró hondo, y su esternón se elevó bajo las palmas de Kalli, quien fingió alisar las arrugas almidonadas de su pañuelo. Se puso de puntillas, como para susurrarle algo a Adam, y él se inclinó hacia ella y giró la cabeza para escuchar mejor sus palabras, respirando ahora de manera superficial.

Aún consciente de la mirada de Thalia sobre ella, Kalli rozó la mejilla de Adam con los labios. Tras la leve aspereza de la barba recién afeitada se encontró con la piel suave de su pómulo, y algo caliente y líquido se revolvió en el estómago de Kalli. Lo que estaba haciendo era un error. Pero ya se había comprometido a hacerlo, así que le murmuró:

—¿Por qué no debería besar a quien quiera? ¿No soy lo suficientemente bonita? ¿Acaso mi reputación está demasiado manchada por los escándalos?

Le soltó el pañuelo y se balanceó sobre los talones para observar su expresión. Un músculo se tensó a lo largo de la mandíbula estrecha de Adam, quien cerró el puño derecho con fuerza para luego volver a estirar los dedos.

Con la mirada fija en un punto por encima de Kalli y el pulso acelerado en la garganta, su voz sonó un poco temblorosa al responder:

—Ya te he dicho que me pareces bonita, y como yo también estoy implicado en esos escándalos, sería hipócrita de mi parte oponerme por ese motivo. —Respiró hondo antes de bajar la mirada para encontrarse con la de ella. La luz se reflejaba en el borde de sus gafas—. Me temo que mi objeción es puramente egoísta: mientras estés comprometida conmigo, no creo que debas besar a nadie más.

Kalli sintió como el estómago le daba un vuelco. De pronto, le costaba respirar o formular las preguntas que se le agolpaban en la cabeza. ¿A qué se refería Adam? ¿Se refería a que quería besarla? ¿O simplemente que daría una imagen negativa si su prometida comenzaba a besar a otros hombres? (Un rinconcito de su cerebro opinó: *Se lo tendría merecido*; pero suprimió ese pensamiento de inmediato).

—Kalli… —dijo Thalia mientras se acercaba a ellos, con una nota de precaución en la voz.

Kalli se encontró con la mirada de su hermana y la desafió a decir algo sobre su comportamiento inapropiado, teniendo en cuenta que ella se había estado escabullendo con un hombre que apenas conocía. Thalia pareció caer en la cuenta de ese mismo detalle, porque se ruborizó y se mordió el labio.

Sin embargo, Kalli era incapaz de mirar a Adam. ¿Cómo pudo haber sido tan descarada? Al estar hecha un manojo de nervios y al haberse comportado de una manera impropia, decidió elegir una dirección al azar y alejarse caminando. Se quedó mirando una nueva estatua, sin prestarle mucha atención, hasta que Adam se unió a ella y adoptó otra pose graciosa como si no hubiera dicho nada fuera de lo común.

Bueno, si él no se había tomado en serio su pequeña charla, entonces ella tampoco lo haría.

Cuando Thalia y los hermanos Darby los alcanzaron, Kalli se estaba riendo. Tenía la cara alegre, como si nunca hubiera discutido con Thalia, como si Adam nunca le hubiera ignorado... ni nunca le hubiera provocado mariposas en el estómago.

Cuando salieron del museo y regresaron a casa, se encontraron con que su tía estaba recibiendo visitas en el salón. Dillsworth les dijo que la señorita Elphinstone estaba escribiendo en su habitación, una actividad que el hombre consideraba dudosamente apropiada bastante sospechosa. Kalli subió a cambiarse el vestido, y Thalia la siguió.

No podía dejar de pensar en las palabras de Adam: «Thalia me dijo que era demasiado inconsciente para hacerte feliz». Así que, cuando su hermana entró en la habitación justo detrás de ella, no le pidió que se marchara. Por supuesto que habían peleado antes, pero la pelea nunca se había prolongado durante semanas, como ahora era el caso. Si Thalia estaba dispuesta a disculparse, Kalli estaba más que dispuesta a perdonarla. La había echado de menos.

Thalia se sentó sobre la colcha de de la cama.

—Deberías de tener un poco más de respeto por ti misma. —Kalli se quedó mirándola—. Escuché lo que le dijiste a Adam, que deseabas ser como yo. Tienes mucho que ofrecer al mundo: eres amable, afectuosa y generosa. —Mientras hablaba, posaba sobre ella una mirada seria.

No deberías restarles importancia a tus dones.

Kalli apretó los labios hasta formar una línea fina. Ninguno de esos dones eran atributos que Thalia tuviera un especial interés en cultivar. Pero parecía que eran lo suficientemente buenos para ella.

—No quiero que sigamos peleando —continuó Thalia—. Quiero que las cosas vuelvan a ser como eran antes de que Adam y tú os comprometierais. Sé que he estado enfadada y herida, pero... te perdono.

Kalli se dejó caer en la silla junto al tocador con una carcajada.

—¿*Tú* me perdonas *a mí*? —*Como si yo hubiera inventado todo este embrollo para hacerle daño a ella,* pensó.

—Sí —replicó Thalia, mientras sus mejillas se volvían de un tono rojizo—. Te perdono por ser demasiado débil como para defender tu propia felicidad, por ser tan sumisa y dejar que Adam te pisoteara. Y por intentar ponerme celosa.

—Acabas de decir que ser amable, afectuosa y generosa eran mis mejores atributos. Lo que tú llamas debilidad, yo lo veo como preocupación por otras personas. Y *estás* celosa, o no lo mencionarías.

—No, no es verdad —espetó Thalia—. ¿Es amable condenar a Adam a vivir en la miseria contigo?

—Ah, muy bien. ¿Has pensado esa respuesta especialmente para mí? —Kalli respiró hondo—. ¿Cómo crees que es la felicidad para mí, Thalia? —¿Su hermana le había prestado atención alguna vez?

Thalia la desestimó con un movimiento de la mano.

—Pues una vida llena de fiestas, hijos y un marido cariñoso.

Kalli se estremeció. Thalia tenía razón, pero los sueños de su vida sonaban muy superficiales en boca de su hermana. Lo que Kalli realmente quería era amor: estar rodeada de familiares y amigos que se preocuparan por ella.

—No seas tan condescendiente. Solo porque no quiero ser una autora publicada como tú o una científica como Charis…, solo porque no necesito que el mundo entero sepa mi nombre… no significa que lo que quiero no importe.

—¡Nunca he dicho eso!

—Ah, no con tantas palabras. Pero siempre lo insinúas y luego tratas de consolarme diciéndome que soy amable, cuando no valoras la bondad, sino la brillantez. Diciéndome que necesito respetarme más a mí misma cuando tú no me respetas a mí ni mis elecciones en absoluto. —Kalli pensó en el comentario más cruel que se le ocurrió—. Me has acusado de aprovecharme del escándalo para obligar a Adam a casarse conmigo, pero durante toda la tarde has estado cortejando el escándalo tú misma. ¿Acaso quieres obligar al señor Darby a que te proponga matrimonio?

Kalli buscó la mirada de Thalia y sintió un placer perverso en los ojos desorbitados de su hermana, en el dolor que le atravesaba el rostro.

—Eres una hipócrita, Thalia Aubrey.

Thalia se levantó de golpe de la cama, temblando.

—Y tú, Kalliope Aubrey, eres una cobarde. Al menos yo lucho por lo que quiero. —Salió de la habitación y dio un portazo.

Kalli tomó su diario y luego lo volvió a dejar donde estaba. Por lo general, escribir la tranquilizaba y la ayudaba a comprender el desorden del día. Pero no podía escribir sobre el viaje al museo sin pensar en cómo ella y Adam habían hablado sobre el acto de besarse, y tampoco podía escribir sobre su pelea con Thalia sin reconocer que su hermana podría tener razón: era una cobarde.

Quizá, entonces, no había nada que decir.

# 15

# EL DIAMANTE DE LA FIESTA

## (CHARIS)

He observado a dos *Hirudo vulgaris* en pleno *actu coitus* y he notado que copulaban de la misma manera que los caracoles comunes.

—*James Rawlins Johnson,* Transacciones Filosóficas de la Royal Society

[*Nota de Charis:* Intuyo que mi madre me diría que la copulación entre sanguijuelas no es un tema de conversación apropiado para la alta sociedad. Debo recordarlo].

Dos semanas después de que Kalli formalizara el compromiso, y un mes después de su llegada a la ciudad, los Elphinstone organizaron un baile de debutantes para su hija y sus sobrinas.

Desde su posición, cerca de la entrada al salón de baile, Charis estaba inquieta, plisando la falda de su vestido color marfil. Era un traje hermoso, con hojas verdes y cobrizas bordadas alrededor del dobladillo, las mangas y el escote, y no merecía el trato descuidado que estaba recibiendo. Pero la alternativa que tenía Charis era arrancarse el pelo, y no podía arriesgarse a arruinar el delicado peinado o las perlas que adornaban sus rizos.

Su madre notó su inquietud y, para intentar tranquilizarla, le apoyó una mano sobre el brazo. Charis detuvo durante un instante sus gestos nerviosos, al menos hasta que su madre empezó a saludar a los primeros invitados y dejó de prestarle atención.

Aunque se había convencido a sí misma de que ya no le importaba la opinión de la alta sociedad, en ese momento, al comienzo del baile que marcaba su presentación oficial, resurgieron antiguas dudas sobre sí misma. ¿Y si nadie la invitaba a bailar? ¿Y si nadie le dirigía la palabra siquiera? Personalmente, no le molestaba tanto, pero no soportaba la idea de ser humillada ante... —se detuvo, sin querer terminar de decir el nombre que se le vino a la mente—, ante sus padres y sus primas, ante las personas que quería y admiraba.

Justo después de lidiar con todas esas dudas, un recuerdo se apoderó de sus pensamientos.

Para el decimotercer cumpleaños de Charis, durante un abril inusualmente templado, su madre había invitado a todos los niños del vecindario que tuvieran entre doce y dieciséis años y pertenecieran a familias de clase alta. Los jóvenes se habían reunido en los exuberantes jardines de la mansión Elphinstone para jugar y probar algunas de las mejores recetas de la cocinera de la familia. El ambiente festivo era contagioso, con niños riendo y correteando por el terreno. Si los invitados estaban más emocionados por la comida y la compañía que por la mismísima Charis, a ella no le importaba. De hecho, ella misma estaba más interesada en la comida que en la compañía.

En un momento, dejó de prestar atención a los juegos para observar el destello de unas alas naranjas, negras y blancas cerca del laberinto que, según ella, podría ser una abubilla. Siguió el destello hasta el laberinto, pero lo que fuera que había visto había desaparecido. Se quedó quieta durante un momento junto a un seto, escuchando las voces que resonaban al otro lado del jardín. Se sintió apartada de los demás de una forma extraña, como si el brillante aire primaveral fuera una barrera sólida que no podía cruzar.

Se habían escuchado unas palabras sobre los arbustos del laberinto, provenientes de dos voces suaves y femeninas. Charis reconoció a una de ellas, ya que se trataba de una amiga de Kalli a quien había visto en un par de ocasiones.

—Ojalá tuviéramos un laberinto en casa —dijo la amiga de Kalli.

—Me conformaría con una casa como esta, con todo el dinero y los sirvientes —respondió la otra entre risitas—. Sería un mejor adorno que la pobre cría que vive aquí. Dicen que está obsesionada con los insectos y otras cosas raras. ¿La has visto? Con esas pecas y su poca elegancia, parece una criada tratando de robarle la ropa a su ama.

La amiga de Kalli se rio ante ese comentario, y luego su conversación se fue apagando, debido a que se estaban alejando del alcance del oído de Charis.

Charis se dejó caer en las sombras junto al laberinto y se secó las mejillas enrojecidas y sudorosas con el volante de la falda. No le importaba lo que pensaran esas chicas. Su madre diría que solo estaban celosas.

Pero no regresó a la fiesta. Estaba segura de que alguien (probablemente Kalli o Thalia) se preguntaría dónde se había metido durante su propia fiesta e iría a buscarla.

Mientras estaba sola, la certeza se adueñó de Charis. Había tenido la sospecha de que era un poco extraña, pero no lo sabía con seguridad. Ahora lo sabía. Era rara, y temía que esa rareza la convirtiera, de algún modo, en alguien indeseable.

Poco después, Kalli había llegado a ella tras recorrer la sombra del laberinto.

—¿Estás bien?

—Solo estoy cansada —dijo Charis, lo cual era bastante cierto.

—¿Vas a venir a jugar? —preguntó Kalli.

Charis asintió y se esforzó por incorporarse, ya que se le habían dormido los pies bajo su peso. Hizo lo posible por sumergirse en el resto de las actividades del cumpleaños; cualquiera que la estuviera observando pensaría que se estaba divirtiendo.

Pero a partir de ese momento se había negado a que su madre le organizara más fiestas, sin importar cuánto le rogara ella.

Hasta ese momento.

Mientras miraba la larga fila de personas esperando para saludarla a ella y a sus primas, Charis sintió cómo resurgían todas esas antiguas sensaciones. Esa sensación de separación, ese dolor. Pensaba que había aprendido a no preocuparse por lo que pensaran los demás. No le importaba, en general. Pero en su propia presentación en sociedad, frente a las personas a las que más quería en el mundo, no estaba segura de poder soportar que se confirmara ese miedo inicial que le decía que, en el fondo, era incapaz de inspirar amor, o incluso simpatía, en los extraños.

Era verdad que sus padres y sus primas la querían, pero eran familiares; no tenían elección. En círculos científicos, era probable que fuera una rareza entre muchas, y si nadie la apreciaba, al menos podrían respetarla. Pero allí… no tenía nada que ofrecer que fuera valorado por la sociedad, aparte de su dinero y posición, lo cual le pertenecía más a su padre que a ella.

Respiró hondo. Una vez más, le estaba dando demasiadas vueltas al asunto. Todo estaría bien, y pronto terminaría la fiesta

De un vistazo, supo que Kalli había visto en su rostro aquella expresión de inquietud. Como respuesta, su prima se había deslizado hasta colocarse al lado de la tía Harmonia y darle a Charis un abrazo rápido y cuidadoso.

—No te pongas nerviosa. Estás preciosa.

—No estoy nerviosa —aseguró Charis.

—Mentirosa. —Le dedicó una sonrisa para rebajar el peso de aquella palabra.

—Estoy aterrada —confesó Charis.

—¿De un baile?

*Del rechazo*, pensó Charis, pero no quería agobiar a Kalli con sus miedos. Optó por una preocupación más inocua.

—¿Y si nadie quiere bailar conmigo?

—Serían unos tontos. En el caso de que eso suceda, me quedaré sentada contigo y nos burlaremos de ellos mientras nos comemos los chocolates y los caramelos que tu madre ha mandado traer.

—¿Y si me sacan a bailar y me olvido de los pasos?

—Entonces habrán tenido el honor de ser pisados por una de mis personas favoritas en el mundo —dijo Kalli.

Charis se rio por lo bajo y le dio un beso a su prima en la mejilla.

—Gracias —susurró, y luego se giró para ayudar a sus padres a recibir a los invitados.

Charis abrió el baile con uno de los primos de su padre, y luego se resignó a no participar en la mayoría de las siguientes canciones. El señor Leveson no había aparecido para solicitarle un baile, un deseo secreto que no se dio cuenta de que tenía hasta que no se materializó en su mente.

Para su sorpresa, después de que terminara el primer baile, se vio rodeada de posibles pretendientes. Algunos eran jóvenes que habían comenzado a frecuentar el salón de su madre en la última semana, y otros, personas que le habían sido presentadas esa misma noche. Entre ellos, ocuparon todos los bailes de la velada.

Charis no podía explicarlo, y no intentó hacerlo, pero sintió una oleada de gratitud y alivio por la amabilidad de esos jóvenes (y, la verdad, de otros no tan jóvenes), que se aseguraron de que al menos, durante esa noche, no tuviera que sentirse fuera de lugar entre los miembros de la alta sociedad.

Sin embargo, pronto descubrió que ser solicitada era, de alguna manera, tan difícil como ser ignorada. Tenía pocas posibilidades de descansar entre los enérgicos bailes de cada set, de modo que estaba sonrojada, sudorosa y sin aliento mientras pasaba de un hombre a otro. Su tercera pareja le pisó los pies, así que también tuvo que lidiar con el dolor que eso le provocó.

Aun así, ese primer arrebato de gratitud no se desvaneció, ni siquiera mientras Charis hacía el esfuerzo de hablar con sensatez con cada hombre. Sus charlas triviales se limitaban a comentarios sobre el clima y la multitud de personas en el baile, después de lo cual, si su compañero no se esforzaba por guiar la conversación, recurría a soltar datos naturalistas al azar. El silencio durante los bailes la ponía nerviosa, y sentía la necesidad de llenarlo.

—¿Usted sabía que la mantis hembra suele canibalizar al macho mientras le está fecundando los huevos? —Su compañero la miró boquiabierto por la sorpresa. *Cierra la boca, Charis*, se dijo a sí misma. Pero luego se sintió obligada a añadir—: Una vez vi a una comiéndose un reyezuelo, aunque el pájaro casi era de su tamaño.

Pero, sorprendentemente, esa afirmación no fue recibida como lo habría sido en una reunión habitual en casa, con miradas inexpresivas o ceños fruncidos. En lugar de eso, cuando terminó de hablar, el hombre estalló en carcajadas.

Charis se ruborizó, segura de que se estaba riendo de ella.

—Ay, señorita Elphinstone, ¡qué ocurrente! Es una joven auténtica, tal como dijo el señor Leveson.

Si bien Charis dedujo que no era el objeto de las risas, sino de la admiración, eso no la hizo sentirse mejor. Al contrario. ¿Esos hombres se habían acercado a ella solo porque el señor Leveson los había incentivado? Era peor que ser ignorada. Si quería agradar a los demás, quería que fuera por mérito propio, y no porque alguien más pusiera su sello de aprobación sobre ella.

Charis sintió la abrumadora necesidad de poner a prueba la reputación del señor Leveson. Al parecer, era conocido como un árbitro del gusto, pero ¿y si Charis no fuera tan agradable como había supuesto? ¿Podría Charis desacreditar su supuesto juicio impecable?

Durante un breve momento, el coraje la abandonó. ¿Y si su experimento solo servía para alejarla aún más de la alta sociedad? Volvería a ser esa niña solitaria de trece años.

No. Alzó el mentón. Ya no era esa niña; se negaba a preocuparse por lo que pensaran de ella personas que claramente no se preocupaban por ella. Y si el señor Leveson quería convertirla en un espectáculo, entonces, por Arquímedes, que así fuera.

Bueno, un espectáculo moderado. A decir verdad, no quería humillar al señor Leveson (o, Dios no lo permita, a sus padres), pero no estaría mal que su orgullo sufriera un pequeño golpe (o tres).

Pensó en pájaros. En flores y mariposas. Seguro que eran temas de conversación inofensivos para una señorita, ¿verdad?

Su próxima pareja era bastante joven, casi de la edad de Charis, con la piel aún manchada por el acné adolescente. Sintió una punzada de culpa al ver su expresión ingenua, pero la reprimió sin compasión. No quería ser el diamante de la fiesta (como diría su primo Frederick) solo porque el señor Leveson lo había dictado así.

Esperó el momento oportuno de la conversación para actuar. Cuando la coreografía los volvió a unir, su compañero le preguntó:

—¿Tiene algún pasatiempo, señorita Elphinstone?

Charis lo miró con los ojos bien abiertos.

—Me gusta mucho la jardinería.

*Por favor, que muerda el anzuelo*, pensó. Solo necesitaba que profundizara un poco más en la conversación.

—¿Qué es lo que más le gusta de la jardinería?

*Perfecto.*

—Disfruto fertilizando las flores. ¿Sabía que las flores tienen órganos sexuales? ¿Tanto masculinos como femeninos? El pistilo, que contiene las semillas que producen nuevas flores, recibe polen del estambre en la parte masculina de la flor. —Rudolph Camerarius lo había descubierto por primera vez más de cien años atrás, pero Charis se las arregló para evitar añadir ese detalle innecesario.

Su pareja se saltó dos pasos y casi los hizo caer a ambos. Charis se aferró a su brazo y se mordió el labio para no reírse. Entonces, levantó la mirada y vio al señor Leveson observándola unas cuantas posiciones más adelante en el baile y casi tropezó consigo misma. ¿Cuándo había llegado?

Cuando el joven se recuperó, su rostro estaba prácticamente teñido de escarlata.

—Señorita Elphinstone… usted… eh, caramba, ¡no debería decir esas cosas!

Charis abrió aún más los ojos.

—Pero solo estaba hablando de flores. No me imaginé que fuera algo tan escandaloso.

—Pues no, como regla general no. Pero no debería hablar en público de —bajó la voz— órganos íntimos.

—Entiendo —dijo Charis, luchando por mantener la voz firme. El pobre muchacho ni siquiera podía repetir las palabras que Charis había usado—. Le pido disculpas.

Cuando terminó el baile, la pareja de Charis la llevó a toda prisa hasta el otro lado del salón para devolvérsela a su madre. El señor Leveson estaba esperando junto a ella.

Después de que el joven se marchara, el señor Leveson negó con la cabeza.

—Señorita Elphinstone, qué pena que ese chico no esté a la altura de alguien de su magnitud.

La madre de Charis dejó escapar un gritito ahogado.

—¡Señor Leveson!

Charis no *pensó* que el señor Leveson quisiera insultarla. Al menos, no por el verdadero tamaño de su cuerpo. Gracias a su primo Frederick, estaba más familiarizada con la jerga del boxeo de lo que debería haber estado, y sabía que la expresión tenía algo que ver con enfrentarse a un oponente en igualdad de condiciones.

—No sé a qué se refiere —apuntó ella con delicadeza—. Quizá si hablara con propiedad en lugar de usar expresiones vulgares, podría comprenderlo.

—Usted es más inteligente que ese chico, y lo sabe. Lo ha humillado para entretenerse.

¿Y por qué el señor Leveson la había elegido para hacerla popular, si no era para entretenerse?

—¿Por qué está aquí? —preguntó Charis—. ¿Ha venido solo para reprenderme?

—Para alguien tan inteligente como usted, la respuesta debería de ser obvia. He venido para sacarla a bailar.

Parecía segurísimo de sí mismo. Con una enorme satisfacción, Charis respondió:

—Gracias por el honor, pero todos mis bailes están reservados.

El señor Leveson enarcó las cejas.

—¿Y quién la llevará al baile de la cena?

Charis no respondió. A fin de cuentas, no era asunto suyo. Su madre le dio un golpecito en el costado.

—Creo que lord Herbert ha reservado ese baile con Charis, señor Leveson.

—Ah. En ese caso, señorita Elphinstone, ¿me permite tomar el lugar de Herbert y ser su acompañante en la cena? Herbert no se molestará. De todos modos, me debe un favor.

Charis se cruzó de brazos.

—Ese baile le pertenece a lord Herbert, quien lo solicitó como corresponde.

El señor Leveson no parecía para nada abatido. Simplemente hizo una reverencia y se alejó.

Menos de media hora más tarde, lord Herbert se acercó a Charis con una expresión bastante avergonzada.

—Disculpe, señorita Elphinstone, pero acabo de recordar un compromiso previo y no podré acompañarla en la cena.

—¿Este compromiso previo empieza con *ele* y termina con *son*? —preguntó Charis, pero lord Herbert no respondió. Solo negó con la cabeza, se inclinó y se marchó.

Cuando el señor Leveson apareció para sacarla a bailar justo antes de la medianoche, Charis tenía ganas de rechazarlo. Solo se contuvo para evitar cualquier escándalo que pudiera molestar a su madre durante su debut en sociedad.

El señor Leveson le extendió el brazo.

—Como puede ver, lo he arreglado todo.

—Y parece que también mi repentina popularidad. ¿Debería agradecérselo? —No lo sujetó del brazo.

El hombre la miró detenidamente, juntando las cejas oscuras.

—Está enfadada conmigo. ¿Por qué?

—Si quiero ser apreciada, preferiría que fuera solo por mí misma, no por su influencia.

—Creo que sobrestima mi poder social. Es cierto que mi interés pudo haber llamado la atención de otros hacia usted, pero eso es todo. La atención no es lo mismo que el aprecio. Si no fuera digna de ser apreciada, mi atención por sí sola no habría hecho nada.

Charis apretó los labios, escéptica. Trató de ignorar la repentina y dolorosa llama de esperanza que ardía en lo más profundo de su ser. Hacía tiempo que había aceptado que no era del agrado de los demás. Sin embargo, una voz suave le susurró: *¿Y si estás equivocada?*

El señor Leveson dejó escapar un suspiro de exasperación.

—¿Por qué sigue aferrándose a la idea de que no es agradable? Posee un sentido común excepcional y una mente perspicaz, y no tiene pelos en la lengua.

—Acaba de describir a un hombre —puntualizó Charis.

—¿Por qué una mujer no debería de poseer esas habilidades típicas de un hombre? Nadie que la conozca podría dudar de su ingenio. —Depositó la mirada brevemente en su escote y, cuando volvió a alzarla, sus mejillas estaban de un tono más oscuro—. Ni de sus copiosos encantos femeninos.

Charis notó como le subía el calor por la garganta, ascendía por las mejillas y se instalaba en las orejas. Aquel elogio la satisfizo y, al mismo tiempo, la asustó, porque ¿qué iba a hacer si esa luz en los ojos del señor Leveson resultaba ser una señal de su verdadera admiración, y no solo la satisfacción de un debate intelectual con una compañera competente?

El señor Leveson volvió a ofrecerle el brazo, y ella lo aceptó, aunque resistió el impulso repentino de apoyar la mejilla contra la finísima tela que le cubría el hombro. Los músculos de su antebrazo se tensaron bajo los dedos de Charis.

—¿Por qué no confía en sus habilidades?

—Tengo plena confianza en mi mente —aseguró Charis—. El problema son mis destrezas sociales, que dejan mucho que desear. Lo tengo clarísimo desde que era niña.

—No estoy seguro de qué le han dicho, pero no noto nada deficiente en sus modales.

Charis volvió a sonrojarse, y agradeció que hubiera dado comienzo el baile de la cena, aliviada por no tener que responder. El señor Leveson evitó el tema mientras bailaban y centró la conversación en comentarios impersonales sobre la danza. Sin embargo, no había nada impersonal en la forma en la que el estómago de Charis se revolvía cada vez que el baile los unía; en la forma en la que sus dedos ardían, incluso bajo los guantes, cada vez que se tocaban; en el calor que se extendía por todo su cuerpo cuando él le apoyaba la mano en la parte baja de su espalda.

El señor Leveson tampoco mencionó las inseguridades de Charis cuando la acompañó a cenar después del baile. Solo le preguntó si prefería jamón, carne de res, o ambos, y si le apetecía un poco de *syllabub*.

A Charis le apetecía, sobre todo porque le había pedido a su madre que incluyera ese postre, con su crema, su espuma y ese toque ácido del limón.

Mientras aún estaban sentados en la mesa, hubo un momento de silencio mientras comían. Luego, el señor Leveson dijo:

—El próximo jueves habrá una conferencia prometedora en la Royal Society sobre ornitología. Me gustaría llevarla, si a su madre le parece bien.

Charis sonrió de oreja a oreja.

—Me encantaría.

—La conferencia comienza al mediodía. Pasaré a buscarla media hora antes.

Charis trató de autoconvencerse de que solo era la expectativa de asistir a la conferencia, y no la idea de pasar más tiempo con el señor Leveson, lo que le provocaba una descarga eléctrica, como si su sangre estuviera chisporroteando bajo la piel. Fuera cual fuera la razón, cuando él la llevó de regreso con su madre, le tuvo tanta piedad que dejó de lado su proyecto a medio empezar de poner a prueba su reputación.

Más tarde, mientras escuchaba cómo su compañero de baile se reía ante algunos de sus comentarios, pensó que tal vez el señor Leveson tenía razón: tal vez era más agradable de lo que creía.

# 16

# LA VIDA DEL ESPÍRITU

## (THALIA)

*Copos de nieve cristalina*
*Caen sobre la cabeza de Clementina.*
*Recubiertos con un manto diáfano,*
*Giran y danzan como… ¿cortesano? ¿paisano?*
*Caray.*

*—Thalia Aubrey*

Thalia percibió de inmediato la presencia de James Darby cuando este se unió a la fila de recepción junto a su hermana, Emma.

A diferencia de Kalli, Thalia no había pasado los últimos años soñando con su primer baile en la sociedad. A diferencia de Charis, tampoco le tenía pavor. Observó a ambas susurrándose y sintió una punzada de dolor. Thalia siempre había imaginado que ella y su hermana se vestirían juntas para su baile debut, cuchicheando y riéndose. En lugar de eso, Kalli apenas le había dirigido la palabra, y ella se había vestido en su habitación solo con la compañía de Hannah. La velada no había empezado de la mejor manera.

Pero luego, James cruzó las puertas dobles del vestíbulo, y Thalia sintió un escalofrío en todo el cuerpo. (¿Cuándo había dejado de pensar en él como el señor Darby?). Junto a su hermana, parecía alto y elegante, con un abrigo azul marino ceñido a sus hombros esbeltos y una barba incipiente alrededor del mentón. Era hermoso, como si hubiera salido de una exquisita pintura renacentista.

Thalia no esperaba que viniera, ya que el hombre había dejado claro lo poco que le interesaban la mayoría de las fiestas, y la sorpresa casi hizo que le flaquearan las rodillas. De pronto, estaba agradecida de que la tía Harmonia hubiera insistido en encargarle un vestido nuevo, de un rosa pálido con matices de granate en el dobladillo. El vestido estaba adornado con pequeños brillos que capturaban la luz al moverse. Era consciente de que estaba encantadora, y ese momento tenía el placer añadido de contemplar cómo ese conocimiento se reflejaba en el rostro de James cuando se detuvo frente a ella. El caballero se llevó la mano de Thalia a los labios (a pesar de que solo había hecho una reverencia frente a las otras jóvenes de la familia) y le dio un beso suave en los nudillos que le provocó un cosquilleo en todo el cuerpo

La tía Harmonia arqueó las cejas, y Thalia retiró la mano.

—Espero poder reservar un par de bailes con usted —dijo él.

Thalia supuso que debía de mostrar cierta vacilación, pero ¿para qué? Le agradaba y no le importaba que lo supiera.

—Tengo un *allemande* y el Roger de Coverley libres. También el baile de la cena.

Por el rabillo del ojo vio a la tía Harmonia tratando de captar su atención, seguramente para decirle que estaba siendo demasiado directa al sugerir tantos bailes, pero

Thalia no lamentó su decisión. ¿No era ese el propósito de los bailes y del mercado matrimonial en general? ¿Encontrar a alguien con quien compartir su vida? Thalia no deseaba encontrar a nadie más que a James Darby.

—¿No tiene ningún vals disponible? —indagó James.

Thalia, con pesar, negó con la cabeza.

—No. Mi tía los considera demasiado escandalosos, aunque suelan bailarse en Almack's.

—Entonces reservaré el *allemande* y el baile de la cena —dijo James. Se inclinó hacia ella, y Thalia percibió el familiar aroma a lavanda y cítricos—. Reservaría todos, pero no quiero avergonzarla a usted ni a su familia.

James y Emma siguieron avanzando y, después de un tiempo, la fila de recepción se fue reduciendo hasta que el tío John las llevó hacia el salón de baile. Gracias a la creciente popularidad de Charis y a la reputación como anfitriona de la tía Harmonia (nunca se servía ponche aguado en sus fiestas, menos mal), el evento había alcanzado el codiciado estatus de «abarrotado», con tanta gente apiñada en el salón de baile que uno apenas se podía mover con comodidad.

Thalia bailó los primeros bailes con parejas que olvidó de inmediato. En el tercer set, bailó con Adam. Esperaba que le dijera algún comentario sarcástico sobre la presencia del señor Darby, pero solo le dijo:

—Tienes buen aspecto. —Luego se sumió en el silencio, siguiendo los pasos en la danza de forma mecánica.

—¿Qué tienes esta noche en la cabeza? —preguntó Thalia, cuando la coreografía los volvió a unir.

Adam salió de su ensimismamiento.

—Perdón. Estaba absorto en mis pensamientos. Hoy he recibido una carta de mi padre, instándome a disfrutar de mi estadía en Londres y a quedarme tanto tiempo como desee, pero no puedo evitar sentir que me está ocultando algo. Cuando vine a Londres, mi plan era quedarme hasta el baile de esta noche y luego regresar. Como bien sabes, mi padre aún no se ha recuperado del todo, y también tengo que retomar mis estudios con tu padre. Pero como Kalli y yo nos hemos comprometido, parece que tu tía quiere que me quede.

—No veo por qué deberías hacerlo, si estás preocupado por tu padre. Kalli cuenta… —*Conmigo*, pensó Thalia, pero se detuvo—. Cuenta con Charis y mi tía, a quienes puede recurrir si lo necesita. Estaremos bien si necesitas regresar a casa. Kalli no puede pretender que estés siempre pendiente de ella como si… —*Como si os hubierais casado por amor.*

—Aun así, quiero hacer lo correcto para ella, aunque nuestro compromiso sea poco ortodoxo.

La coreografía los separó de nuevo.

—Pero… —empezó a decir Thalia cuando se reencontraron.

—Pero mi padre es un viejo testarudo que ve el dolor como una debilidad y nunca admitiría que me necesita, aunque no pudiera levantarse de la cama para ir a la letrina —completó Adam, con una mirada avergonzada—. Te pido disculpas.

—Hemos sido amigos durante demasiado tiempo como para avergonzarme ante la mención de una letrina. ¿Tu padre no tiene un criado que lo ayude?

—Sí, pero no puede hacer todo lo que mi padre necesita si tiene que cuidar de él enfermo.

—Deberías volver a casa, si eso te va a dar tranquilidad. Podemos prescindir de ti unos días.

Adam asintió, y el alivio se reflejó en su rostro.

—Tienes razón, gracias. Supongo que le he estado dando más importancia al asunto de lo necesario. ¿Podrías cuidar de Kalli en mi ausencia?

—Lo intentaré, pero no creo que Kalli quiera —respondió Thalia. Realmente no habían vuelto a hablar desde la discusión que habían tenido tras la visita al museo. Estuvieron tan ajetreadas durante los días previos al baile de esa noche que fue fácil evitarse la una a la otra.

Los pasos de baile los separaron y los emparejaron con otras personas durante un compás antes de reunirlos otra vez.

—Deberías reconciliarte con ella —propuso Adam, retomando la conversación donde la habían dejado—. Esta distancia os hace daño a ambas.

—¿Serás así de directo con todos tus feligreses? —preguntó Thalia.

—Solo con los que deseo ver felices —explicó Adam—. ¿Por qué no has hablado con ella?

—Lo he intentado, pero la conversación terminó en una pelea —Kalli la había llamado «hipócrita».

Adam esbozó una leve sonrisa.

—Déjame adivinar: te sentías generosa, así que fuiste a ver a Kalli con la intención de perdonarla, y ella te lo echó en cara. —Ante la expresión de Thalia, la sonrisa de Adam se ensanchó—. Te conozco desde siempre, Thalia. Sé cómo funcionan tus estados de ánimo. —Lanzó un sonoro suspiro—. Kalli no quiere tu perdón. Quiere que te disculpes.

—Ah —respondió Thalia, reflexionándolo—. ¿Es eso lo que espera también de ti?

—Es probable. —Adam volvió a suspirar.

—Sería más fácil si no fuéramos tan tercas. Lo hemos heredado de nuestra madre.

La luz se reflejó en las gafas de Adam mientras la miraba.

—Kalli no es terca. Es amable y generosa en exceso.

Thalia se rio.

—¡Y te jactas de conocernos! Kalli es tan terca como una vara de hierro escondida en una cama de plumas. Es suave y flexible la mayor parte del tiempo, hasta que golpeas la parte más dura, donde sabes que nunca va a ceder. Digamos que no es terca en beneficio propio. —Si lo fuera, tal vez no estarían en ese aprieto.

Adam parecía un tanto consternado.

*Bien*, pensó Thalia. Quizá había algo de esperanza para él y Kalli después de todo.

Aparte del baile y la conversación con Adam, la única parte de la noche que realmente disfrutó fue el tiempo que pasó con James. Siguieron los elegantes pasos del *allemande* mientras unían las manos por encima de sus cabezas y daban vueltas. Era posible marearse al girar tanto, pero a Thalia le gustaba la sensación de ver el salón borroso y luego detenerse hasta enfocar el rostro de James. En cada ocasión, él le sonreía, y en cada ocasión, el estómago le daba un vuelco.

Hablaron de todo y de nada en los momentos en los que bailaron juntos: de poesía, de filosofía y de la curiosa forma en la que el tiempo pasaba de forma distinta según con quién lo pasaras: de cómo se ralentizaba con alguien aburrido y de cómo volaba con alguien simpático.

—¿Y el tiempo en un baile? —preguntó Thalia.

—Bailar con usted hace que el tiempo pase más rápido que cualquier otra cosa —contestó James con una sonrisa.

Los siguientes bailes apenas merecieron mención, aunque Thalia fue pareja del señor Leveson y le sorprendió lo conversador que era, a pesar de su intimidante reputación.

Cuando James apareció para llevarla al baile de la cena, Thalia estaba cansada de las multitudes y del salón de baile.

—El ambiente de aquí dentro es muy sofocante. ¿Podemos dar una vuelta en la terraza? —Quería disfrutar de conversaciones completas con él, no solo fragmentos entre las notas de la música. Pensó que tal vez estaba lista para compartir su poesía con él.

—Nos perderemos el baile —advirtió James—. Y la gente podría hablar.

—Déjales que hablen —insistió Thalia, y James se echó a reír.

El fresco de aquella noche de finales de marzo resultaba agradable tras el calor del salón de baile, pero Thalia se dio cuenta de que echaba en falta su chal. Ambos paseaban por la terraza casi desierta y, a través de las ventanas, podían observar a los bailarines formando las filas para el baile de la cena.

En el espacio oscuro entre las ventanas, James se detuvo frente a ella. Tomó las manos de Thalia entre las suyas y acercó su rostro al de ella. Thalia sintió como se le aceleraba el pulso, pero dio un paso hacia atrás.

Ese era el momento de hablar, antes de que perdiera el valor.

—Querría compartir algo con usted.

—¿Un beso? Lo estaba esperando con todas mis fuerzas.

Thalia negó con la cabeza.

—No un beso, sino un poema. Uno de mi autoría. —Compartir su poesía parecía más íntimo que la forma en la que James la había tocado en el museo, que el beso que esperaba darle—. No he compartido mi poesía con muchas personas.

—Entonces me siento honrado —confesó James.

Thalia pensó que a James no le gustaría su poema favorito de los que había escrito, que versaba sobre la expectativa social de que las jóvenes fueran bonitas en lugar de inteligentes, así que comenzó con uno que había escrito un par de semanas antes sobre su anhelo de viajar, de vivir aventuras que a menudo se les negaban a las jóvenes distinguidas.

Recitó cuatro versos cortos, y la velocidad de lectura aumentaba a medida que avanzaba, ya que parecía estar luchando contra la sensación de estar haciendo perder el tiempo a su oyente. Cuando terminó, contuvo el aliento, con el corazón latiendo desbocado en el pecho, a la espera de una respuesta. El frío la alcanzó, y se puso a temblar.

—Tiene frío —observó James, tirando de ella hasta que quedó resguardada en el círculo de sus brazos. La joven se apoyó en su abrazo y dejó que su calor la envolviera. Había sido consciente de su cercanía durante el baile, su calidez, su solidez, pero eso era diferente; tal vez porque el abrazo era más intencional, o porque estaban solos. Los nervios la pusieron en alerta.

—¿Qué le ha parecido mi poema? —preguntó Thalia, una vez que dejó de tiritar.

—Me ha evocado algunas escenas encantadoras, pero no esperaría menos de su exquisita mente. —James le plantó un beso en la sien. Un hormigueo le recorrió la piel y se le hizo difícil pensar con claridad—. Es bastante embriagadora, señorita Aubrey... Usted, su ingenio, sus palabras. ¿Puedo llamarla Thalia?

Usar su nombre era una intimidad reservada para las personas más cercanas, como familiares, amigos... y amantes.

—Sí —dijo Thalia, pronunciando el nombre de él también—. James.

Su nombre sonaba diferente en su boca que en su mente; más íntimo.

James la sujetó con más fuerza, y ella se fundió contra él, mientras deslizaba las manos sobre los músculos de su pecho, perceptibles incluso a través de la fina lana de su abrigo. Ni su madre ni su tía Harmonia aprobarían lo cerca que estaban, pero a Thalia no le importaba. La presencia de James irradiaba calor, y ella quería dejarse llevar en ese momento. Aferrarse a su propio cuerpo y no a los pensamientos vertiginosos de su mente.

—Thalia —dijo James en voz baja, pero con una emoción que le provocó un cosquilleo en el vientre.

Thalia levantó la mirada, y él acercó los labios hacia los suyos. Primero fue un roce apenas perceptible, como en el museo. Luego la presión de los labios de James se hizo evidente. El caballero la besó en las comisuras y luego en el centro, mientras la tentaba con la lengua. Cuando Thalia abrió la boca en medio de un jadeo, él deslizó la lengua dentro de ella, y algo ardiente estalló en su estómago. Las chispas en la punta de sus dedos se transformaron en un fuego que se apoderó de todo su cuerpo.

Thalia no esperaba sentirse así al besar a alguien. Nunca había sido una de esas personas que fantaseaban con los placeres físicos: tomarse de la mano, abrazarse, besarse. Siempre había pensado que prefería los placeres más abstractos de la mente. Pero lo que estaba viviendo… era como si un poema se hubiera materializado en las extremidades y en los labios, como un fuego.

El sonido de las puertas cristaleras de la terraza abriéndose la hizo volver a la realidad, y se apartó. Había olvidado por completo el frío, y casi había perdido la noción de dónde estaba. Se preguntó si sus labios se veían tan rosados, tan hinchados y, bueno, tan *besados* como los de James.

—Deberíamos volver —dijo Thalia.

—Deberíamos —convino James, pero no hizo ningún ademán de acercarse a la puerta. En vez de eso, le acarició el cuello con la nariz.

Pero para Thalia, el hechizo estaba roto. Sus pensamientos dispersos empezaron a regresar a su mente.

—Has dicho que las imágenes en mi poema eran encantadoras. ¿Te ha parecido un buen trabajo? Tengo ganas de presentar algunos de mis escritos para que sean publicados antes de irme de Londres al final de la temporada.

James guardó silencio durante un largo momento mientras apartaba algunos mechones de pelo de su cara. Estuvo en silencio tanto tiempo que Thalia comenzó a sospechar cuál era su respuesta. Se alejó de él y miró hacia la terraza. No quería ver compasión en sus ojos.

Al final, James dijo:

—Creo que tus poemas demuestran un gran talento, el cual considero extraordinario para una chica como tú, sin formación académica y sin acceso a las mentes intelectuales de Londres. Pero si todos tus poemas son del estilo del que me has leído esta noche, tal vez debas esperar hasta que tu escritura haya madurado antes de ser publicada. Acompáñame a los salones literarios para escuchar a otros poetas presentando sus obras y así aprenderás a refinar tu sentido de la métrica y del tema. Entenderás a lo que me refiero.

Thalia se rodeó la cintura con los brazos, con la cara roja de la vergüenza. Tal vez sus poemas no eran tan buenos como creía; sin duda, James lo sabría. De todas maneras, estaba agradecida con él por habérselo explicado con tanta amabilidad, cuando un editor no hubiera sido tan gentil. Simplemente…, durante un momento, deseó no estar allí, enfrentándolo en un momento tan bochornoso.

James la sujetó de las manos.

—No te enfades, Thalia. Me has pedido mi opinión, y te he dicho la verdad. ¿Preferirías que mintiera?

*Sí.* Volvió a escuchar la voz de Kalli en la cabeza. «Hipócrita». Thalia se obligó a reír para ocultar la vergüenza.

—Por supuesto que no. Pero realmente debo regresar. La tía Harmonia habrá notado mi ausencia.

—Quizá sea conveniente que fueras al baño de damas antes de regresar al salón de baile —aconsejó James, soltándole las manos—. Te esperaré en el comedor.

Thalia se palpó el pelo hasta que descubrió que se le habían soltado unos rizos.

—Sí, claro. Gracias. —Salió corriendo por la terraza y se dirigió a la pequeña habitación que se había destinado a las mujeres que necesitaran un pequeño arreglo en el vestido, un lugar tranquilo para reponerse o un espejo para peinarse.

Fue allí donde la encontró la tía Harmonia, menos de cinco minutos después. La tía Harmonia frunció los labios y examinó a Thalia de cerca, desde los rizos que intentaba sujetar en su lugar hasta su rostro aún sonrojado.

—La gente ya ha empezado a hablar —dijo la tía Harmonia—. Sobre ti y el señor Darby. Si se tratara solo de cotilleos sin importancia, lo dejaría pasar. Pero he oído rumores sobre el señor Darby también; tiene fama de libertino y de alguien que gasta más de lo que gana.

*Bueno*, pensó Thalia, resistiendo la tentación de tocarse los labios, *eso explica que sea un experto en besos.*

—Además, es ateo, y sabes que a tus padres no les gustaría verte con alguien así.

Thalia se enfureció.

—Mis padres quieren que sea feliz. Mi madre me lo dijo antes de que me fuera. No me importa el dinero y, en cuanto a su reputación, las personas cambian. —Sus creencias eran tan válidas como las de él. Sin embargo, la tía Harmonia no entendería esa sutileza.

—Mmm —murmuró la tía Harmonia, ayudando a Thalia a fijar el último rizo—. Solo asegúrate de no enamorarte. Este no es un hombre que tu tío y yo podamos permitirte cortejar con la conciencia tranquila, y me temo que tu padre se negaría a dar su consentimiento.

Thalia se levantó y se apartó de la tía Harmonia, aunque su cabello no estaba del todo sujetado.

—Si mi padre hace tal cosa, será porque tú y el tío lo han persuadido para hacerlo. Ni siquiera ha conocido a Ja... ¡al señor Darby! Estoy segura de que le agradaría si tuviera la oportunidad de conocerlo.

Molesta por la interferencia de su tía, Thalia salió ofendida del baño de damas. James se encontró con ella fuera del comedor.

—¿Estás bien? —preguntó él—. Pareces disgustada.

—No es nada, en serio. —Su irritación se fue disipando al llegar junto a él, y comenzó a ver el humor de la situación—. Solo que mi tía intentó advertirme que me alejara de ti. Me dijo que mi padre no aprobaría nuestra relación.

James soltó una risa.

—La desaprobación parental es el condimento de todos los buenos romances, ¿lo sabías? No te preocupes. Todo irá bien, ya lo verás.

«Todos los buenos romances». Las palabras hicieron que Thalia se estremeciera. Sabía que James sentía algo por ella, pero no se había atrevido a hacer nada más que disfrutar del momento. Pero el hecho de que la llamara por su nombre y definiera lo que tenían como un romance le permitía tener esperanzas de cara al futuro.

Thalia exhaló despacio. Si se daba la situación de que sus padres realmente estaban en contra de su relación con James, eso la angustiaría, pero no la haría cambiar de opinión.

*Todo estará bien, y todo estará bien, y todas las cosas estarán bien.* Thalia no recordaba dónde había leído esas palabras, pero resonaron en su interior mientras agarraba el brazo de James y lo seguía hacia el comedor, resuelta a no permitir que las preocupaciones futuras le arruinaran su presente. Después de todo, era su debut, y estaba junto al hombre al que estaba empezando a querer.

# 17

# RECONCILIACIONES DE MEDIANOCHE (KALLI)

Casi todo lo absurdo de nuestra conducta es resultado de imitar a aquellos a los que no podemos parecernos.

—*Samuel Johnson, encontrado en el cuaderno de apuntes de Kalliope Aubrey*

Kalliope Aubrey bailó el primer set de su baile debut con Adam Hetherbridge, el hombre con quien se había comprometido. Él se había asegurado de reservar los bailes en cuanto se fijó la fecha del evento para no repetir el error que había cometido en el baile de los Gardiner. Sin embargo, a pesar de ser amable y atento, no hizo mención alguna de aquella conversación sobre besarse que tuvieron en el museo. Tampoco intentó coquetear con ella. Tratando de aplacar una leve sensación de decepción, se movió entre los bailarines con Adam y pilló al señor Salisbury observándola mientras aguardaba su turno en la fila.

Kalli se ruborizó. A diferencia de Adam, el señor Salisbury, que definitivamente no era su prometido, había sonreído al verla cuando pasó por la línea de recepción con sus hermanas. Con esa sonrisa con hoyuelos, le había pedido todos los bailes que pudiera darle, pero había quedado genuinamente decepcionado cuando no pudo ofrecerle ni el baile de apertura ni el de la cena, ya que se los había prometido a Adam.

En Oxfordshire, cuando Kalli se imaginaba el triunfo de su baile debut, se había visualizado a ella misma rodeada de pretendientes. Siempre había querido ser deseada, dividida entre un galán y otro.

No esperaba que toda la experiencia resultara ser tan confusa… o dolorosa.

Kalli apartó la mirada del señor Salisbury y vio que Adam la observaba.

—¿Estás feliz? —preguntó Adam en voz baja.

—¿Por qué no lo estaría? Tengo todo lo que se supone que debo querer.

Quizá Kalli mostró demasiado los colmillos al sonreír, ya que Adam se enrojeció.

—Sé que no soy la clase de hombre que deseas, pero quiero que seas feliz.

—Y lo soy, así que no tienes de qué preocuparte. —El baile la alejó de Adam, pero sintió su mirada incluso mientras daba vueltas por el salón en brazos de otro compañero.

Cuando volvieron a encontrarse, Adam no retomó el tema. En lugar de eso, dijo:

—Me gusta cómo te queda ese color. Te hace parecer una melusina.

—Gracias. —Kalli llevaba su vestido favorito de color verde claro, con una capa de encaje en el dobladillo que parecía espuma de mar. Le gustaba el vestido porque la hacía sentir bonita y un poco peligrosa, una combinación poco común para alguien tan baja como ella—. Pero ten cuidado de no caer en mis redes y ahogarte.

Adam dejó escapar una risa débil.

—Supongo que debería de temblar ante la mera idea, pero te conozco. Eres demasiado compasiva. Cuando éramos niños y paseábamos por el campo, te marchabas llorando si nos topábamos con un animal en una trampa.

Kalli se inclinó hacia él y susurró:

—A veces aún lo hago.

—Lo sé —respondió Adam en voz baja—. Te ayudé a liberar a una criatura hace menos de tres meses.

Al estar tan cerca, Kalli percibía el dulce aroma a naranja de la colonia que se había puesto para la ocasión. Casi podía contar los latidos de su corazón a través del pulso en su garganta, ya que tenía la mejilla a centímetros de distancia. No se le revolvió el estómago como le había sucedido en el museo o en su baile con el señor Salisbury. Pero se sentía segura con Adam. Cómoda. Si bien no era tan emocionante como el romance que había soñado, no era la peor manera de empezar un matrimonio.

Cuando terminó el baile y Adam la llevó de regreso con su tía, donde el señor Salisbury la estaba esperando, Kalli aguardó un momento para que Adam le dijera algo. Para que la sujetara de la mano unos segundos más de lo necesario. Pero solo le dedicó una sonrisa al señor Salisbury y se la entregó, tan fácil como si de un pañuelo se tratara.

En esa ocasión, el baile consistía en dos círculos concéntricos, con los caballeros en el interior y las damas en el exterior. El señor Salisbury se inclinó, y Kalli hizo una reverencia, y cuando se acercaron el uno al otro, él dijo:

—Esta noche está encantadora.

Su cumplido era más refinado que el de Adam, «me gusta cómo te queda ese color», pero, de alguna manera, a Kalli no le gustó tanto. Las figuras del baile requerían que las damas y los caballeros se alejaran el uno del otro, así que intercambiaban parejas a intervalos regulares, y pasó un tiempo antes de que Kalli y el señor Salisbury se reunieran de nuevo.

—¿Está feliz? —inquirió el señor Salisbury, observándola con detenimiento.

¿Por qué la gente no paraba de hacerle esa pregunta?

—¿Le parezco infeliz? —Kalli le ofreció su sonrisa más deslumbrante.

Funcionó durante un breve momento, pero el señor Salisbury negó con la cabeza, como si estuviera atónito.

—No lo sé. ¿Lo es?

Estaba a punto de decirle que no, pero entonces recordó lo que lady Stanthorpe le había dicho sobre él.

—Su hermana me ha dicho que somos similares, puesto que ponemos la felicidad de las personas que nos importan por encima de la nuestra.

—A veces —admitió él, inusualmente solemne—. ¿Usted lo hace?

—Sí —dijo Kalli—. A veces

—¿Lo está haciendo ahora?

¿Estaba hablando de su compromiso? ¿O de algo más?

—No lo sé. Tal vez. A veces no sé lo que quiero.

El señor Salisbury le sonrió, con el hoyuelo apenas visible. Sus ojos eran tan gentiles que le provocaron un dolor interno.

—Qué curioso. A menudo me doy cuenta de que no sé lo que quiero, pero ahora mismo, lo tengo clarísimo.

Kalli se sonrojó y no supo cómo responderle.

Por fortuna, sus siguientes parejas de baile fueron mucho menos complicadas que Adam o el señor Salisbury. Le elogiaron el vestido y las habilidades de danza, la hicieron girar por el salón y la dejaron sonriendo cuando regresó con la tía Harmonia.

Cuando Adam pasó a buscarla para el baile de la cena, casi se compadeció de él. No hablaron mucho durante el baile, y Kalli se preguntó si estaba cansado. Era casi medianoche, y sabía que Adam acostumbraba a levantarse temprano.

Después del baile, la llevó al comedor y le consiguió un poco de jamón y algo de *syllabub*, consciente de que le gustaba, y encontró una mesa tranquila para que pudieran comer. Kalli vio a Charis riéndose con el señor Leveson al otro lado de la sala. No vio a Thalia en ningún lado. Tal vez aún no había llegado.

Adam pinchó un trozo de carne, levantó el tenedor y luego lo volvió a apoyar en el plato.

—Kalli, tengo que decirte algo.

Ella contuvo el aliento, expectante.

—Necesito ir a casa unos días para ver cómo está mi padre. Dice que está bien, pero yo no soy tan optimista.

Kalli se rio un poco, aliviada.

—Claro que debes ir entonces. Pero no era necesario que me asustaras. Pensé que querías decirme algo horrible. —Ese era uno de los atributos que más le gustaban de Adam, cómo se preocupaba por las personas cercanas a él.

—Eso no era lo primero que quería decirte —aclaró Adam.

Kalli juntó las manos sobre la servilleta que tenía en el regazo.

—Entonces dímelo de una vez. ¿Es algo malo?

—No. —Negó con la cabeza—. Al menos, eso creo. Te debo una disculpa. Siento que hemos empezado este compromiso con el pie izquierdo, y la culpa es mía. Bueno, mía y de Thalia. Le he estado prestando más atención a ella que a ti, y no debería haberlo hecho. Thalia siempre será una amiga muy querida, pero tú… —Dudó, y el corazón de Kalli se le subió a la garganta—. Me gustaría que tú y yo también fuéramos buenos amigos.

Adam le extendió la mano. Kalli la tomó y entrelazó los dedos enguantados con los suyos, aunque su corazón se desplomó. *Amigos*.

—Por supuesto que somos amigos, Adam —alcanzó a responder; pero entonces descubrió que la falda se le había rasgado por un pequeño punto. Ir a arreglarla era la excusa perfecta para no tener que hablarle a Adam con un nudo en la garganta. Se levantó con rapidez y se apresuró para salir del comedor. En el pasillo de camino al aseo de damas, se cruzó a Thalia y al señor Darby.

El último de los invitados se retiró del vestíbulo. Kalli observó su salida desde un rincón al pie de las escaleras. Le dolían los pies y los ojos se le cerraban por lo tarde que era, pero aun así sonreía. Charis se había ido a su habitación media hora antes, y Thalia no mucho después, cuando el señor Darby se marchó. El tío John había desaparecido en su biblioteca con una copa de oporto y la tía Harmonia despidió a los últimos invitados en la puerta y luego regresó al salón de baile para buscar un guante extraviado.

Kalli dejó escapar un largo suspiro. No quería que la velada acabara. No había sido perfecta; sus conversaciones con Adam la habían puesto nerviosa y no podía permitirse pensar en la forma en la que el señor Salisbury la había mirado. Pero el resto de la velada había sido gloriosa, llena de bailes, nuevos amigos y risas. Si subía las escaleras, se rompería el encanto de la noche.

Unos pasos provenientes del pasillo junto a las escaleras la sacaron del ensueño. Era Adam, quien se estaba poniendo un abrigo mientras se acercaba a ella.

—¡Adam! ¿Todavía estás aquí?

—Estoy a punto de irme, como puedes ver. Ah, no tienes que despedirte de mí —dijo, mientras Kalli bajaba el último escalón en dirección hacia él—. Soy prácticamente de la familia. No hacen falta formalidades.

Prácticamente de *su* familia. El pensamiento flotó entre ellos durante un momento; ella lo notó en el intenso rubor de sus mejillas, en cómo su mirada se encontró con la suya, y luego se apartó.

Aún así se detuvo frente a él y Adam le sonrió, y la extraña tensión alrededor de sus ojos se suavizó. Los bordes de sus gafas captaron la luz, que luego se reflejó en ella.

—¿Lo has pasado bien?

Kalli dio una vuelta y terminó con una reverencia elegante.

—Ha sido maravilloso.

—Excepto por ese sujeto que llevaba gafas —dijo Adam, arrugando la nariz mientras le sonreía—. Su forma de bailar era atroz.

Kalli le dio un codazo suave.

—Tu baile no ha sido *tan* espantoso.

—Ay, qué alivio. Solo un poco espantoso.

Kalli negó con la cabeza.

—Para nada espantoso. —Tomó sus manos entre las suyas, con una oleada de afecto creciendo en su interior—. Gracias por haber venido esta noche. —Kalli se puso de puntillas, con la intención de darle un beso de agradecimiento en la mejilla.

Pero Adam, distraído por el sonido de la tía Harmonia regresando por el pasillo, giró la cabeza en el momento equivocado. En lugar de la mejilla, Kalli lo besó en la comisura de los labios. Y en lugar de retroceder, Adam deslizó la boca debajo de la suya. El movimiento fue tan rápido que sus labios se rozaron antes de que Kalli fuera plenamente consciente de lo que estaba sucediendo. Sintió la boca de Adam —suave, muy suave— contra la suya, y Kalli se aferró a sus hombros para no perder el equilibrio y recuperar la fuerza en las rodillas.

—¡Kalliope! —exclamó la tía Harmonia, y Kalli se irguió, con la cara ardiendo. Bajó las manos.

—No quise... eh... —Kalli dejó de hablar, confundida.

—Está bien —dijo Adam, con una sonrisa que avivó el rubor en el rostro de Kalli. Se inclinó hacia adelante y añadió en voz baja—: Me gustó mucho. Aunque tu puntería fue pésima. —Se tocó el centro de los labios con un dedo. ¿Su movimiento para sellar el beso había sido intencional o accidental?

Incluso sentía calor en la parte superior de la cabeza. Kalli no era capaz de mirar a Adam a los ojos, así que mejor observó cómo se acercaba su tía hacia ellos.

—Es tarde —terció la tía Harmonia, poniéndose al nivel de ellos, con la mirada fija en su sobrina—. Deja que el señor Hetherbridge se vaya, Kalliope. Deberías estar acostada, no buscando más escándalos. Incluso si estás comprometida.

Un torrente de vergüenza desoló a Kalli. ¿Su tía realmente la consideraba tan imprudente como para tener un encuentro romántico a la vista de todos? Si hubiera querido besar a Adam de esa manera, lo habría hecho en algún lugar privado. En ese momento, se le cruzó por la mente una imagen de ella en un rincón oscuro del jardín, bajo un cielo estrellado, con los labios de Adam cálidos sobre los suyos.

*No*, pensó Kalli. No se refería a eso en absoluto.

—Es culpa mía —intervino Adam, haciendo una reverencia ante la tía Harmonia—. Estaba hablando con la señorita Kalliope y perdí la noción del tiempo.

—Mmm —musitó la tía Harmonia con reservas—. Bueno, ya es hora de despedirse e irse a dormir.

Kalli les deseó las buenas noches tanto a su tía como a Adam y se dio la vuelta para subir corriendo por las escaleras.

—Espera —musitó Adam.

Kalli se dio la vuelta y notó que la tía Harmonia ya se había alejado, y que Adam la estaba mirando desde abajo, con cierta intensidad.

—¿Recuerdas ese verano cuando éramos niños, cuando me resfrié en julio? Mientras Frederick, Thalia y Charis correteaban como locos por los bosques y los campos, tú venías todos los días a ver cómo estaba y me traías sopas, jaleas y flores.

Claro que lo recordaba. En esa época, Kalli aún estaba bajo el encanto persistente de su admiración hacia él. Se sentaba junto a su cama y le leía libros, sin importar que se trabara de vez en cuando con las palabras; pero Adam nunca se burlaba de ella como a veces lo hacían Thalia y Charis. La escuchaba, la ayudaba cuando lo necesitaba y, a su vez, le contaba historias de los héroes griegos que había aprendido en la escuela.

—¿Qué te ha hecho pensar en eso esta noche? Fue hace mucho tiempo.

—Porque he visto esta noche cómo, incluso en medio de una fiesta organizada para ti y tu familia, te has detenido para asegurarte de que los demás se estuvieran divirtiendo. Que Charis estuviera cómoda, que tu tía tuviera el chal que quería, que el joven nervioso que te pisoteó la falda no se sintiera demasiado avergonzado por lo que había hecho…

Kalli no sabía qué decir. El corazón se le subió a la garganta y empezó a latir de una forma extraña.

—Sé que piensas que no te veo, pero estás equivocada. Es que… no soy bueno para estas cosas. —Usó un dedo índice para señalarlos a ambos—. Pero sí que te veo. Necesitaba que lo supieras. —Adam subió los escalones que los separaban y le dio un ligero beso en la frente—. Buenas noches —susurró, y luego bajó las escaleras bailando, cruzó el vestíbulo y se adentró en la noche.

Kalli se quedó mirándolo. Rozó los dedos contra la frente y luego contra los labios, donde sintió el eco fantasmal de los labios de Adam contra su piel.

Kalli había querido apuntar los recuerdos del baile en su diario antes de irse a dormir, pero los leves murmullos de la voz de Thalia proveniente de la habitación de Charis la atrajeron hacia allí.

Charis estaba sentada en el tocador, vestida solo con una camisola, mientras su criada, Mary, le quitaba las últimas horquillas del pelo para luego poder cepillarlo y prepararlo para pasar la noche. Thalia llevaba una bata y estaba sentada al borde de la cama mientras se trenzaba el cabello sobre el hombro.

—¿Y bien? —preguntó Charis, mirando de reojo a Kalli—. ¿El baile debut ha sido todo lo que esperabas?

Ella se dejó caer en la cama, junto a Thalia, y se tapó el rostro con las manos. *He besado a Adam*, pensó, esforzándose por recordar los eventos del baile antes de aquel gran momento de vergüenza. La danza. El señor Salisbury.

—Todos han sido muy amables.

—¿Incluso el señor Salisbury? —preguntó Thalia. Su tono era sarcástico, pero había un toque ligeramente mordaz en sus palabras. Kalli entendió a lo que se refería: «¿Qué opina Adam de tu coqueteo con el señor Salisbury?».

—El señor Salisbury es un caballero afable que tiene experiencia en el arte del coqueteo —respondió—. No significa nada. —Aunque hubo una mirada que la había desconcertado... ¿Era posible que aún no supiera que estaba comprometida? Tenía que contárselo—. ¿Y qué me dices de tu velada? El señor Darby y tu os ausentasteis del salón de baile un buen rato. —La situación le parecía injusta. Kalli ni siquiera había besado a Adam y los rumores los habían forzado a comprometerse. Estaba segurísima de que Thalia había besado al señor Darby sin ninguna consecuencia, y ahora quería hacer que ella se sintiera culpable por coquetear con el señor Salisbury frente a Adam, cuando el comportamiento de su hermana lastimaba a su amigo en común mucho más que el de suyo propio.

En el tocador, Charis le pidió en voz baja a su criada que se retirara.

Thalia esbozó una sonrisa exasperante.

—Ha sido una noche encantadora, ¿verdad?

Ay, Kalli detestaba cuando Thalia hacía eso: le decía algo provocador, pero luego se negaba a involucrarse en la discusión, como si se creyera moralmente superior.

—Debe de ser agradable poder ser indulgente con uno mismo sin preocuparse en cómo afectan tus acciones en los demás.

—¿Como coquetear con alguien con quien no estás comprometida? Estoy muy de acuerdo —contestó Thalia con una sonrisa que dejaba ver una fila de dientes relucientes.

—Ay, por favor, no discutáis —suplicó Charis—. Especialmente no sobre pretendientes, amantes ni cualquier otra tontería por el estilo. Si queréis discutir, hacedlo en vuestras habitaciones y dejadme dormir en paz.

A pesar de todo, Kalli se rio.

—Sí, hablar de amantes es una tontería, ¿no?

—Y ni hablar de los caballeros que coquetean. Esos son los peores —dijo Charis con firmeza—. No se puede confiar en lo que dicen.

—Supongo que depende del caballero —señaló Thalia—. ¿Te refieres al señor Leveson?

Las dudas invadieron a Kalli.

—Charis, no estarás desarrollando *afecto* por él, ¿verdad? —No sería para nada conveniente que Charis se enamorara de uno de los caballeros más refinados de su círculo social. Charis merecía ser feliz y cumplir sus sueños, pero un hombre como el señor Leveson solo podía romperle el corazón.

—Es un hombre encantador —confesó Charis—, pero no estoy en peligro, os lo aseguro. Es una distracción interesante para esta temporada, pero no tengo ninguna intención de desatender mi trabajo.

—Pero ¿no crees —preguntó Thalia, recostándose sobre las almohadas de Charis— que una pueda enamorarse y, *además*, tener un trabajo que le ocupe la mente? La señora Hemans escribe buena poesía, y tiene esposo e hijos.

—Estoy segura de que *tú* podrías hacer ambas cosas —atinó a decir Charis—. Pero no estoy segura de que yo esté destinada a eso. Hay algunas mujeres que son más felices siendo solteras, que adoran a sus sobrinos, pero no necesitan hijos propios para sentirse realizadas. Tal vez yo sea una de esas mujeres.

Charis les había dado la espalda mientras hablaba para examinar de cerca su reflejo en el espejo. Kalli y Thalia intercambiaron miradas, y por una vez no había animosidad entre ellas, solo preocupación por la prima a la que querían como a una hermana.

—Charis, querida, no te ofendas, pero ¿lo dices porque realmente crees que serías más feliz estando sola, con tu trabajo, o porque crees que nadie te amaría y, por lo tanto, es más seguro fingir desinterés? Si es lo primero, no te molestaré más sobre el tema, pero si es lo segundo... ay, Charis, mereces amor tanto como cualquier otra persona. —Kalli sintió una punzada en el corazón mientras hablaba. ¿Y si sus palabras fueran ciertas también para ella misma? *Demasiado tarde*, pensó.

Charis se dio unas palmaditas en el pelo, sin desviar la mirada de su reflejo.

—Hay muchos tipos de amor que pueden satisfacer a una persona, pero en mi caso, no creo que el amor romántico esté en mis planes. Creo que nunca me he enamorado, y estoy bastante segura de que nadie se ha enamorado de mí. No tengo esas cualidades que los caballeros buscan en una esposa, y preferiría quedarme soltera que casarme con un hombre que solo me quiera por mi dinero o la posición de mi padre.

—Cualquier caballero sería afortunado de tenerte —aseguró Thalia con vehemencia, y Kalli podría perdonarle casi cualquier cosa por defender así a su prima—. Eres inteligente, divertida, leal y...

—Por favor —interrumpió Charis—. Hablemos de otra cosa.

Charis se puso de pie y se dirigió hacia la cama. Empujó a Thalia hacia Kalli para que pudiera caber en el espacio restante. Se recostó sobre las almohadas, y, después de una breve vacilación en la que Kalli y Thalia intercambiaron otra mirada, las hermanas hicieron lo mismo. Charis las cubrió a todas con una manta y durante un largo momento se acurrucaron juntas, como lo habían hecho tantas noches de su infancia. Kalli deseaba retroceder el tiempo a esos momentos, borrar todo lo que había sucedido desde que llegaron a Londres y comenzar de nuevo.

Charis rompió el silencio.

—Si pudierais tener lo que quisierais o ser lo que quisierais, ¿qué sería?

—Al señor Darby —respondió Thalia.

—¿Estás enamorada de él? —preguntó Kalli. Hizo todo lo posible para evitar que su voz emitiera juicios de valor; esperaba que su hermana lo interpretara como una disculpa por su anterior sequedad al hablar.

—Creo que he empezado a desarrollar sentimientos por él —explicó Thalia—. No tenía ni idea de lo feliz que podría ser en presencia de un hombre que me comprende, que entiende la alegría y el dolor de luchar con ideas que son más grandes que una misma.

—¿Se ha declarado? —preguntó Kalli.

—Aún es pronto, pero me imagino que lo hará. Algún día.

—Entonces espero que seas muy feliz. —Kalli no tuvo compasión consigo misma y reprimió la angustia que le escocía la garganta. No quería volver a pelear cuando por fin estaban hablando de nuevo. Quería estar feliz por Thalia y no preocuparse tanto por el hecho de que ella nunca tendría eso. Es decir, no dudaba de que ella y Adam se llevarían bastante bien; incluso imaginaba que podrían llegar a quererse como las parejas que llevaban años casadas y compartían un vínculo cómodo y estable. Pero no sería lo mismo. No existiría esa pasión abrumadora ni esa sensación de haber encontrado a tu media naranja.

Ya no quería hablar de romance.

—¿Y qué pasa con tu escritura? Pensé que querías ser poeta —dijo Kalli.

Thalia guardó silencio durante un momento. Luego respondió:

—No creo que mis escritos lleguen a destacar. En cualquier caso, otras cuestiones son más importantes que la poesía.

Kalli parpadeó, sorprendida por el cambio en las ambiciones de Thalia. Hubo un tiempo en el que solo hablaba de sus sueños de ser escritora. Pero antes de que pudiera contestarle, Charis preguntó:

—¿Y a ti, Kalli? ¿Qué te gustaría hacer?

Durante tanto tiempo se había concentrado en su temporada, en el final feliz de cuento de hadas que se suponía que vendría después, que no había pensado del todo en cómo sería su vida en el futuro.

—Siempre me ha gustado ayudar a mi madre con mis hermanos más pequeños —dijo al final—. Así que me gustaría ser madre. Pero más que eso, me gustaría marcar una diferencia en el mundo. Quiero ayudar a la gente, aliviar su sufrimiento, hacer sus vidas un poco más alegres.

—Entonces menos mal que vas a casarte con un clérigo —señaló Thalia.

Kalli no había pensado mucho en lo que significaría casarse con Adam, más allá de que no tenía demasiadas ganas de hacerlo. Pero cuando se casara con él, sería la esposa de un vicario. Por supuesto, no podría predicar, pero sí que podría compartir su clero. No le importaría la incapacidad de predicar; a decir verdad, la mayoría de los sermones (incluso los de su padre) le resultaban un poco tediosos, e imaginaba que escribirlos sería aún más tedioso. No obstante, estaría agradecida con el resto del trabajo: escuchar las historias de los feligreses (incluso sus quejas), encontrar formas de ayudar, aliviar y sanar. Una pequeña chispa de esperanza se encendió en su interior. Tal vez podría aspirar a algo más en la vida que simplemente llevarse bien con su esposo.

—¿Y tú, Charis? —preguntó Kalli, desviando la conversación hacia su prima. Más tarde le preguntaría lo mismo a Thalia sobre su poesía.

—Me gustaría tener mi propio laboratorio —reveló Charis, sin sorprender a nadie—. Y un asistente que limpie el laboratorio por mí, se encargue de mi correspondencia y escriba mis artículos con una caligrafía cuidada. Y alguien que me cocine y se ocupe de las tareas del hogar. Algún día presentaré mi propio trabajo ante la Royal Society, aunque actualmente a ninguna mujer se le permita hacerlo, y me invitarán a dar presentaciones en toda Europa. Tal vez incluso en América, Asia y África. Viajaré por el mundo y conoceré a las personas más interesantes, a ninguna de las cuales le importará qué tan malas son mis habilidades para bailar o bordar.

—Suena maravilloso —alabó Thalia.

Para sus adentros, a Kalli le pareció agotador ese viaje. No le molestaría hacer un recorrido tranquilo por Europa, pero ir más lejos sonaba a más aventura de la que quería. Lo que más le gustaba era estar entre las personas y los lugares que amaba, y si iba a conocer nuevos destinos, necesitaba estar allí el tiempo suficiente para entablar nuevas amistades y hacer que el lugar fuera perfectamente agradable.

Cuando cambiaron de tema, la conversación se hizo más amena. Poco a poco, sin quererlo del todo, Charis se quedó dormida primero, acompañada por unos leves ronquidos, y luego Thalia. Kalli permaneció despierta un poco más, pensando en la velada que acababa de vivir, y cuando por fin se quedó dormida, un recuerdo del baile se apoderó de sus sueños.

Pero en su sueño, no era el señor Salisbury con quien bailaba, sino con Adam.

# 18

# TAL PARA CUAL

## (CHARIS)

Desde que se imprimió esta comunicación, he llevado a cabo varias investigaciones sobre las llamas; como considero que echan luz sobre este importante tema y conducen a algunas ideas prácticas relacionadas con las artes útiles, las presentaré a la Royal Society sin más excusas.

—*Sir Humphry Davy,*
Transacciones Filosóficas de la Royal Society *[Nota de Charis:* ¿Habrá escrito «echan luz» en una investigación sobre llamas a propósito? Por cierto, me pregunto cómo puedo convencer a mi madre de que me permita investigar combustibles*]*.

La tercera mañana después del baile, a Charis le llegó una carta mientras desayunaba, el sobre no parecía muy grueso. Se atragantó con el pan tostado cuando reconoció al remitente. Agradeció al criado que la dejó junto a su plato y terminó de tragar el resto del pan con un sorbo de té. Con la taza en la mano, se quedó mirando la carta y se preguntó si tendría el coraje para abrirla.

—¿Vas a abrir la carta, Charis? ¿De quién es? —preguntó su madre.

—Quizá sea del señor Leveson —supuso Kalli con una mirada divertida hacia Thalia, que estaba sentada al otro lado de la mesa.

Charis negó con la cabeza.

—No es del señor Leveson. —La dirección pertenecía a Somerset House, donde estaban ubicadas las oficinas de la Royal Society, y a donde había enviado su refutación al artículo de L.M.

Tenía el presentimiento de que se trataba de un rechazo, algo ambiguo y cortés que le dolería muchísimo.

Charis dejó la taza de té en la mesa.

—Me temo que no tengo mucho apetito —dijo antes de recoger la carta y escapar de la sala del desayuno en dirección a la especie de santuario que para ella era su habitación.

Charis intentó abrir la carta deslizando el pulgar, pero se cortó con el borde del papel. Se metió el dedo ensangrentado en la boca y rebuscó en el escritorio hasta encontrar un abrecartas. Deslizó la hoja estrecha debajo del sello, y la carta se abrió de golpe.

«Querido señor Elphinstone». Por supuesto, había firmado el ensayo como *C. Elphinstone*. No tenía sentido incluir su nombre si iban a usar su sexo en su contra. Charis respiró hondo.

«Nos encantaría publicar su ensayo de refutación en nuestro próximo número de *Transacciones Filosóficas*».

Había otros detalles que seguían, pero su cabeza apenas los registraba.

Su trabajo iba a ser publicado.

En una revista científica *real*. En la misma revista que había publicado a Caroline Herschel unos treinta años antes.

Abrazó la carta contra el pecho y chilló mientras se dejaba caer de nuevo sobre la cama en un paroxismo de alegría.

La puerta se abrió.

—¿Charis? —preguntó Kalli—. ¿Te encuentras bien?

Charis agitó la carta sobre la cabeza.

—Sí, ¡más que bien! Eufórica. Excelente. Excepcional. —Se incorporó—. Seré… ¡una autora publicada!

Kalli se aproximó a la cama y le dio un beso en la mejilla.

—¡Qué maravillosa noticia!

—¿Cuál es la maravillosa noticia? —inquirió Thalia, quien había seguido a su hermana hasta la habitación.

Charis dudó solo un momento. Recordó la confesión de Thalia de que estaba celosa de los esfuerzos de Charis por publicar y pensó en los comentarios extrañamente despectivos que había hecho sobre sus propios poemas solo unas noches antes. Pero Thalia querría saber las novedades, así que dejó de lado sus recelos.

—La revista *Transacciones Filosóficas* publicará mi artículo.

Thalia se quedó inmóvil durante un instante. Luego rodeó a Charis con los brazos para abrazarla.

—Enhorabuena, querida. Estoy muy orgullosa de ti.

El entusiasmo por la noticia acompañó a Charis durante toda la mañana, hasta el momento en el que su madre la siguió a su habitación para supervisar el cambio de vestuario para la muy esperada visita a la Royal Society con el señor Leveson.

—Mamá, *no* —dijo Charis con firmeza—. No voy a ponerme el vestido de muselina lavanda con estampado de flores. Me queda fatal.

—Pero es un vestido precioso.

—Sí. Para alguien más. ¿Por qué no encargas uno igual para Kalli? Yo me pondré el de muselina color crema.

—¡Pero el señor Leveson ya te ha visto con ese! —Su madre parecía horrorizada, como si Charis hubiera sugerido aparecer solo con una camisola—. Si quieres que te corteje, debes causar una buena impresión.

Charis suspiró.

—El señor Leveson no está interesado en cortejarme ahora ni más adelante. No iremos a un evento social, mamá. Iremos a una conferencia científica pública. A nadie le importará qué vestido llevo puesto.

Pero su madre insistió hasta que Charis accedió a llevar el nuevo vestido de algodón verde y blanco. Mary la ayudó a vestirse y peinarse, y Charis apenas tuvo tiempo de darle un beso a su madre en la mejilla y suplicarle que dejara de preocuparse antes de que anunciaran al señor Leveson en la planta baja.

Esta vez, el señor Leveson había llegado en un faetón, un carruaje descubierto de cuatro ruedas, en lugar de la calesa de dos, ya que su madre había insistido en que Charis llevara a su criada para no ser la única mujer en una habitación llena de hombres. El señor Leveson ayudó a Mary a subir al frente para que se sentara junto al mozo de cuadra, y luego ayudó a Charis a colocarse en la parte posterior y más espaciosa del vehículo antes de subir él mismo con un movimiento rápido.

La tía Harmonia, Thalia y Kalli se despidieron de ellos con la mano. Charis esperaba que el señor Leveson no hubiera visto la expresión ansiosa de su madre.

Los caminos hacia el auditorio estaban congestionados, y a Charis le preocupaba que llegaran tarde al encuentro. Sin embargo, como al señor Leveson no parecía importarle en absoluto, Charis intentó calmarse.

El señor Leveson se esforzó por ser amable, ya que quería escuchar historias de su infancia en Oxfordshire y, a su vez, contarle anécdotas sobre su hermana y su madre, quienes aún estaban en la India tras la muerte de su padre unos años antes.

—Mi padre insistió en enviarme a un internado cuando tenía siete años. Quería que aprendiera a comportarme como un inglés.

—¿Tan joven? —preguntó Charis, horrorizada. Su primito Edward, el más joven de la familia Aubrey, tenía seis años. No podía imaginar que sus padres lo enviaran a estudiar al otro lado del océano—. ¿Fue muy difícil?

—Es una práctica común entre las familias inglesas en la India. —Sacudió las riendas—. Cuando llegué por primera vez, se burlaban sin piedad de mi acento. Uno de los otros niños tenía la costumbre de pasarme un pañuelo en la piel porque, según él, quería limpiarme la suciedad.

—Ay, no. —Charis apretó las manos en el regazo. Tenía ganas de abrazar al señor Leveson, de consolar al niño que había sido, pero no sabía si aceptaría el gesto—. ¿Cómo su madre pudo haberlo permitido?

El señor Leveson apretó los labios en una fina línea.

—No creo que mi padre se lo consultara a mi madre. Para él era importante que me convirtiera en un caballero británico. Demostré ser un estudiante que aprendía muy rápido; era la manera más segura de evitar el acoso. Y mi madre tenía a mi hermana para consolarla. De hecho, mi hermana tiene la piel más oscura que yo, y además es una chica, así que nuestra madre era libre de criarla como quisiera.

—Debe de haberlos echado mucho de menos —dijo Charis. Se le quedó grabada la segunda parte de lo que había dicho sobre su hermana, que era menos importante para su padre debido a su género y color de piel. Decidió pensar en ello más tarde.

—Sí —atinó a decir el señor Leveson. Cambió de tema—. Visito a mi madre y a mi hermana todas las veces que puedo, y todavía albergo la esperanza de persuadir a mi madre para que se establezca aquí, conmigo, aunque tal vez sea egoísta pedírselo. Pero tengo que ocuparme de la finca de mi padre y de otros asuntos que me mantienen en Inglaterra. Me he dado cuenta de que es posible vivir con el corazón dividido en dos, entre el hogar en el que nací y el hogar que he llegado a querer.

—Su madre debe de estar orgullosa de usted, del hombre en el que se ha convertido —sostuvo Charis, y luego se ruborizó. Pero no se retractó; lo había dicho de corazón, y quería, de alguna manera, suavizar la dura expresión en el rostro del señor Leveson.

—Eso espero, aunque a veces ni siquiera yo sé qué partes de mí son genuinas y qué partes son fingidas. Gran parte de la sociedad se basa en las apariencias, y tal vez yo no sea una excepción. Los miembros de la alta sociedad me aceptan, a pesar del matrimonio poco convencional de mis padres, simplemente porque mi padre tenía dinero y esa riqueza me proporcionó una buena educación. En la escuela descubrí que ser medianamente divertido y bueno en los deportes me ganaba una mayor aceptación entre mis compañeros, así que… —El señor Leveson extendió las manos e hizo un gesto bastante autocrítico hacia sí mismo.

Charis lo había considerado arrogante por sus finas ropas y su reputación como deportista y referente de la moda. Pero ¿y si esas no fueran pruebas de su vanidad, sino algo más? Una forma de integrarse, sobrevivir y prosperar en una sociedad desconocida.

—Tengo amigos influyentes, y ayuda el hecho de que mi tez sea lo suficientemente clara como para pasar por europeo, quizá italiano. Pero la situación es frágil; podría cambiar en un santiamén. Hubo un tiempo en el que uno de cada tres británicos en la India tenía una esposa o una amante nativa, pero esos tiempos están cambiando, al igual que el sentimiento público. —Meneó la cabeza con vehemencia—. No sé por qué le estoy contando esto. Le pido que olvide todo lo que le he dicho.

Charis se quedó en silencio durante un largo momento. Nunca había visto ni una pizca de vulnerabilidad en la apariencia perfectamente refinada del señor Leveson. La confesión abrió algo dentro de ella y avivó una curiosa calidez en su pecho. No podía ignorarlo todo como le había pedido.

—Una persona muy sensata una vez me dijo que debía de ver mi popularidad en la sociedad como prueba de que soy digna de ser apreciada. —Estaba parafraseando muy mal sus palabras, pero esperaba que entendiera lo que quería decir.

El señor Leveson sonrió.

—¿Una persona muy sensata? Me han llamado de muchas maneras, pero creo que es la primera vez que alguien me llama así.

—Esperemos que no sea la última —dijo Charis.

La sala estaba casi llena cuando llegaron, apenas un minuto o dos antes de que comenzara la conferencia. Encontraron un par de asientos cerca del fondo junto a una columna, y el señor Leveson le pidió disculpas por la mala vista. Recibieron algunas miradas recelosas de los caballeros que estaban cerca de ellos, y Charis se dio cuenta de que no había ninguna otra mujer aparte de ella y su criada.

—Debería de haberme organizado mejor y haberla pasado a buscar media hora antes —expresó el señor Leveson.

Si hubiera llegado media hora antes, Charis habría estado aún en su camisola. Se imaginó recibiendo al señor Leveson así y sofocó una risita al pensar en la expresión horrorizada de su madre. Se preguntó si el señor Leveson estaría igual de horrorizado, y luego se sonrojó por el simple hecho de haberlo pensado. Era absurdo preocuparse por lo que el señor Leveson pensaría de ella si la viera a medio vestir. Nunca la vería así.

—No hace falta disculparse —dijo Charis—. Este es, con creces, el mejor regalo que alguien me ha dado durante mi estancia en Londres, y me niego a permitir que nada lo arruine.

Un hombre de mediana edad se puso de pie y se dirigió al podio que se encontraba al frente de la sala, y el bullicio a su alrededor se desvaneció. El hombre (Charis no alcanzó a escuchar su nombre, por lo que tendría que preguntárselo al señor Leveson más tarde) estaba presentando un informe sobre el reciente trabajo del científico francés Louis Jean Pierre Vieillot y sus investigaciones sobre la ornitología. Monsieur Vieillot era uno de los pocos científicos que estudiaba aves vivas en lugar de especímenes preservados, y había encontrado toda clase de especies fantásticas en sus viajes a las Indias Occidentales y las Américas.

Mientras el orador enseñaba imágenes pintadas de las aves en cuestión, Charis se relajó en el asiento con un suspiro de felicidad. En esa conferencia hablaban el lenguaje de su corazón.

El señor Leveson la miró de reojo con una sonrisa divertida.

—¿Lo está disfrutando?

—Mucho —respondió, y luego añadió—: Pero le pido silencio. ¡No quiero perderme nada importante!

Con una risita (aunque Charis no estaba segura de por qué le causaba gracia lo que había dicho), el señor Leveson le hizo caso. A su lado, Mary sacó una pequeña bolsa de tejido.

Cuando terminó la conferencia, con la mente de Charis bullendo de nuevas ideas, el señor Leveson la presentó a algunos de sus conocidos. A pesar de las miradas extrañas que había recibido de varios de los hombres presentes, ninguno de los amigos del señor Leveson parecía incomodado por su presencia. O si lo estaban, eran demasiado educados como para mencionarlo.

Charis participó en sus conversaciones con energía, a pesar de las quejas de Mary, y un par de veces captó un halagador gesto de sorpresa e interés por sus preguntas e ideas. Pero la respuesta más gratificante fue cuando el señor Leveson le murmuró: «Bien dicho, señorita Elphinstone». Levantó la vista y descubrió que la estaba observando con una expresión que le generaba una mezcla de frío y calor, lo que le hizo perder el hilo de la conversación.

No conocía a muchos hombres como el señor Leveson, que admiraran su franqueza y su mente curiosa en lugar de temerla. Quizá su tío, Edward Aubrey, o Adam. A veces su padre, aunque rara vez la entendía. Pero todos la conocían prácticamente desde que era pequeña, y ninguno la hacía sentir así, como si estuviera anclada en su propio cuerpo, en sintonía con todas las terminaciones nerviosas, pero también como si fuera capaz de volar. Volvió a pensar en la calidez que se había adueñado de su pecho un rato antes y en cómo había querido aliviar el dolor del señor Leveson.

¿Así se sentía Thalia cuando estaba con el señor Darby?

Charis se maravilló ante la sensación y le dio vueltas en la cabeza como si fuera una pluma de una especie de ave no identificada encontrada en una de sus caminatas.

—¿Señorita Elphinstone? —preguntó el señor Leveson, arqueando una ceja de una manera que le pareció encantadora—. Tiene una expresión muy peculiar en el rostro. No estoy seguro de si es inspiración o indigestión. ¿Podría resolverme la duda?

—No es nada —contestó ella con rapidez, tratando de volver a la conversación.

Pero no se sentía como nada. Se sentía más bien como todo. No era como si estuviera en peligro de entregarse a esa sensación, de abandonar todos sus intereses solo para disfrutar de estar cerca de una persona que la hacía sentir tan viva. La presencia del señor Leveson en el mundo hacía que todo lo demás pareciera más interesante.

Charis había aprendido que era más fácil navegar por la sociedad cuando no esperaba que los demás le devolvieran el interés o el afecto. No esperaba que el señor Leveson sintiera por ella lo que ella sentía por él. Sería como esperar que el sol se diera cuenta de la presencia de un planeta en su órbita más lejana. Entonces la incógnita era: ¿qué haría con esa sensación? En su experiencia observando a Kalli, luchar contra un enamoramiento pocas veces funcionaba, ya que solo intensificaba la conciencia de uno mismo. Pero si dejaba que siguiera su curso natural, lo más probable era que se extinguiera en unas semanas o unos meses. Además, no creía que el señor Leveson fuera capaz de romperle el corazón.

Entonces, ¿por qué no disfrutar de esa sensación? Charis saborearía el poco tiempo que tenía en su compañía, agregaría algo de experiencia personal con el romance y el coqueteo a sus observaciones sobre el amor, y, dentro de unas cuantas décadas, podría entretener a sus sobrinas con la historia de cómo su tía Charis una vez se enamoró durante su temporada en Londres.

Tras haber decidido actuar con racionalidad y deshacerse de su creciente afecto, Charis volvió a la conversación. Solo le llevó unos segundos captar el tono y luego discrepó rotundamente con un pobre caballero, quien, al percatarse de que estaba sufriendo una derrota aplastante, recordó de repente que tenía una cita en otro lugar.

—Recuérdeme nunca llevarle la contra en una discusión —dijo el señor Leveson.

Charis se rio un poco con remordimiento.

—Ya me ha llevado la contra en otras ocasiones, señor Leveson. Y debo decir que ha sobrevivido bastante bien... ¡No creo que pueda hacerle más daño!

Volvió a aparecer esa luz en sus ojos. Charis no sabía cómo interpretarla, pero se dijo con firmeza que *no* debía inventar explicaciones. Sus observaciones sobre el señor Leveson ya estaban afectadas por su clara preferencia hacia él.

—Señorita Elphinstone, no me cabe duda de que, si se lo propusiera, podría poner el mundo patas arriba.

Dicho eso, el señor Leveson decidió que era hora de llevar a Charis y Mary a casa. El paseo fue encantador: una tarde de primavera despejada, el canto de los pájaros en el cielo y una conversación repleta de aves (las que habían visto en sus estudios, las que monsieur Vieillot había estudiado, las que aún no habían descubierto).

—En América —dijo el señor Leveson—, hay un pajarito llamado colibrí. ¿Sabe que baten las alas tan rápido que parecen zumbar? Me han dicho que, cuando están volando, sus alas parecen una mancha borrosa.

—Como diminutas joyas voladoras —completó Charis—. Me encantaría ver uno.

—Seguro que algún día lo hará —dijo el señor Leveson, sonriéndole de una manera que le provocó un cosquilleo en el estómago. No era incómodo, precisamente, solo desconcertante.

De repente, Charis sintió la necesidad de besarlo. Quería presionar sus labios contra esas líneas esculpidas a la perfección, sentir si estaban cálidos o fríos contra los suyos, ver si su piel olía diferente a tan corta distancia. Se recordó a sí misma que su criada estaba sentada en el mismo carruaje (aunque mirando hacia adelante, de modo que no le estaba prestando atención en ese momento) y que el mero rumor de un beso ilícito había obligado a Kalli a comprometerse.

Pensarlo no sirvió de nada; aún tenía ganas de hacerlo.

Después de todo, ¿cuándo tendría otra oportunidad así? Dudaba sobre las posibilidades de encontrar a otro hombre que le gustara tanto en Londres. Además, después de la temporada, estaría inmersa en sus estudios. ¿Y si le prometía que no lo forzaría a comprometerse? Seguro que el señor Leveson sabría cómo ser discreto mejor que Kalli y Adam.

—¿En qué está pensando con tanto detenimiento? —preguntó el señor Leveson.

Después de asegurarse de que Mary no la estaba observando, Charis se inclinó hacia el señor Leveson y le susurró:

—¿Me besaría?

—¿Qué? —El señor Leveson la miró como si se hubiera vuelto loca. Tal vez tenía razón.

—Nunca me he besado con nadie —explicó Charis—, y me gustaría saber qué se siente. Parece que la gente lo disfruta. —Se encogió los hombros para ocultar los rápidos latidos de su corazón.

Una sonrisa curvó las comisuras de los labios del señor Leveson.

—Esta es una solicitud muy inusual, señorita Elphinstone.

—No debe temer, pues no tengo ninguna intención de obligarlo a contraer matrimonio —aseguró Charis de forma precipitada—. Prometo que no lo haré. No se lo diré a nadie, siempre y cuando me prometa que usted tampoco lo hará. Lo veo más como un experimento.

—¿Qué espera descubrir con este experimento?

—No estoy segura. ¿Besa bien? Si es así, entonces supongo que lo disfrutaré.

El señor Leveson se echó a reír.

—¿Cómo puedo responder a esa pregunta? Tendrá que descubrirlo usted misma.

El calor le inundó las mejillas, pero decidió ignorarlo.

—Entonces, ¿lo hará?

El señor Leveson asintió.

—Confieso que también siento mucha... curiosidad. —Había una extraña luz en sus ojos que Charis no podía descifrar.

Era un error.

—O tal vez no deberíamos hacerlo. Ha sido una propuesta muy indecente de mi parte.

—Ah, yo creo que deberíamos hacerlo, ahora que lo ha mencionado. ¿Qué tipo de científica sería usted si no siguiera una pregunta hasta su conclusión lógica?

—Tiene toda la razón. —Parecía que Charis se había quedado sin aliento. ¿El señor Leveson lo había notado?

El carruaje se estaba acercando a la casa de sus padres, y Charis no sabía qué hacer. ¿Cómo se planificaba una cita secreta? ¿Debían acordar una hora o simplemente esperar a que surgiera la oportunidad?

El señor Leveson ayudó a Mary a bajar del faetón, y luego le extendió la mano a Charis. En cuanto los pies de la joven estuvieron firmes en el suelo, el hombre miró al mozo de cuadra.

—Me gustaría estirar las piernas un momento. La señorita Elphinstone me ha dicho que en el vecindario hay un ejemplar impresionante de la *Flora implausibilum* que me gustaría ver. Espere aquí con los caballos.

Charis lo miró y frunció el ceño. Nunca le había dicho eso, y no creía que existiera esa planta... *Ah*. Quizá las personas *creaban* la oportunidad idónea para compartir un encuentro secreto.

Mary se detuvo en la escalinata.

—¿Quiere que la acompañe, señorita?

—Ay, no, no creo que sea necesario. Dile a mi madre que volveré enseguida. Voy a mostrarle al señor Leveson una... planta. —No recordaba cómo la había llamado.

El señor Leveson extendió el brazo, y ella lo tomó, como si se tratara de un paseo en público común y corriente. A Charis le latía tan fuerte el corazón que se preguntaba si él lo podría escuchar. Caminaron por la calle, hasta que ya no pudieron ver la fachada de la casa de los Elphinstone ni el carruaje del señor Leveson. Doblaron en una esquina, y luego él la hizo pasar por debajo de un cerezo que, oportunamente, había florecido de forma temprana.

Flores rosadas caían a su alrededor como un velo mientras el señor Leveson apoyaba a Charis contra el tronco del árbol. La corteza áspera hacía presión sobre la espalda de la muchacha, incluso a través de la chaquetilla. El dulce aroma la mareó, aunque el mareo tal vez fuera causado por la mirada del señor Leveson mientras se acercaba hacia ella. Charis se pasó la lengua por los labios resecos.

El señor Leveson se detuvo a escasos centímetros de ella.

—¿Está segura de que quiere hacerlo?

Charis asintió. Estaba bastante segura de que lamentaría el impulso más tarde, pero no le importaba en ese momento.

El señor Leveson inclinó la cabeza hacia ella y cerró los ojos, pero Charis lo observó hasta que ya no pudo enfocar sus rasgos y luego los cerró también. Sus labios se rozaron con una sorprendente dulzura. Los de él eran tan suaves como pétalos contra su piel. Estaban cálidos, notó Charis mientras registraba cada sensación en la memoria, y luego presionó los labios contra los de él y dejó de pensar. El mundo entero se detuvo.

Cuando el señor Leveson se apartó, Charis se habría caído si no fuera por el cerezo que la sostenía. Apretó las manos en las faldas e intentó recuperar el aliento. Nada de lo que había leído (lo cierto era que los hábitos de apareamiento de las sanguijuelas no le ofrecían un estándar muy alto) la había preparado para las sensaciones que la invadían: el delicioso hormigueo en los labios, el cosquilleo que le generaba en la piel, el olor mezclado de flores de cerezo y sándalo que le aumentaba la temperatura hasta en los dedos de los pies. No era de extrañar que su madre le hubiera advertido sobre besar a los hombres.

—¿Le ha resultado satisfactorio? —¿Cómo se las apañaba para sonar tan impasible? Sin duda, tenía práctica, y sus emociones no parecían estar tan involucradas como las de Charis.

—Madre mía —murmuró Charis.

El señor Leveson le sonrió con satisfacción.

—Ha estado muy bien, ¿verdad?

Una punzada de irritación devolvió a Charis a la realidad.

—Supongo que ha sido aceptable —respondió con aire despreocupado—. Gracias por satisfacer mi curiosidad. Creo que será mejor que regrese con mi madre.

Salió de debajo del árbol, ignorando el resoplido indignado del señor Leveson detrás de ella, y escudriñó la carretera para asegurarse de que nadie estuviera vigilándola. Alejada de las miradas curiosas (y del señor Leveson), agitó las manos para tratar de enfriarse las mejillas. El señor Leveson apareció a su lado y, si bien le ofreció el brazo, ella no lo aceptó. Todavía tenía los nervios a flor de piel y temía que, si lo tocaba otra vez, explotaría.

O trataría de besarlo de nuevo.

—¿Se encuentra bien? —preguntó el señor Leveson, mirándola de reojo.

—Estoy de maravilla —mintió Charis—. Solo creo que sería mejor fingir que esto nunca ha sucedido.

—Muy bien. Pero antes de dejar el tema para siempre, ¿podría pedirle un favor, a cambio del que le he otorgado?

Parecía extrañamente inseguro, lo que hizo que a Charis se le encogiera el corazón.

—¿Qué favor?

—Me pregunto si, tal vez, podría leer algo que he escrito de índole científica.

Charis no sabía que el señor Leveson mantenía más que un interés casual por la ciencia. Pero si había escrito algo, debía de haberlo investigado, y la investigación implicaba una inclinación seria. Y si le había pedido que lo leyera, debía de valorar su opinión, como amiga y como colega, no solo como una chica ridícula que le había pedido que la besara. Además, si lo leía, sin duda querría una respuesta, lo cual sería una excusa para volver a verse.

*Para verse,* se recordó a sí misma. *No para besarse.* Eso fue un disparate de una sola vez.

—Por supuesto. ¡Me encantaría!

—Le traeré una copia mañana. Ha aparecido en el último número de las *Transacciones Filosóficas.*

—Pero... —Charis estaba a punto de decirle que ya tenía una copia de esa revista en particular, pero se detuvo.

Un momento.

Había leído todos los artículos en esa revista, había estudiado todo lo posible sobre sus autores. No recordaba a ninguno con el nombre del señor Leveson.

L.M. era el único, o la única, que no había proporcionado su nombre completo. Pero...

Tragó saliva para calmar una creciente sensación de pánico.

L.M.

Leveson, M. Charis intentó recordar lo que sabía de su primer nombre. ¿Matthew? ¿Mark?

No. Debía de estar soñando. La ansiedad y la confusión luego del beso le estaban jugando una mala pasada a su mente racional. El nombre del señor Leveson bien podría ser Charles.

—Sería maravilloso, gracias.

El señor Leveson regresaría, le mostraría el artículo en cuestión con una explicación perfectamente racional para su seudónimo, y ella se reiría al pensar que había estado tan equivocada.

—Hasta mañana, entonces.

—Hasta mañana —dijo Charis.

# 19

# FILOSOFÍA DEL AMOR

## (THALIA)

¿De qué sirve esta dulce tarea
si luego ya no me besas?

*—Percy Bysshe Shelley*

Solo había algo que arruinaba el goce casi perfecto de Thalia en su primera visita a un salón literario… y ese algo era Charis.

Lo cual era una lástima porque, de lo contrario, el lugar condensaba todo lo que Thalia esperaba de su temporada en Londres. Sentada en un sofá en el centro de la sala, estaba rodeada de una agradable compañía, tal como James le había prometido: los poetas, los filósofos y las mentes más brillantes de Londres. Las conversaciones la deslumbraban, saltando de un tema a otro, desde la filosofía hasta la política, la poesía y de vuelta. A Thalia le dolían las mejillas de tanto sonreír y la garganta de tanto reír y tratar de hacerse oír por encima del ruido de la multitud entusiasmada.

Pero la reacción de Charis, su acompañante designada para la velada, fue todo lo opuesto. Incapaz de conseguir un asiento cerca del sofá donde Thalia estaba sentada, Charis había elegido una silla individual en un rincón, con los brazos cruzados sobre el pecho en un gesto que daba a entender que no quería que nadie se le acercara. Al principio le habían hecho compañía un par de mujeres de mediana edad, pero la habían abandonado poco después, tal vez al darse cuenta de que el conocimiento de Charis sobre las poesías no era ni de cerca tan amplio como su comprensión de la nomenclatura de Linneo.

La conciencia de Thalia le dio una punzada. Se volvió hacia James.

—Charis no está contenta. Tal vez debería unirme a ella. —Aunque eso significaba abandonar el acogedor círculo de amigos que James acababa de presentarle, y se mostraba reacia a hacerlo.

—¿Y *tú* estás contenta? —inquirió James.

—Claro que sí. ¿Cómo no iba a estarlo aquí?

—Tu prima estará bien. Hay muchas personas amables que pueden acompañarla, y es bueno que una joven aprenda a desenvolverse en sociedad.

Thalia frunció el ceño. Quería a James, sí, pero a veces era un poco… desconsiderado… cuando se trataba de personas que no eran su prioridad inmediata. Nunca con Thalia, pero a veces con otros.

—Charis no es precisamente tímida, pero a veces se siente incómoda entre extraños que no comparten sus intereses. Y ha estado actuando de manera extraña toda la tarde, desde que regresó de una conferencia de la Royal Society.

James suspiró.

—Ah, de acuerdo. Enviaré a Barnaby para que le haga compañía. Es un bocazas inofensivo, pero sabe lo suficiente de ciencia como para entretener a tu prima.

Thalia no estaba segura de que a su prima le gustara la idea de conversar con un «bocazas inofensivo», así que observó con una ráfaga repentina de ansiedad mientras un joven esbelto se separaba del grupo en el que estaba y se acercaba a Charis. Pero unos pocos momentos después, la estaba haciendo reír. Exhaló aliviada.

James puso un dedo debajo del mentón de Thalia y la hizo levantar la cabeza para que lo mirara.

—Tu preocupación por tu prima es admirable, pero no te he traído aquí para que te pongas así. Quiero que te embriagues de ideas, que regreses a casa flotando en una nube de inspiración.

«Una nube de inspiración». Algo se encendió dentro de ella, un verso de poesía que bailaba en la punta de su lengua. Thalia apagó la chispa. Esa no era la inspiración que se suponía que encontraría allí. Se obligó a sonreír.

—¿Y cómo es estar ebria de ideas? ¿Acaso volveré a casa a trompicones, tambaleándome, y luego me despertaré con dolor de cabeza como mi hermano Frederick?

—Estoy seguro de que nunca podrías perder toda la gracia que te caracteriza. Espero ver el brillo en tus ojos y el rubor en tus mejillas. Y me gustaría mucho volver a escucharte reír.

Después de eso, ambos se vieron envueltos en la conversación que tenía lugar a su alrededor, pasando de una idea a la siguiente con una rapidez que dejaba a Thalia sin aliento. Echó un vistazo a Charis un par de veces, pero como siempre veía a su prima sonriendo, al final dejó de prestarle atención.

La conversación en la sala continuó con la misma energía, hasta que James entrelazó los dedos con los de Thalia.

—Acompáñame —le susurró en el oído.

Ella se preguntó a quién quería presentarle esa vez, pero James la llevó fuera del salón hacia el pasillo oscuro donde un criado estaba en posición de firmes cerca de la puerta. Desde allí, encontraron un rincón parcialmente oculto por una cortina pesada. James la atrajo hacia él, y a Thalia se le aceleró el corazón en el pecho.

La joven cerró los ojos y alzó el rostro para recibir el beso de James, pero como no llegó de inmediato, volvió a abrir los ojos de golpe.

James la estaba mirando. Deslizó un pulgar por la curva de su mejilla y luego por sus labios.

—Ah, Thalia, ¿cómo eres tan bonita?

A Thalia nunca le había importado mucho su apariencia. Sabía que sus rasgos eran aceptables; se lo había dicho todo el mundo, desde los chicos del pueblo que la elogiaban por la calle hasta las amistades de su tía que hablaban sin tapujos sobre ella durante las visitas matutinas como si no estuviera presente en la misma habitación. Siempre había considerado que su aspecto era lo menos interesante de ella, demasiado irrelevante, salvo que, por lo general, hacía que la gente estuviera dispuesta a quererla. En otras ocasiones, incluso había sentido que su apariencia era una desventaja, una razón para que no la tomaran en serio, como si alguien no pudiera ser bonita e inteligente al mismo tiempo.

Pero en ese momento estaba sumamente agradecida de que James pensara que era bonita, agradecida de tener algo que ofrecerle, agradecida de avivar esa luz en sus ojos. Cuando se casara con él, su intención era que fuera un matrimonio de iguales: corazón, mente y cuerpo.

Él le dio un beso en la sien, y Thalia empezó a ser muy consciente de la sangre que corría por sus venas.

*Las montañas besan el firmamento, / las olas chocan entre sí.* —Le dio otro beso más abajo, en el pómulo, mientras le masajeaba la espalda con pequeños círculos—. *Ninguna flor sería perdonada / si a su hermano desdeñara.*

—«Filosofía del amor» —murmuró Thalia, reconociendo el poema de Shelley. Los versos que James no había dicho se abrieron paso en sus pensamientos: *Nada es único en el mundo: / todo por una ley divina / se une en un espíritu. / ¿Por qué no el mío con el tuyo?*

James le dio dos besos más: en el puente de la nariz y en la línea de la mandíbula junto al oído, donde el soplo de aire contra su piel sensible la hizo temblar.

—*La luz del sol abraza la tierra / y los rayos de luna besan el mar.*

Hizo una pausa, y Thalia completó el último verso del poema.

—*¿De qué sirve esta dulce tarea / si luego ya no me besas?*

Sus labios por fin, *por fin*, se encontraron. Thalia lo recibió con ganas y se puso de puntillas para estar a la misma altura que él. James deslizó las manos por su espalda y se detuvo en la parte inferior para atraerla hacia él. Con cada respiración, el pecho del joven subía y bajaba contra el suyo, y con cada roce, brotaban chispas entre ellos. Thalia sintió la calidez y la suavidad de sus labios mientras se movían contra los suyos. Un beso se fundió en dos, luego tres, y Thalia perdió la cuenta mientras James la besaba con más pasión, jugueteaba con la lengua y le trazaba patrones en la espalda con las manos. A la joven le daba vueltas la cabeza.

Al rato, James se apartó, y sus miradas se cruzaron. Los ojos color café del caballero estaban casi negros de deseo.

—Quiero estar contigo, Thalia. Para el resto de mi vida. Escápate conmigo. —Su respiración era irregular y errática.

El corazón de Thalia dio un salto. James la amaba. Quería casarse con ella. Pero...

—Estoy segura de que no hace falta huir. ¿Has hablado con mi padre?

—No es el consentimiento de tu padre lo que me interesa, sino el tuyo.

—A mí me gustaría contar con la aprobación de mi familia —comenzó ella, pero James se separó de ella con una risa corta. Donde momentos antes había sentido su calor, en ese momento percibía un frío inesperado.

—¿Crees que tu familia aprobaría lo que tenemos? ¿Nuestra relación?

—¿Por qué no lo haría? —preguntó Thalia, confundida y un poco herida—. Puede que no sean tan poco convencionales como tú, pero son buenas personas que solo desean verme feliz.

—Pero tú misma me has dicho que tu tía desaprueba nuestro vínculo.

—Mi tía no es como mis padres. No creo que se opongan si te conocen. Hablemos con ellos, y luego podremos tomarnos el tiempo necesario para planificar nuestro futuro juntos.

¿Fue un producto de la imaginación de Thalia, o James realmente titubeó un segundo antes de tomarla de las manos y besar cada una?

—Por supuesto, tienes razón. Pero como posible pretendiente, ¿no es mi responsabilidad escribirle a tu padre? Lo haré lo antes posible y le pediré su bendición.

—Estoy segura de que no te la negará —aseguró Thalia, con el corazón lleno de felicidad.

Tomó el brazo que James le ofrecía. Salieron del rincón en el que estaban escondidos y pasaron junto al criado, quien desvió la mirada hacia otro lado. Antes de llegar a la puerta del salón, él se detuvo.

—Por favor, no le cuentes nada de esto a tu hermana ni a nadie más. Quiero exponer mis argumentos a tu padre, y si se entera de nuestras intenciones por alguna otra fuente, como tu tía, podría perjudicarme muchísimo.

—Mi padre no es tan irracional… —empezó a decir Thalia.

—Por favor —repitió James, y la incertidumbre en su voz la convenció.

—Está bien. Si eso te tranquilizará, prometo no contarle a nadie nuestros planes hasta que hayas hablado con mi padre.

James abrió la puerta, y casi se chocaron con Charis. Tenía el rostro enrojecido y desencajado.

—¡Ay! ¿Dónde habéis estado?

Thalia se liberó de James.

—¿Qué ha ocurrido?

—¡Ese… ese… necio! —A Charis le temblaba la voz. Con rabia, pensó Thalia, más que con lágrimas—. ¡Ha intentado besarme! ¡En frente de todos! ¡Cuando ni siquiera se lo pedí!

Cuando Thalia divisó a «ese necio» entre la multitud, el hombre desgarbado no parecía para nada avergonzado. De hecho, cuando vio a Thalia observándolo, levantó una copa en su dirección.

A su lado, James se rio.

—Ah, sí. Barnaby suele hacer eso cuando ha bebido unas copas de más. Considérelo un cumplido, señorita Elphinstone. Barnaby solo besa a las muchachas bonitas.

—No es ningún cumplido, señor Darby —repuso Charis—. No quería que me diera un beso; ni siquiera lo busqué. —Miró a Thalia con incertidumbre—. ¿Estoy comprometida ahora que todos saben que ha intentado besarme? Preferiría morir solterona que casarme con un hombre como el señor Barnaby.

A Thalia se le ablandó el corazón. Se acercó a Charis y la abrazó.

—No lo creo, querida. —Pero miró a James en busca de una confirmación.

—¡Por supuesto que no! —James volvió a reírse—. Vaya, si ese fuera el caso, Barnaby sería todo un polígamo, con la cantidad de mujeres a las que ha besado o ha intentado besar. Aquí no nos ceñimos a las reglas estrictas de la sociedad. Nuestro lema es la razón, no la mera respetabilidad.

Thalia sintió una leve irritación hacia James por ser tan despectivo con la preocupación que casi había arruinado a Kalli. Lo que podría verse como una broma en un joven ebrio no era tan gracioso para la joven a la que había acosado.

Pero luego James se redimió al ofrecerse a llevarlas a casa de inmediato. En el carruaje, Thalia se sentó al lado de Charis, quien le apretaba la mano con fuerza, la única señal de su angustia persistente. De vez en cuando, Thalia echaba un vistazo a James, quien le devolvía la mirada con tanta ternura y anhelo que la hacía sentir muy afortunada. Ese era motivo suficiente para retener sus ganas de contarle a Charis las buenas noticias. Charis apoyó la cabeza en el hombro de Thalia, y pasaron el resto del viaje en silencio.

Al amanecer del día siguiente, Thalia se asomó por la ventana y se encontró con un cielo gris y tormentoso. Suspiró al ver la lluvia que caía, sabiendo que la humedad significaba que las posibilidades de salir al exterior ese día eran escasas. Esperaba que el clima no impidiera a James pedirle su mano a su padre.

Después del desayuno, se reunió con Kalli y Charis en el salón principal para retomar varios proyectos artísticos que habían quedado en el olvido debido a los compromisos sociales de las últimas semanas. Thalia intentó capturar la silueta de Kalli en papel negro con tiza blanca, pero ella trabajaba en un patrón de conchas de mar para la tapa de una pequeña caja y no se quedaba quieta.

No era del todo culpa suya: se suponía que Charis estaba ordenando hilos para bordar, pero en realidad estaba mucho más interesada en las conchas de mar de Kalli y no paraba de darle empujones.

—¡Charis! —exclamó su hermana cuando vio que Charis sacaba tres conchas de un gris azulado del diseño ya casi terminado y las colocaba juntas sobre la mesa—. Las estoy usando.

—Ay, lo siento —se disculpó Charis antes de devolvérselas—. Son bígaros, *Littorina littorea,* creo. Bastante comunes, pero aun así hermosos.

—Quedarán hermosos en este patrón —aseveró Kalli—. Si me permites terminarlo.

—Ay, deja de moverte —suplicó Thalia—. He vuelto a manchar tu nariz. —Se preguntó qué diría su hermana si supiera el secreto de Thalia: que incluso en ese momento, una carta (o el mismísimo James) podría estar de camino a casa para pedirle la mano de Thalia a su padre. El secreto parecía crecer, amenazando con estallar en su interior.

Pero le había prometido a James que no diría nada.

—¿Sabes cómo está Adam? —le preguntó a Kalli. Thalia no había recibido ninguna noticia de él desde que se había marchado a a visitar a su padre. ¿Estaría en la casa parroquial cuando llegara la carta de James? Esperaba que no.

Kalli no respondió de inmediato. Presionó otra concha de mar contra el pegamento y la sostuvo ahí. Luego negó con la cabeza tan ligeramente que sus rizos apenas se movieron.

—No he oído nada desde que se fue. Creo que esperaba volver antes de que termine la semana, pero tal vez el clima retrase su regreso.

—¿Y tu carta para las *Transacciones Filosóficas*, Charis? ¿Sabes cuándo se publicará?

—Todavía no tengo una fecha exacta —respondió Charis. Tomó una concha de la mesa, se la llevó al oído y luego la dejó de nuevo. Miró a Kalli y luego a Thalia—. ¿Y qué hay de tus poemas? No te he visto escribir nada últimamente.

Thalia jugueteó con la tiza en la palma de la mano antes de dejarla caer junto a su boceto.

—No he escrito nada destacable recientemente.

De hecho, no había escrito nada en absoluto. Había dejado de lado sus poemas para que «maduraran», como le había sugerido James, pero su fuente de ideas no se había llenado como había esperado. En lugar de eso, las palabras se le habían escapado poco a poco hasta perecer en la punta de la lengua. Incluso su tintero se había secado.

Un silencio se instaló entre ellas como la lluvia que aún azotaba la ventana. Cada joven estaba aislada en sus propios pensamientos. El boceto a medio hacer de Kalli parecía solitario y abandonado, con la tiza inerte junto a él. Thalia descubrió que había perdido el gusto por el trabajo, así que empujó su silla hacia atrás.

—¿Thalia? —preguntó Kalli, levantando la cabeza de su proyecto.

—Me voy a mi habitación —anunció Thalia.

—Podemos hablar de algo más —propuso Kalli—. No tienes que irte.

Pero Thalia no podía quedarse.

En su habitación, intentó sumergirse en el libro de poesía de Shelley que James le había comprado, pero las palabras no se quedaban quietas en la página. Tiró el libro y caminó de un lado a otro frente a la ventana mientras contemplaba la lluvia.

Echaba de menos a James. Eso debía de ser lo que había desencadenado ese anhelo incesante.

Eso, y el clima.

Todo estaría bien cuando el sol regresara, cuando James volviera.

# 20

# TODAS LAS AVENTURAS TIENEN UN COSTO

## (KALLI)

¡Oh, qué red tan enredada la que tejemos,
cuando por primera vez practicamos el engaño!

—Marmion, *de sir Walter Scott,*
*encontrado en el cuaderno de apuntes de Kalliope Aubrey*

Después de una serie de días lluviosos, el sol por fin volvió a salir.

Al descubrir el cambio de clima, Kalli casi se tropieza bajando las escaleras. La tía Harmonia no pudo evadir los compromisos de esa velada como lo había hecho las noches anteriores, excusándose con el mal tiempo y el frío inminente.

Pero el frío no había llegado, el sol había regresado, y Kalli anhelaba salir y estar fuera entre personas que no fueran parientes. Mejor dicho, quería salir a pasear en un carruaje descubierto.

Tenía grandes expectativas con Adam, quien acababa de regresar a la ciudad y fue uno de los primeros visitantes en llegar esa mañana. Se sentaron juntos en el sofá, y ella le preguntó cómo estaba su padre.

—No está tan enfermo como para quedarse en cama, pero tampoco lo suficientemente bien como para retomar sus actividades habituales, aunque lo intenta. Me imagino que tendré que regresar pronto para ver cómo sigue. Le he pedido a tu padre que me escriba en cuanto su salud cambie. —Adam le sonrió—. Por cierto, tu padre está bien. Él y tu madre te mandan saludos. Antheia quiere que le envíes telas de encaje, y los niños quieren helados de Gunter's.

—¿Y cómo se supone que voy a transportar helados hasta Oxfordshire? —quiso saber Kalli, aunque también estaba sonriendo. Era reconfortante tener ese pequeño atisbo de su hogar.

—No lo sé, pero Urania me pidió que te dijera que si no cumples con este encargo de manera fidedigna, ella «parecerá con el corazón roto».

Kalli soltó una risa.

—¿No querrás decir «perecerá»?

—Solo repito lo que me ha dicho. —La sonrisa de Adam se ensanchó.

—¿Y qué tal ha estado el viaje? ¿Los caminos estaban despejados? Hoy hace un glorioso día primaveral; me imagino que debe de haber sido maravilloso disfrutarlo afuera. Nosotras estamos encerradas desde hace tres días.

—Los caminos estaban un poco lodosos, pero por lo demás, bien. Confieso que no he prestado atención al sol, ya que estaba concentrado en regresar a la ciudad.

—Pero ¿no estás de acuerdo en que tomar el sol después de una lluvia es maravilloso? Desearía estar afuera.

—Entonces espero que puedas salir pronto —dijo Adam.

Kalli suspiró y se recostó contra los cojines. Adam parecía no captar sus indirectas. Se planteó la posibilidad de ser más directa y preguntarle si la llevaría a pasear en carruaje o si querría montar a caballo con ella. Sin embargo, le pareció inapropiado insistirle cuando acababa de regresar a la ciudad, pese a que estaban comprometidos.

Como ella no le propuso nada más, Adam se alejó y se sentó junto a Thalia, quien lo convenció de posar para dibujar su silueta, como la que no había terminado con Kalli. En cuestión de minutos, Thalia se estaba riendo mientras reprendía a Adam por hacerla reír tanto. Le resultaba imposible mover la tiza en una línea recta por lo mucho que le temblaban los hombros.

Kalli cerró los ojos y trató de imaginarse bajo el sol. Si no surgía nada mejor antes del almuerzo, convencería a Thalia o a Charis de salir a caminar.

Sintió un movimiento a su lado en el sofá y, al abrir los ojos, se encontró con Henry Salisbury sonriéndole.

—¿Dulces sueños? —preguntó.

Las mejillas de Kalli se pusieron rojas.

—No estaba dormida.

—No hace falta estar dormido para soñar. ¿En qué está pensando?

—No es nada interesante, solo pensaba en lo mucho que me gusta que haya vuelto a salir el sol.

—En efecto —convino el señor Salisbury—. A decir verdad, esperaba poder convencerla de dar un paseo en carruaje conmigo.

Kalli se incorporó.

—Qué propuesta tan tentadora —comenzó, pero era posible que a la tía Harmonia no le agradara la idea de que saliera con un hombre que no fuera su prometido—.

Déjeme preguntar primero —concluyó Kalli, levantándose para acercarse a su tía, que estaba sentada junto a Charis al otro lado del salón.

La tía Harmonia solo dijo:

—Si Adam no tiene ninguna objeción, yo tampoco. —No obstante, apretó los labios de una manera que sugería que tenía algo más para decir, pero que lo reprimía debido a las visitas.

Kalli se preguntó si alguna vez sería la dueña de su propio destino. Primero sus padres, luego su tía que actuaba como tutora... y en ese momento, incluso antes de casarse, parecía que todos preferían que su futuro esposo tomara las decisiones.

Adam apartó la vista del dibujo de Thalia, lo que le valió otra queja por parte de ella.

—Kalli, ¿quieres salir a dar un paseo en carruaje? —Había algo extraño en su mirada que no lograba entender del todo. Durante un momento fugaz, deseó que dijera que no, que reclamara su derecho sobre ella y su compañía.

Pero estaba desesperada por salir de casa. Asintió.

Adam volvió a posar para Thalia y agitó la mano.

—Entonces deberías de hacer lo que desees.

Kalli esperó a que dijera algo más, pero no lo hizo, así que se excusó para salir del salón e ir a cambiarse. No permitiría que su irritación por una nimiedad le arruinara el día, en especial cuando había logrado su objetivo y saldría a pasear bajo el sol. El señor Salisbury tenía un carruaje magnífico y un par de caballos alazanes idénticos; además, era un acompañante agradable.

Kalli no tardó mucho tiempo en ponerse una pelliza de tres cuartos de color rosa oscuro sobre el vestido, atarse la capota forrada de satén debajo de la barbilla y regresar al salón. Los ojos del señor Salisbury brillaban de admiración cuando la vio. Adam, quien estaba inspeccionando el dibujo ya terminado de Thalia, alzó la vista y esbozó una sonrisa, pero parecía un poco forzada.

Kalli no lograba entenderlo. A veces, como en el museo o después del baile de los Elphinstone, había una intensa cercanía entre ellos que la hacía albergar una esperanza cautelosa en su matrimonio. Otras veces, como en ese momento, su prometido se comportaba como un extraño que solo estaba siendo cortés con ella. La idea de vivir décadas de matrimonio con tanta cortesía le helaba el corazón.

Pero el señor Salisbury la estaba esperando. Kalli ignoró los pensamientos que la aquejaban y asió el brazo que Henry le ofrecía. Bajaron las escaleras y se dirigieron al faetón que estaba afuera. El mozo de cuadra se encontraba junto a las cabezas de los caballos.

—¿El pobre hombre ha estado esperando todo este tiempo? —preguntó Kalli—. ¿Estaba usted muy convencido de que mi respuesta sería afirmativa?

El señor Salisbury sonrió y mostró ese hoyuelo que hacía que la severidad de Kalli se suavizara.

—Más bien, esperanzado. Además, aquí residen tres señoritas. Las probabilidades de convencer a una de ustedes para salir a pasear en carruaje eran altas.

Kalli negó con la cabeza, fingiendo seriedad.

—Me temo que eso no es muy halagador para ninguna de nosotras, ¡si se conforma con cualquiera!

—Al contrario, habla muy bien de usted, de su hermana y de su prima. —Henry la ayudó a subir al carruaje, pero no le soltó la mano—. Pero esperaba que fuera usted quien viniera.

El corazón le dio un pequeño vuelco. Con firmeza, Kalli se dijo a sí misma que no podía reaccionar así por nadie, excepto quizá por Adam. Pero Adam no había hecho nada últimamente para merecerse esa reacción, así que tal vez su corazón simplemente estaba desentrenado.

El señor Salisbury se subió al vehículo y se sentó a su lado. Tras pedirle a su mozo de cuadra que regresara a casa caminando, puso a los caballos en movimiento. Kalli sintió pena por el hombre, debido a la larga caminata que le esperaba, pero en el faetón apenas cabía una tercera persona. De todas formas, se moverían en un lugar público, donde no habría ninguna posibilidad de ser víctimas de un escándalo.

—¿Podría decirme —empezó el señor Salisbury— por qué su tía le preguntó al señor Hetherbridge si podía llevarla a pasear? ¿Siempre recurre a su prometido?

Así que sabía sobre el compromiso. Kalli supuso que debería de estar contenta.

—Lo siento. Debería de habérselo contado yo misma.

—No tengo ningún derecho a estar al tanto de sus asuntos, por mucho que me gustaría —dijo el señor Salisbury, sonriéndole con pesar—. ¿Se enfadará mucho porque ha venido a pasear conmigo?

—No lo retará a un duelo, si eso es lo que le preocupa —aseguró Kalli.

—Pero ¿se enfadará con *usted*?

Kalli juntó las manos enguantadas sobre el regazo. A Adam no parecía importarle lo que hiciera.

—No, no se enfadará conmigo.

El señor Salisbury la estudió durante un largo momento, y la compasión en sus ojos color avellana casi la destruyó.

—Cuénteme —dijo ella, con la voz un poco elevada—, ¿cómo están sus hermanas?

Si notó su desesperado cambio de tema, el señor Salisbury no lo mencionó. Respondió con naturalidad: transmitió los saludos de parte de sus hermanas y relató una anécdota divertida de uno de sus amigos que, al haber bebido más de la cuenta, confundió su abrigo colgado en un perchero con una joven, a quien le propuso matrimonio de una manera bastante apasionada.

Aliviada, Kalli se rio más de lo que la historia justificaba y se recostó contra los cojines del carruaje. Mientras tanto, dejó que el cálido viento primaveral le acariciara el rostro.

—Usted me recuerda al mes de abril —comentó el señor Salisbury.

—¿Porque soy fría y aburrida? —preguntó Kalli, bromeando.

—Naturalmente. —El señor Salisbury le dedicó una sonrisa, y su hoyuelo volvió a hacer acto de presencia—. Por supuesto que no. Usted es alegre, sorprendente y brillante como el sol.

—Vaya, señor Salisbury, ¡es lo más bonito que me ha dicho!

Habían entrado en Hyde Park, pero los caminos que rodeaban el parque estaban repletos de otros conductores que también parecían atraídos por el sol.

—Esto no va a funcionar —murmuró el señor Salisbury, y en cuanto pudo, se dirigió hacia la salida del parque.

—Señor Salisbury, ¿a dónde vamos? —Una cosa era pasear con un hombre en un parque público, y otra muy distinta era ir a un destino desconocido.

—No muy lejos —le aseguró el señor Salisbury—. Pero le gustará.

Kalli se recostó de nuevo y contempló cómo pasaban las calles de Londres por un lado y los campos verdes y los árboles del parque por el otro. Cuando llegaron a una ruta principal que se dirigía al norte, Kalli tuvo la loca idea de que tal vez estaba intentando fugarse con ella. Pero ¿no había dicho que el lugar al que iban no estaba lejos?

—Señor Salisbury —dijo Kalli, esperando que su tono de voz fuera lo suficientemente ligero como para que se entendiera que estaba bromeando—, no puedo ir a Gretna Green con usted.

—No creo que mi sentido de la orientación sea tan malo. Ni siquiera yo describiría Gretna Green como «no muy lejos».

Kalli volvió a relajarse, pero su calma se vio interrumpida cuando llegaron a un tramo largo y recto de la carretera, sin ningún otro carruaje a la vista.

—Perfecto —dijo el señor Salisbury antes de agitar las riendas con un grito triunfal—. ¡Arre!

Los caballos se precipitaron hacia adelante como si no tuvieran riendas. Kalli chilló y se aferró al costado del faetón con una mano y al brazo del señor Salisbury con la otra. Al contrario de lo que podría esperarse de una señorita tan aficionada a las fiestas, a Kalli no le gustaban las sorpresas. Ni las aventuras, que era lo que a menudo resultaban ser las sorpresas. Le gustaba lo familiar, lo cómodo y lo divertido.

Y lo *seguro*.

El señor Salisbury también gritó, pero su voz sonaba más alegre que aterrada. A Kalli le costaba recuperar el aliento. No sería una de esas mujeres que se dejaban llevar por la histeria, aunque sentía cómo el miedo le cerraba la garganta. Cuando encontró su voz, dijo, lo más calmada posible:

—¡Señor Salisbury, más despacio, por favor!

Hicieron falta tres intentos para que la escuchara. Se le cruzó por la mente la idea de que Adam, quien la conocía desde la infancia, nunca intentaría ir tan rápido con ella en un carruaje, menos aún en un faetón alto, ni le daría una sorpresa como esa.

Por fin, el señor Salisbury pareció darse cuenta de que estaba asustadísima, y no solo levemente preocupada, y tiró de las riendas para hacer que los caballos fueran a trote. Como Kalli no podía dejar de temblar, el hombre rebuscó debajo del asiento y sacó una manta de carruaje para ella.

—¡Caray, lo siento, señorita Aubrey! ¡Pensé que le gustaría un poco de aventura al aire libre!

El corazón le seguía retumbando en los oídos. No quería que el señor Salisbury la considerara cobarde o remilgada, pero...

—No me gustan los vehículos rápidos. Estuve en un accidente de carruaje cuando era una niña. El mozo de cuadra se quedó dormido en su puesto y los caballos se descontrolaron. Me rompí el brazo. —Su madre, que había estado con ella, por suerte solo había resultado magullada. Se había enfadado con el mozo de cuadra y había cargado con Kalli el resto del camino a casa, mientras le susurraba palabras de consuelo en el pelo.

Lo que daría Kalli por tener a su madre en ese momento, para que le acariciara el cabello y le susurrara palabras de consuelo.

—Lo siento mucho, señorita Aubrey. No la habría asustado por nada del mundo. —El señor Salisbury parecía realmente contrito, así que Kalli le dijo que estaba bien, aunque no lo estaba... no del todo.

El señor Salisbury dio la vuelta con el faetón, y avanzaron un rato en silencio. Luego él rompió la quietud.

—No la llevaría a Gretna Green, a menos que usted quiera. ¿Le gustaría que lo hiciera?

No la miraba mientras hablaba y, de alguna manera, eso hizo que se le encogiera el corazón. La timidez del señor Salisbury daba a entender que hablaba en serio, y su atención era como agua sobre un jardín reseco.

—Estoy comprometida —respondió Kalli con mucha gentileza.

—Aun así, no parece feliz. Cuando habla de su prometido, parece resignada… y un poco triste.

Kalli no dijo nada. ¿Qué podía decir? No estaba equivocado.

—Si me estoy excediendo, solo tiene que decírmelo, y me detendré. —El señor Salisbury respiró hondo, y Kalli no lo interrumpió—. Creo que me estoy enamorando de usted. Es atenta, encantadora y cariñosa. No sé si se da cuenta de cómo las personas que la rodean se ven atraídas por su calidez, cómo su bondad las vuelve más gentiles y amables en respuesta. En lo personal… no he visto muchos casos así a lo largo de mi vida. Mis padres representaban todo lo que se considera correcto, pero lo correcto no siempre deja espacio para el amor.

Kalli recordó lo que su hermana le había dicho: cómo el señor Salisbury, o Henry, había sacrificado su propia felicidad por aquellos que lo rodeaban. Al igual que ella. En ese momento, ¿cuánto le estaría costando conseguir algo que *él* deseaba? Quería abrazarlo, tanto a él como al niño que había sido. Deseaba capturar la admiración que brillaba en sus ojos cuando la miraba. Quería muchas cosas que estaban fuera de su alcance.

—¿Usted quiere a ese hombre? ¿Al señor Hetherbridge? ¿El sentimiento es recíproco? Dígame que es un amor correspondido, y no volveré a molestarla. —Kalli se miró las manos que tenía entrelazadas sobre el regazo—. No puede decirlo, porque no es verdad. —La voz de Henry era firme—. No se case con un hombre que no pueda quererla, Kalliope Aubrey.

Kalli sentía como si tuviera algo afilado en la garganta.

—He accedido a casarme con el señor Hetherbridge para evitar un escándalo. Casarme con usted solo me metería en otro.

—Si estuviéramos juntos, ¿por qué debería de importarnos? De todos modos, todos se olvidarían muy rápido del escándalo si nos casáramos. Podríamos ir al extranjero en nuestra luna de miel, para ver Europa, Grecia, Turquía y Egipto. Para cuando hayamos vuelto, a nadie le importara esta historia.

Kalli se restregó las manos. Pensó en el Adam que había visto esa mañana: distante, educado, sin importarle que su prometida se fuera con otro hombre. Pensó en una vida entera soportando esa distancia. Pensó en Henry, cálido y paciente junto a ella. Decía que la quería, algo que estaba claro que Adam no compartía.

Sin embargo, todavía estaba en duda.

—¿Cómo puedo herir a Adam de esa manera? —Podría escapar del escándalo con Henry, pero Adam tendría que enfrentarlo solo. No podía condenarlo a eso, ni a él ni a su familia.

Henry volvió a concentrarse en el camino que tenía delante. Tenía un perfil muy hermoso.

—¿Pero sí me heriría a mí en su lugar? No podemos salir los dos indemnes de esta situación.

Kalli observó las extensiones verdes de Hyde Park que comenzaban a aparecer de nuevo. ¿Qué podía decirle? Su madre no la había preparado para lidiar con una propuesta de matrimonio mientras estaba comprometida con otro hombre.

—Jolín, olvídelo. Puede herirme si quiere, y a él también. Solo le pido no se lastime a usted misma en pos de hacer feliz a uno de nosotros. Su propia felicidad debería de ser lo único importante en esta ecuación.

Si tan solo fuera tan fácil. Kalli no creía que pudiera disfrutar de ninguna felicidad a expensas de sus seres queridos.

—No tiene que darme una respuesta ahora mismo —continuó Henry—. Sé que no estaba buscando una propuesta. Simplemente… no diga que no todavía. Piénselo. Respóndame cuando esté lista… No la molestaré.

Kalli asintió, pero luego se dio cuenta de que Henry seguía mirando el camino y no podía verla.

—Está bien. Lo pensaré. Ahora, por favor, hablemos de otra cosa.

Henry le hizo caso, y entablaron una conversación amena sobre cien temas diferentes hasta que llegaron a la casa de los Elphinstone. Hacía una pausa de vez en cuando, como si esperara a que Kalli agregara algo, y cuando ella no lo hacía, él retomaba la conversación. Todo era muy fácil con él.

Henry era perfecto: encantador y amable, un hombre que se preocupaba por sus hermanas y que prestaba atención a los estados de ánimo de Kalli. A pesar de que le gustaban las sorpresas y las aventuras más que a ella, la realidad era que ninguna pareja era exactamente igual. Su respuesta debería de ser simple, pero algo la detenía.

Solo deseaba saber qué.

# 21

# HORA DE LA VERDAD

## (CHARIS)

He descubierto, a raíz de varias pruebas, que tanto la dificultad respiratoria como la acumulación de flema, provocadas por la división del octavo par de nervios, pueden prevenirse enviando una corriente galvánica a través de los pulmones.

—*A. P. Wilson Philip,* Transacciones Filosóficas de la Royal Society *[Nota de Charis:* Si el uso de las placas metálicas y la electricidad puede estimular los nervios en los pulmones y mejorar la respiración, tal vez se debería emplear lo mismo para tratar el mal de amores*]*.

De todas las mujeres en la casa de los Elphinstone, Charis había sido la única en alegrarse por la lluvia. Había pospuesto el amenazante «hasta mañana» del señor Leveson y, por consiguiente, la revelación de su artículo. Después de tres días en suspensión, cuando la lluvia cesó y Kalli se puso contenta, Charis solo suspiró.

Ya no podía posponerlo más, por desgracia.

Charis se vistió con esmero, con un vestido de algodón de un dorado pálido con flores amarillas bordadas en el corsé. Bajó a la sala de estar, con las extremidades rígidas por el terror, como si estuviera esperando su propia ejecución. Pensó en decirle a su madre que estaba enferma, pero eso solo provocaría un alboroto y traería aparejada una medicina repugnante. Además, no podía evitar al señor Leveson para siempre. Mejor superarlo de una vez.

Llegaron algunas amistades de su madre. Luego Adam, quien se sentó junto a Kalli, pero su presencia no pareció hacer feliz a ninguno de los dos, ya que la abandonó rápido por Thalia. Después llegó el señor Salisbury y se llevó a Kalli para dar un paseo en carruaje. Charis no comprendía por qué Adam había dado su aprobación tan deprisa; después de que Kalli abandonara el salón, él se quedó mirando la puerta con una expresión tan peculiar que pensó que podría estar sufriendo.

El siguiente en aparecer fue el señor Darby. Charis notó que estaba bastante indignado al ver a Adam tan cómodo en el sofá junto a Thalia, aunque lo disimuló muy bien. Agarró una silla y la acercó a Thalia.

¿Dónde estaba el señor Leveson? ¿Se había retrasado a propósito para castigarla? Tal vez ya había descubierto la existencia de su artículo. Charis sacó un pañuelo del bolsillo y comenzó a retorcerlo entre los dedos. Con aire ausente, escuchaba las conversaciones cercanas, pero no participaba en ninguna de ellas.

—¿Ya ha estado en Vauxhall, señorita Aubrey? —le preguntó el señor Darby a Thalia.

—Todavía no. ¿Me gustará? —respondió Thalia. Charis la miró de reojo, complacida de que estuviera de buen humor, a diferencia de su sombrío estado de ánimo el otro día.

—¿No es un poco… precipitado? —preguntó la madre de Charis.

—Ah, no —le aseguró el señor Darby—. Sin duda, los jardines están abiertos para cualquiera que pueda pagar la tarifa, así que es posible que haya algunos indeseables presentes, pero le aseguro que los miembros más selectos de la alta sociedad no lo desprecian. He visto grupos de duques y condes allí, disfrutando a su antojo.

—Parece un lugar poco adecuado —intervino Adam, con una leve sonrisa en los labios. Miró a Charis a los ojos, y ella no pudo evitar devolverle la sonrisa.

—Propongo que vayamos en grupo —dijo el señor Darby—. No es necesario que venga si le aburre, Hetherbridge.

—Solo está bromeando, J… señor Darby —dijo Thalia—. ¿Cuándo podemos ir?

—¿Qué tal el próximo miércoles?

Faltaba poco más de una semana, observó Charis.

Cuando su madre frunció el ceño, el señor Darby añadió:

—Me encantaría contar con la presencia de todos ustedes. Lady Elphinstone, con usted y su esposo acompañándonos, estoy seguro de que mantendremos la dignidad y el decoro.

La tía Harmonia cedió, y el señor Darby y Thalia comenzaron a discutir los planes con lujo de detalle. James ocupó con celeridad el lugar dejado por Adam cuando este se desplazó hasta colocarse en una silla junto a Charis.

—Con la popularidad que ha ganado tu familia, me sorprende que ninguno de tus pretendientes esté aquí para cortejarte —le comentó Adam.

—Parece que mis charlas ya no son tan novedosas como antes —reflexionó ella. En su interior, estaba bastante agradecida. Ya era bastante malo que todavía tuviera que enfrentarse a la idea de descubrir que el señor Leveson había escrito ese artículo. Y sería mucho peor tener testigos de su encuentro.

—Cualquiera que te vea solo como una novedad no merece el privilegio de tu compañía.

—Qué comentario tan bonito —dijo Charis—. ¿Lo has practicado?

Adam se rio.

—No suelo practicar cumplidos, ¡como regla general! No soy el señor Collins, aunque vaya a ser un clérigo.

—Entonces, por desgracia, me temo que nunca tendrás el patrocinio de una gran dama.

—Es una carga que estoy dispuesto a soportar.

Charis analizó su rostro sonriente.

—¿Por qué has permitido que Kalli saliera a pasear con el señor Salisbury?

Se encogió de hombros.

—Parecía ansiosa por ir y... no quiero que nuestro compromiso limite sus momentos de esparcimiento. —Volvió a desviar la mirada hacia la puerta, igual que cuando Kalli se marchó.

—Estos últimos tres días, Kalli se moría de ganas de salir al aire libre. Si le hubieras ofrecido ir a montar o a dar un paseo en carruaje, habría ido contigo con mucho gusto.

—¿Por eso hablaba tanto del clima? Pensé que intentaba aburrirme para que la dejara sola.

—Kalli no es tan descortés. A estas alturas, ya deberías saberlo.

Adam suspiró.

—Tienes razón, lo sé. Solo quiero que sea feliz.

Hablaron de otros temas y luego Adam se despidió, no sin antes detenerse para saludar a Thalia y a la madre de

Charis de camino a la salida. En la puerta, pasó junto al señor Leveson.

El señor Leveson.

A Charis se le heló la sangre de todo el cuerpo. Tragó saliva.

—Buenas tardes, señor Leveson —dijo. Aún era la tarde, ¿verdad?

—Buenos días, señorita Elphinstone —saludó el señor Leveson, sonriendo mientras se sentaba—. Le pido disculpas por no haber venido antes.

—Ah, ¡no esperaba verlo! El clima era espantoso. —Ay, cielos, ¿por qué Charis nunca se había molestado en aprender el arte de las conversaciones triviales? Deseaba tener la habilidad de Kalli para charlar sobre el clima durante horas sin parar, en lugar de hacer solo un comentario conciso. Lamentablemente, ahora el encuentro estaba predispuesto para la revelación del señor Leveson.

Y, de hecho, el señor Leveson estaba metiendo la mano dentro de su abrigo para sacar algo que se parecía horrorosamente a una copia encuadernada en papel de las *Transacciones Filosóficas*. Charis deseó no haber leído ese condenado texto.

—Le he traído algo —empezó a decir él, extendiéndole la revista.

—¡Por supuesto! ¡Gracias! —Charis se la arrebató como si fuera una sartén caliente recién salida del horno y la metió en su cesta de bordado en el suelo cerca de sus pies.

El señor Leveson parecía sorprendido.

—Pero aún no le he mostrado cuál es mi artículo.

—¡Ah! Discúlpeme. —¿Parecía tan tonta como se sentía? Cuando Charis volvió a sacar la revista, se le escapó un ovillo de hilo para bordar. Pateó el ovillo hacia la cesta y le devolvió la revista al señor Leveson.

Lo observó, con una especie de fascinación horrorizada, mientras el señor Leveson pasaba las páginas con sus dedos largos y elegantes.

—Aquí está —dijo al fin, y su dedo se detuvo debajo del título «Opinión sobre la historia natural de los invertebrados de Lamarck»—. ¿Está familiarizada con el trabajo de Lamarck? —preguntó el señor Leveson—. Tiene algunas fallas, pero aun así, es un sistema excelente. He escrito sobre su trabajo más reciente.

—Un poco —logró decir Charis mientras se le cerraba la garganta y sus ojos recorrían las iniciales debajo del título: L.M. Había tenido razón. Ay, pero era terrible. Tenía que enviar una carta a la revista de inmediato para insistir en que detuvieran la publicación de su artículo. No es que hubiera dicho algo incorrecto desde el punto de vista fáctico, solo que había sido muy ingeniosa y mordaz en su refutación. Antes no parecía importarle, cuando el destinatario era un escritor anónimo y sin rostro, pero en ese momento… se imaginó los ojos oscuros del señor Leveson abriéndose de par en par con dolor, esos labios encantadores (¡que había besado!) apretándose con disgusto.

¿Era tan admirable ser ingeniosa si eso significaba perjudicar a otra persona? Incluso si el señor Leveson no hubiera estado en la parte receptora, no debería de haber menospreciado de esa manera a un colega científico que no conocía. La crítica no tenía por qué equivaler a la crueldad.

—Gracias —dijo Charis, apoyando la revista sobre una mesa junto a ella, con las manos apenas temblando—. Me siento halagada de que confíe en mi opinión. —Eso no era mentira—. ¿Por qué no ha usado su nombre completo? —Si tan solo lo hubiera hecho, podría haberse evitado todo ese lío.

El señor Leveson no la miró a los ojos, ya que estaba concentrado en quitarse una manchita invisible de la manga de su chaqueta.

—Se rumorea que ha habido algunas quejas sobre los caballeros diletantes en la Royal Society. Quería que mi trabajo destacara o fracasara por sus propios méritos, no por el nombre de mi padre.

Charis sintió una angustia en el corazón. La situación empeoraba cada vez más. Ni siquiera podía echarle la culpa por su razonamiento; entendía muy bien lo que era ser juzgada por algo que no fuera su mente.

Tragó saliva.

El señor Leveson señaló la revista con el mentón.

—Esperaba que pudiera echarle un vistazo ahora, para que pudiéramos discutirlo juntos.

¡Cielos! ¿Esperaba que lo leyera frente a él? No podía hacerlo. Su rostro la delataría. Charis pensó rápido.

—Me temo que mi madre me consideraría muy descortés si ignorara a mis invitados para ponerme a leer. —No importaba que lo hubiera hecho antes—. Además, me sentiría incómoda leyéndolo delante de usted.

El señor Leveson asintió en señal de conformidad.

—Entonces tendremos que hablar de él en otro momento. Lo esperaré con ansias.

La conversación derivó hacia una exposición de arte que acababa de inaugurarse. El señor Leveson se mostraba amable e inteligente como siempre. Hablar con él era una especie de tortura curiosa. Incluso mientras Charis sonreía, reía y respondía a sus preguntas, su traición resonaba como un constante contrapunto en su pulso.

Quizá el señor Leveson se dio cuenta de que estaba distraída, porque después de unos minutos de respuestas aleatorias, le preguntó:

—¿Se encuentra bien, señorita Elphinstone?

—De maravilla. Es solo que no puedo mantener la concentración en un tema durante más de treinta segundos seguidos. Tal vez he estado encerrada demasiado tiempo.

En cuanto pronunció esas palabras, deseó no haber abierto la boca. El señor Leveson pensaría que estaba esperando otra invitación para salir a pasear en carruaje. O insinuando otro beso.

Pero el señor Leveson le dijo:

—Entonces no la entretendré más.

Charis se sentía miserable mientras veía como cruzaba el salón. Quería que se quedara y quería que se fuera, pero no tenía ni idea de cómo lidiar con esos sentimientos contradictorios.

Pero el señor Darby le detuvo para invitarlo a unirse a su grupo en Vauxhall, y el corazón tonto de Charis dio una voltereta cuando el señor Leveson aceptó. ¿Por qué su corazón no entendía lo que su mente sabía, que no podía haber nada entre ellos? Lo peor era que el próximo encuentro sería doloroso, puesto que el señor Leveson querría saber qué pensaba sobre ese maldito artículo.

La odiaría cuando supiera lo que había hecho.

Y, ay, le gustaba. No era el hombre arrogante y odioso que había conocido en un principio..., aunque había un detalle en el que no se había equivocado. Sí que era orgulloso, pero su orgullo residía en su inteligencia, en las ideas que cultivaba, no en su riqueza ni en sus posesiones. Y ella estaba a punto de exponer su único y verdadero motivo de orgullo, su trabajo científico, al escarnio público.

Tenía que retractarse de esa carta.

Más tarde ese día, mientras aprovechaba unos minutos entre las visitas de la tarde y su cambio de atuendo para la cena, Charis escribió una nota apresurada a la Royal Society para notificarles que había reconsiderado su respuesta al artículo sobre Lamarck. «En caso de estar de acuerdo», escribió, «estoy dispuesta a revisar el ensayo y volver a enviarlo, pero no puede ir a imprenta tal y como está».

Pasó una semana sin obtener respuesta.

El señor Leveson volvió a visitarla, y Charis lo evadió con la débil excusa de que aún no había tenido tiempo de leer su artículo con la atención que se merecía. Si bien el dolor que vio en los ojos del hombre desapareció con presteza, la culpa atormentó a Charis después de que se marchara.

Por fin, Charis reunió el valor necesario para desafiar a la propia Royal Society. Convocó a su criada, Mary, y ambas tomaron un coche de caballos de alquiler hasta la calle Strand, donde se detuvieron frente al imponente edificio neoclásico que albergaba la sociedad, así como la Real Academia de Artes y la Sociedad de Anticuarios. Después de entrar en el amplio vestíbulo, se dirigieron al ala este. Allí, Charis tuvo que detener a un caballero que pasaba para preguntarle dónde se encontraba la oficina de las *Transacciones Filosóficas*.

Sus indicaciones la llevaron a un estudio con la puerta entreabierta. Al asomarse, se percató de que la habitación estaba bastante desordenada, pero más importante aún, no había nadie dentro.

—¿Qué haremos, señorita? —preguntó Mary.

Charis suspiró.

—Supongo que solo nos queda esperar. —No quería hacerlo, pero ya estaban atrayendo las miradas no deseadas y furiosas de los científicos, quienes parecían sentir que su recinto estaba siendo mancillado por la mera presencia de mujeres. No obstante, luego pensó en cómo podría sentirse el señor Leveson con la publicación de su carta, lo que resultó en una oleada de náuseas que la convenció de mantenerse firme en su decisión.

Pasaron unos veinte minutos antes de que se le acercara un caballero bastante delgado de mediana edad.

—¿Puedo ayudarla en algo? —preguntó en un tono frío que sugería que preferiría que se marchara.

—Sí —dijo Charis con determinación—. He venido a hacer una consulta sobre una carta que será publicada pronto en la nueva edición de la revista, una carta en respuesta al trabajo de L.M. sobre la historia natural de Lamarck.

—Ah, sí —dijo, sonriendo un poco—. Recuerdo ese ensayo. ¿Cuál es su consulta?

—Me gustaría que retiraran la carta. He reconsiderado algunos de los argumentos y debe ser reescrita antes de ir a imprenta... si es que alguna vez llega a ir a imprenta.

El hombre alzó sus cejas estrechas.

—¿Le gustaría que retiráramos la carta? Querida señorita, no publicamos según los caprichos de las mujeres de la sociedad.

Charis sentía cómo se le calentaban las mejillas.

—Me temo que no me ha entendido. Soy la autora, C. Elphinstone, y me gustaría que retiraran la carta. Ya no puedo respaldar mis conclusiones tal y como están escritas.

—No me lo creo —espetó el hombre—. Ninguna mujer tan joven como usted pudo haber escrito ese artículo. Tiene el pensamiento elegante y lineal de un hombre.

—Y aún así, soy yo quien lo ha escrito —aseguró Charis, mientras el corazón se le hundía hasta los pies. ¿Estaba saboteando cualquier posibilidad de volver a ser publicada por la sociedad, dado que conocían su identidad? Daba igual... Tenía que hacerlo—. ¿Por qué le parece algo tan increíble? Su revista ya ha publicado obras de mujeres, como las de Caroline Herschel.

—Ah, sí. Pero pocas mujeres alcanzan el nivel de la señorita Herschel.

—No aspiro a estar al mismo nivel que ella —dijo Charis, tratando de aferrarse a su valentía—. Simplemente deseo que eliminen mi carta del próximo número de su excelente revista.

—Querida señorita, le aseguro que, si tuviera el poder, sin duda quitaría su carta del próximo lanzamiento, ya que está claro que fue un error aceptarla. ¡Una carta de una mujer! Pero la imprenta ya está trabajando en ese número. Está fuera de mi control.

—Pero seguro que usted, o el señor Joseph Banks —dijo, apelando al presidente de la sociedad—, tienen la autoridad para detener la impresión.

—Está fuera de mi control —repitió, apartándose para ocuparse de algunos papeles sobre el escritorio. Con ese poco consuelo, Charis tuvo que conformarse.

Caramba... ¿cómo iba a enfrentarse al señor Leveson cuando se publicara el número? Llevaba su nombre. Otras personas tal vez no hicieran la conexión, pero Charis no tenía ninguna duda de que él sí.

Y la despreciaría.

# 22

# CITAS SECRETAS EN LOS JARDINES DE VAUXHALL

## (THALIA)

¡FUERA! El páramo está oscuro bajo la luna,
Las nubes rápidas han bebido el último rayo pálido del atardecer:
¡Fuera! Los vientos que se congregan llamarán pronto a la oscuridad,
Y la medianoche más profunda cubrirá las luces serenas del cielo.

*—Percy Bysshe Shelley, «Estrofas—Abril, 1814»*

El día de la prometida salida a Vauxhall amaneció soleado y despejado. Thalia decidió interpretarlo como un buen presagio, y aunque su día estuvo lleno de visitas matutinas, compras y paseos, su corazón no estaba concentrado en ninguna de esas actividades. Thalia estaba completamente enfocada en la velada, y en cuándo volvería a ver a James.

No era como si no hubiera visto a James en los ocho días desde que los había invitado a los jardines. De hecho, había ido a la casa de los Elphinstone casi todos los días. Una vez habían salido a montar juntos, y otra pasearon por un jardín cercano. Pero siempre en compañía de otros, y Thalia anhelaba estar a solas con James. Seguro que, en un lugar como Vauxhall, podrían encontrar un momento para separarse del resto.

No habían hablado mucho de su compromiso secreto. En una ocasión, Thalia le había preguntado a James:

—¿Has recibido alguna respuesta de mi padre?

Y James, con el ceño un poco fruncido, le había respondido:

—Todavía no. Ten paciencia, mi amor.

Thalia no se lo había vuelto a preguntar.

Pero esa noche, tenía toda la intención de encontrar un rincón tranquilo para hablar con James... y besarlo... y obtener una respuesta más detallada de su parte.

Cuando por fin estaba cayendo el sol, Thalia se retiró a su habitación para vestirse con esmero para la velada que se avecinaba. Se puso un vestido blanco con hilos plateados, que captarían las luces de los faroles del jardín y resplandecerían bajo la luz de la luna. Le pidió a Hannah que le rizara y le sujetara el pelo, pero que también le dejara unos cuantos rizos sueltos a la altura de su largo cuello. El espejo le devolvió una imagen bonita, y esperaba que James también pensara lo mismo.

Estaba casi terminando de arreglarse cuando Kalli se unió a ella.

—Tienes buen aspecto —dijo Kalli.

Ella, con un vestido azul pálido ribeteado con encaje blanco, también estaba preciosa, y Thalia se lo dijo.

—¿Adam nos acompañará esta noche? —preguntó Thalia.

—Creo que sí. Dijo que lo haría, aunque no he hablado mucho con él en los últimos dos días. —Kalli se mordió el labio y cruzó la habitación hasta llegar a la ventana—.

Pensaba que conocía bastante bien a Adam, pero siento que lo entiendo menos que antes, sin importar que ahora estemos comprometidos.

Thalia observó a su hermana durante un momento.

—Sé que me enfadé contigo cuando aceptaste la propuesta de matrimonio. Pero lo único que realmente quiero es que seas feliz, querida. Si Adam no va a darte eso, no deberías de casarte con él… con o sin compromiso, con o sin escándalo.

Kalli deslizó un dedo enguantado sobre su reflejo en la ventana.

—Quiero hacer lo correcto. Pero ¿y si eso no basta para encontrar la felicidad?

—Entonces no lo hagas —respondió Thalia—. Pregúntate a ti misma: ¿Qué es lo que quieres, lo que realmente quieres?

—¿Y si lo que quiero hace que otras personas sean infelices?

—Debes de vivir tu vida, no la de los demás. Las consecuencias desafortunadas de tus acciones te acompañarán mucho más tiempo que la decepción de la gente.

Kalli asintió, pero tenía la mirada perdida, como si estuviera ensimismada en sus pensamientos.

—¿Hay algo que quieras decirme? —preguntó Thalia.

De pronto, Kalli volvió a posar la mirada en ella.

—No, nada. Al menos, no por ahora. —Así que *sí* que le ocultaba algo. A Thalia le dolía pensar en la pérdida del estrecho vínculo que tenían en la infancia, cuando compartían todo. Pero ella también le ocultaba secretos a su hermana, así que decidió no presionarla más.

Entonces, Kalli añadió:

—Intenta no coquetear tanto con el señor Darby delante de Adam. Le duele.

—No *coqueteo* —apuntó Thalia con dignidad.

—Claro que sí —insistió Kalli, sonriendo un poco.

—No puedo responsabilizarme por los sentimientos de Adam. Tal vez tú deberías de coquetear *más* con Adam. Sin duda, eso le distraería.

Una expresión curiosa se adueñó de la cara de Kalli, y una inquietud invadió a Thalia. Nunca le había costado tanto entender a su hermana.

—No se puede coquetear con Adam —dijo Kalli—. Se lo toma todo tan literalmente que los comentarios ingeniosos siempre están en peligro de ser malinterpretados por completo.

Thalia se rio. Siempre había considerado la literalidad de Adam como parte de su encanto.

—Bueno, no es que sea poco inteligente, pero quizá aún pueda aprender.

Mientras se acercaba a la puerta, Kalli se retorció las manos enguantadas y dijo:

—Tal vez, pero no estoy segura de tener la habilidad suficiente como para enseñarle.

Cruzó la puerta y llegó a las escaleras antes de que Thalia pudiera levantarse y ponerse sus propios guantes, y cuando esta la alcanzó, James y su hermana, Emma, ya estaban esperando en el vestíbulo.

James le dedicó a Thalia esa sonrisa cálida e íntima que siempre le aceleraba el corazón. El señor Leveson llegó un momento después, y luego Adam. Thalia echó un vistazo a Kalli, pero estaba hablando con su tía e ignorando por completo la llegada de su prometido. Charis fue la última en aparecer; entró volando en la habitación con un rizo que ya se le estaba escapando de su posición sobre la oreja y una mancha de tinta en la nariz.

—Charis, querida —dijo la tía Harmonia, acercándose a su hija con rapidez para susurrarle algo.

Charis tragó saliva, miró una vez de reojo al señor Leveson y salió de la habitación. Cuando regresó unos minutos más tarde, la mancha había desaparecido y tenía la punta de la nariz muy muy rosada. Se negó a mirar al señor Leveson.

Tomaron dos carruajes hasta Whitehall y luego se subieron al bote que James había alquilado. Mientras cruzaban el río, sumido en la oscuridad, las luces de la orilla opuesta brillaban sobre la superficie. Thalia tiritó a pesar del chal que llevaba puesto y de la templada noche de primavera. De alguna manera, la velada parecía demasiado perfecta: encantadora y de cuento de hadas, a la espera de que cayera alguna maldición.

Un estremecimiento la trajo de vuelta a la realidad. Tales fantasías eran absurdas.

James la ayudó a bajar del bote. Subieron los escalones de la orilla, cruzaron la calle hacia las amplias puertas de Vauxhall, donde James pagó por su grupo, y entraron en los jardines.

Si las luces en el río habían prometido un cuento de hadas, eso era el país de las maravillas hecho realidad: farolillos de colores brillaban a lo largo del sendero principal, y a lo lejos, Thalia veía las molduras intrincadas de un edificio que le pareció bellísimo. Notas orquestales flotaban en el aire oscuro.

—He organizado la cena para las nueve, en una sala privada —anunció James—, pero aún tenemos algo de tiempo. Quizá podamos explorar los jardines primero, ¿no?

El grupo estuvo de acuerdo, y el tío John los llevó por uno de los caminos laterales. Admiraron los farolillos y las estatuas colocadas con cuidado entre los arbustos mientras saludaban a otros grupos conocidos.

Thalia sujetó el brazo de James e igualó su paso. Había esperado algo de privacidad, pero tal vez era demasiado pronto para eso. De todos modos, la tía Harmonia seguía mirando hacia atrás, como si tuviera miedo de perder a Thalia si no la vigilaba de cerca.

La cena fue encantadora, servida en uno de los muchos espacios semiprivados que bordeaban el camino principal y que formaban parte de los ornamentados pabellones chinos. Había carnes frías, el famoso jamón Vauxhall cortado en rodajas tan finas que casi eran translúcidas y ensaladas. Para el postre, los camareros trajeron quesos, natillas, pastel de queso y pudín, junto con ponche inglés. Mientras comían, se oyó un pitido, y los criados comenzaron a encender más luces, lo que hacía resplandecer aún más todo el lugar.

James se inclinó hacia ella.

—Pareces la mismísima Titania, que viene a honrar a los mortales con su presencia. —Bajo esa luz, los hilos plateados de su vestido brillaban como oro.

Thalia sonrió, complacida.

Después de la cena, el grupo se dividió. La tía Harmonia quería ver la rotonda y el castillo en miniatura. Como era de esperarse, sir John la acompañó, y el señor Leveson indicó que se uniría a ellos.

—Kalli, ¿te quedarás con tu hermana? —preguntó la tía Harmonia.

—Yo me quedaré con Thalia —se ofreció Charis. Había estado extrañamente callada durante la cena y solo había intercambiado unas pocas palabras con el señor Leveson, quien había estado sentado a su lado hablando sobre todo con Kalli. Semejante falta de cortesía, aunque no del todo fuera de lugar para Charis, era inusual dado su gusto personal hacia el hombre.

La tía Harmonia intercambió una mirada con su esposo.

—Por favor, ven con nosotros. He visto una especie de flor muy particular que me gustaría que identificaras.

Con solo una mirada anhelante hacia atrás, Charis la obedeció y se dispuso a trotar para alcanzar a su madre.

Así, Thalia y James se encontraron con un trío de acompañantes: Emma, Kalli y Adam. Durante un rato, simplemente deambularon por el camino principal y luego se desviaron hacia uno de los jardines laterales. Thalia quería ver los «paseos oscuros», conocidos por sus encuentros amorosos ilícitos, pero de alguna manera, caminar por esos senderos románticos con Adam, Kalli y la hermana de James observándola le quitaba todo el atractivo a la idea.

A mitad de camino, Emma se tropezó y gritó de dolor. Adam fue el primero en llegar a ella y ayudarla a ponerse de pie, pero Emma dio un respingo en cuanto su pie derecho tocó el suelo. Adam le rodeó la cintura con el brazo para sostenerla, ya que la joven apenas podía aguantar su peso sobre la pierna sana.

—¿Voy a buscar ayuda? —preguntó James.

—Ay, no, imagino que estaré bien si el señor Hetherbridge y la señorita Kalliope me ayudan a volver al salón donde cenamos —dijo Emma—. Solo necesito descansar un poco. Ustedes pueden seguir adelante.

—Yo me encargo —dijo Adam—. Kalli, quédate con Thalia.

Kalli permaneció quieta en el sendero, sin moverse hacia Thalia ni hacia Emma.

—No eres mi amo y señor para decirme qué hacer.

Adam parecía sorprendido.

—No quise decir eso… Es solo que Thalia no debería de estar a solas con el señor Darby. ¡Precisamente en Vauxhall!

—¿Acaso duda del honor de mi hermano? —preguntó Emma.

Adam no le respondió directamente, pero Thalia vio la respuesta en su rostro. Claro que sí.

—Sabemos cómo circulan los rumores despiadados entre los miembros de la alta sociedad. No me gustaría que Thalia se viera obligada a formar una alianza infeliz por culpa de un rumor.

Thalia miró a Kalli, quien se había puesto pálida. ¿No se le había ocurrido a Adam pensar en cómo se tomaría su prometida su comentario?

Sin decir ni una palabra, Kalli se dio la vuelta y comenzó a caminar a paso rápido, casi corriendo, por uno de los senderos oscuros que se separaba del de ellos.

Adam, anclado a su lugar por el peso de Emma, se quedó mirándola y se dio cuenta muy tarde de su error. Maldijo por lo bajo y luego llamó a la figura de Kalli que se alejaba.

—¡Kalli, espera! No fue mi intención…

Thalia no esperó a ver qué hacía Adam con Emma. Se soltó del brazo de James y se apresuró para alcanzar a su hermana. Esperaba que Adam tuviera el sentido común de llevar a Emma de regreso y esperar. Con el estado de ánimo actual de Kalli, era probable que, si intentaba seguirla en ese momento, solo estropeara aún más las cosas.

No había avanzado mucho cuando se percató de que James, con sus zancadas más largas, la había alcanzado con facilidad.

—¿Tu hermana está bien? —preguntó James.

—No lo sé. Parece que Adam piensa con los pies y no con la cabeza. —No era propio de él, que normalmente se comportaba como una persona muy sensata, ser tan obtuso. ¿Acaso estaba tratando de alejar a Kalli? Pero eso tampoco era propio de él; su honor era demasiado fuerte como para dejar que Kalli cargara sola con el estigma del escándalo. ¿Quería demostrar algo, o solo enredar las cosas?

Esa incógnita tendría que esperar. Por el momento, Thalia tenía que alcanzar a su hermana.

Kalli parecía seguir los caminos al azar, primero uno a la izquierda y luego otro a la derecha. Se movía más rápido de lo que Thalia había esperado, teniendo en cuenta que sus piernas eran más cortas, y Thalia estaba casi sin aliento tratando de seguirle el ritmo.

—¡Kalli! —la llamó—. ¡Espera! Adam se ha ido con Emma. Estoy sola.

Pero ella no la escuchó o no quería escucharla. Se adentró más en los senderos, donde los faroles eran más escasos. Parecía espectral a esa distancia, una criatura pálida y efímera flotando entre las sombras.

Thalia se detuvo para recuperar el aliento, y James la atrapó por la cintura.

—Thalia, espera, por favor… He estado intentando hablar a solas contigo durante toda la velada, pero es muy difícil evadir a tu familia.

—Pero Kalli…

—Tu hermana estará bien durante un momento. Si es como Emma, seguro que prefiere echarse a llorar en privado de todos modos. No creo que te lo agradezca si estás allí para presenciar su angustia.

Thalia dejó de forcejear. James tenía razón: tal vez Kalli necesitaba unos momentos a solas para componerse.

Como si percibiera su debilidad, James volvió a insistir.

—No está sola en los jardines. Además, estamos a poca distancia en caso de que le ocurra algo. Por favor, te lo ruego, escúchame.

La joven se giró para mirarlo de frente. Había una urgencia en sus palabras, una tensión alrededor de sus ojos, que ella no había visto antes.

—¿Qué pasa? ¿Ha sucedido algo malo?

—Eh... no. Sí. —James se pasó una mano distraída por el pelo—. Tengo que irme a Calais por la mañana.

—¿A Francia? —El desconcierto hizo que Thalia se olvidara por completo de Kalli—. ¿Por qué? ¿Y por qué tan de repente?

James apartó la mirada, con las mejillas enrojecidas.

—Se trata de un malentendido, de un error. Es una deuda que contraje y pensé que podría pagar, pero mi tío, un tacaño miserable, no me adelantará el dinero, así que debo partir hacia el continente hasta que todo el asunto se olvide.

—¿Una deuda de juego? —preguntó Thalia. Sabía por su hermano Frederick que las deudas de juego eran deudas de honor y debían de pagarse de inmediato. Una deuda al sastre se podía ignorar durante meses sin el más mínimo escándalo. Una deuda de juego no—. ¿No hay algo que puedas vender o empeñar?

James negó con la cabeza.

—Lo he intentado todo. Te doy mi palabra. Es huir o ir a la prisión de deudores. La suma que debo... no es pequeña, y el hombre a quien se la debo dice que no esperará más tiempo.

—Me imagino que tus amigos no permitirían que pases por esa situación bochornosa, ¿verdad?

—No puedo pedirles ayuda. He tenido que pedir dinero prestado a un amigo solo para cubrir el costo de esta noche. Pedir tanto... No, no podría hacerlo. En seis meses, alcanzaré la mayoría de edad y tendré mis propios ingresos para pagarlo todo. Mientras tanto, debo mantener un perfil bajo.

Seis meses. De pronto, el futuro se extendió ante Thalia, triste y solitario.

—Te esperaré…

—No me esperes. Ven conmigo, ahora.

Siempre había querido visitar París, y visitarlo con James lo haría todo más vibrante, más profundo, más intenso. Pero…

—Tengo la certeza de que si esperamos un poco más, con la bendición de mis padres, podremos planificar el matrimonio. Y en menos de un mes, viajaría a Francia para estar contigo.

Una sombra cruzó el rostro de James. Apartó la mirada de Thalia mientras apretaba la mandíbula. Cuando la miró de nuevo, su expresión era grave.

—No quería que te enteraras así, pero tu padre no nos dará su bendición para casarnos.

La decepción invadió el cuerpo de Thalia, primero con calor y luego con frío.

—¿Ha dicho por qué?

—Es un hombre de pocas palabras. No tengo ninguna duda de que tu tía le ha estado mintiendo en sus cartas.

Desde el punto de vista de Thalia, la tía Harmonia no parecía capaz de hacer algo así, pero tenía que admitir que James no había contado con su aprobación.

—No te conoce, eso es todo. Si tan solo hablara con él…

—Thalia. —James la tomó de las manos—. Solo hay una pregunta que importa ahora mismo. ¿Me amas? Yo sí te amo. ¿Por qué tenemos que esperar para comenzar una vida juntos? No importa que tu padre sea de mente estrecha y el mundo conspire contra nosotros. Escapa conmigo.

Thalia entrelazó los dedos con los de James. Quería decirle que sí. Pero fugarse era un paso enorme, el paso final.

Y todo estaba sucediendo muy rápido. ¿Estaba preparada para dejar a Kalli, a Charis y a la tía Harmonia sin despedirse, para someterlas a semejante angustia emocional? ¿Para ir en contra de los deseos de su padre?

A James se le escapó una risita.

—Ah, mi querida Thalia. Siempre tan cautelosa. ¿Cuándo te permitirás vivir?

Thalia se encrespó. No era cautelosa… Así eran Kalli y Charis. Así era su madre. Thalia era la soñadora, la que tenía un corazón aventurero. Y si Kalli estaba molesta con ella, pronto lo superaría, cuando viera lo feliz que era con James. Sus padres también lo harían. Pensó en lo que le había dicho a Kalli esa misma noche, que las consecuencias desafortunadas de una decisión propia duraban mucho más que la decepción de los demás.

—De acuerdo. Iré contigo. —Esperaba que la inundara una sensación de alegría, pero lo único que sintió fue pura ansiedad por Kalli—. Pero primero tengo que encontrar a mi hermana.

—Buena chica —dijo James antes de darle un beso en la frente—. Encuentra a tu hermana. Dile que te duele la cabeza, y que te llevaré a casa. Pasaremos por la casa de tu tía el tiempo suficiente para que empaques algunas cosas, y cuando alguien descubra que no estás en tu cama, ya estaremos a medio camino de Dover.

Thalia asintió. Dio unos pasos hacia atrás y luego volvió. Le dio un beso en los labios a James, un beso en el que puso todo su amor, anhelo y esperanza. James le devolvió el beso con más pasión mientras le acunaba la nuca con una mano y apoyaba la otra en la parte baja de su espalda para atraerla hacia él. Durante un momento, se olvidó de todo: las luces de Vauxhall, Kalli, la fuga. Solo estaban ella, James y el fuego que surgía entre ellos.

# 23

# CUÁNTAS VECES LA DICHA QUEDA DESTRUIDA

## (KALLI)

¿Por qué no aprovechamos la felicidad cuando pasa por nuestro lado? ¡Cuántas veces la dicha queda destruida por los preparativos, los necios preparativos![3].

*—La autora de* Emma, *encontrado en el cuaderno de apuntes de Kalliope Aubrey*

Kalli no tenía un destino particular en mente mientras corría, siempre y cuando fuera lejos. Entre lágrimas y arrebatos de furia (sabía que Adam *no quería* casarse con ella, pero ¿tenía que hacer tan pública su reticencia?), apenas podía ver dónde pisaba. Escogió un camino al azar y, cuando apareció otro sendero frente a ella, se desvió hacia ese lado. Pasó junto a una pareja unida de una manera casi indecente, un poco alejada del resplandor de

3. N. del T.: Austen, J. (2024). *Emma* (Trad. Carlos Pujol). Austral Editorial. (Obra original publicada en 1815).

luz arrojado por uno de los famosos faroles de colores, y su primera reacción no fue de repulsión, sino de envidia. ¿Qué se sentía amar a alguien y tener toda la certeza de que el sentimiento era mutuo? Kalli volvió a sentir la presión fantasmal de los labios de Adam contra su frente, contra sus labios, y se frotó la piel como si pudiera borrar el recuerdo.

Al final, los gritos de Thalia cesaron, y Kalli redujo la velocidad para seguir caminando. Su calzado sin duda estaría arruinado a esas alturas, y el dobladillo de encaje de su vestido azul claro estaría rasgado tras haberse enganchado la delicada tela en la rama de un árbol. Encontró un banco desocupado y se dejó caer en él, con los pensamientos dándole vueltas mientras recuperaba el aliento.

Se encontraba en un dilema, sin saber qué pensar de Adam. Cuando le propuso matrimonio, ambos estaban horrorizados por el giro inesperado de los acontecimientos. No era que no se apreciaran, solo que ella anhelaba tener la libertad de elegir a su esposo, mientras que Adam estaba enamorado de Thalia. Hasta donde sabía, ese sentimiento aún persistía. Si no, ¿por qué había reaccionado de una forma tan desconsiderada con Kalli y había insistido en que Thalia no se casara en contra de su voluntad?

De todas maneras, había habido momentos en los que parecían entenderse a la perfección, y Kalli había comenzado a albergar la esperanza de que tal vez pudieran hacer que el matrimonio funcionara. Pero luego la ignoraba, la dejaba ir a pasear con el señor Salisbury, quien también le había propuesto matrimonio...

Y esa era otra preocupación. ¿Cómo iba a responderle a Henry? Le gustaba mucho, y a veces, cuando estaba cerca, sentía ese encantador escalofrío de conciencia. Disfrutaba de la sensación de sus brazos alrededor de ella mientras bailaban. Él le dijo que la amaba. ¿Era suficiente para llevar adelante un matrimonio? Tenía que casarse con alguien o volver a casa y enfrentar los próximos años, o tal vez la eternidad, en desgracia.

¿Elegiría a Henry Henry, quien la amaba y la hacía reír, a pesar de que a veces parecía no entender que no quería aventuras ni emociones fuertes, sino una vida cómoda? ¿O a Adam, un joven amable y decente, pero que estaba enamorado de su hermana? Si lo que se le había escapado antes era cierto, el compromiso le hacía más infeliz de lo que creía.

De esas dos opciones, Kalli pensaba que tenía que escoger a Henry. Teniendo en cuenta el comportamiento previo de Adam, no debería tener ningún reparo en terminar la relación. Él podría sentirse un poco avergonzado, pero lo superaría.

Pero ¿por qué no se sentía aliviada al haber tomado una decisión?

*Porque aún* está por ver qué pasa, se dijo a sí misma. Una vez que su decisión fuera pública, una vez que pasara la peor parte de la conmoción, todo mejoraría.

Tal vez Henry accedería a fugarse para casarse para que ella pudiera presentarles a todos un hecho consumado, sin que tuvieran que soportar tantas especulaciones. No... No podía permitir que sus seres queridos pasaran por ese bochorno público.

Kalli se quitó los guantes y se secó las lágrimas de las mejillas con las yemas de los dedos. Se tranquilizó con varias respiraciones largas y lentas y luego se puso los guantes de nuevo. Apenas había comenzado a volver sobre sus pasos para buscar a los demás cuando Thalia apareció de la nada.

Su hermana corrió hacia ella y la abrazó.

—¿Te encuentras bien, querida? Lamento que Adam haya sido tan cruel contigo.

Kalli se encogió de hombros.

—Solo está tratando de protegerte, como siempre hace.

—Bueno, tendría que pasar más tiempo preocupándose por ti. Se lo diré.

—Por favor, no lo hagas —pidió Kalli, apartándose de Thalia. Su hermana tenía la cara sonrojada y los ojos muy brillosos—. ¿Estás bien?

El rubor de Thalia se intensificó.

—En realidad, no, estoy empezando a sentirme muy mal. Me duele la cabeza, y correr tras de ti solo lo ha empeorado. James se ha ofrecido a llevarme a casa.

—Iré contigo —dijo Kalli—. Me temo que mi velada en Vauxhall está arruinada.

—Ah, no es necesario. Piensa en lo mucho que se preocupará la tía Harmonia si ambas regresamos a casa. Ven, te llevaré de vuelta con los demás.

En lugar de eso, Kalli insistió en llevar a Thalia hasta la puerta principal, donde el señor Darby las esperaba. Se quedó viendo cómo el joven ayudaba a su hermana a subir al carruaje, luego regresó sola por el camino principal y se encaminó hacia el lugar donde habían cenado. Kalli se frotó la piel desnuda de los brazos y se sintió extrañamente expuesta sin un acompañante, pero nadie parecía fijarse en ella.

Mientras caminaba, comenzó a sentirse más animada. Lo peor ya había pasado, puesto que ya sabía qué hacer. Si ya no estuviera comprometida con Adam, él ya no tendría el poder de herirla con su falta de atención.

Kalli se tomó su tiempo y se detuvo para observar a un malabarista con sus pelotas y para admirar a un trío de bailarinas con campanillas cosidas en los dobladillos. Cuando llegó al pabellón donde habían cenado, tanto Emma como Adam estaban allí. Emma parecía aburrida, mientras que Adam se esforzaba por entablar una conversación, pero era difícil, ya que ella no se molestaba en dar más que respuestas monosilábicas.

Ambos parecían contentos con la aparición de Kalli, lo cual habría sido gratificante, de no ser porque estaba bastante segura de que solo apreciaban la llegada de alguien nuevo y no la suya en particular. Adam abrió la boca como si fuera a hablar, miró de reojo a Emma y la volvió a cerrar.

Unos diez minutos después, regresó el resto del grupo, liderado por sir John y la tía Harmonia, con una Charis alicaída detrás de ellos. Tenía la piel irregular, como si hubiera estado llorando (o intentando no hacerlo).

El señor Leveson brillaba por su ausencia.

Kalli se levantó de la mesa y se acercó a Charis, quien fingía estar fascinada por el grabado en la pared que separaba la sala en la que estaban de la siguiente.

—¿Dónde está el señor Leveson? —preguntó Kalli en voz baja. Si había lastimado a Charis, ella le daría un puñetazo en la nariz, aunque, por regla general, reservaba la violencia como último recurso.

—Se ha ido a casa —dijo Charis.

—¿Ha dicho algo que te molestara? —indagó Kalli, apretando los puños. Pensándolo bien, el señor Leveson era bastante alto. Quizá sería mejor un puñetazo en el estómago.

Charis apretó los labios y negó con la cabeza. Se le escapó un hipo.

—Nada que no me mereciera.

Kalli levantó los brazos para abrazar a su prima, pero ella retrocedió.

—Si eres amable conmigo, lloraré de verdad, y preferiría no hacerlo en público.

Bajó los brazos.

—¿Dónde están Thalia y el señor Darby? —preguntó la tía Harmonia, mirando a su alrededor con inquietud.

—A Thalia le dolía la cabeza, y el señor Darby la llevó a casa —respondió Kalli.

Emma murmuró algo que no parecía propio de una señorita.

—Ha sido una velada desastrosa, ¿verdad? —dijo Adam—. La señorita Darby se ha lastimado el tobillo. Si cuento con la ayuda de sir John, podré acompañarla a su casa.

Juntos, los dos hombres ayudaron a Emma a llegar a la calle (aunque Kalli no pudo evitar notar que su cojera era inconsistente: primero en su pierna derecha, luego en la izquierda). Allí, Adam alquiló un carruaje para llevarla al otro lado del río. El tío John alquiló otro coche de caballos, que se encontraba calle abajo, para llevar al resto del grupo.

La tía Harmonia insistió en que Charis y Kalli acompañaran a Adam y Emma, no fuera que alguna de las jóvenes se quedara sola con Adam en un espacio cerrado durante tanto tiempo. Kalli quería sentarse junto a Charis, pero ella se acomodó junto a Emma, de modo que Kalli se vio obligada a ocupar el asiento que estaba al lado de Adam. Trató de encogerse en la esquina para no tocarlo con ninguna parte de su cuerpo, pero el conductor dio un giro tan brusco que Kalli casi cae en el regazo de Adam. Sin pensarlo, el joven la rodeó con los brazos, y Kalli se relajó en su calidez durante un breve y doloroso momento antes de apartarse.

—Kalli —dijo Adam—, no me refería a ti. No soy infeliz… —Se detuvo, y Kalli miró al otro lado del vehículo, donde Charis y Emma los observaban.

No le creyó, pero no quería empezar una discusión con público presente, así que le dijo en un tono cortante:

—No te preocupes. Podemos hablar de este asunto más tarde. —Tenía que contarle lo que había sucedido con Henry y cuál era la decisión que había tomado. *Mañana*, pensó. Estaba agotadísima esa noche. Era mejor esperar hasta que hubiera dormido, hasta que tuviera las ideas claras.

Cuando Adam bajó para acompañar a Emma hasta la puerta de su casa, Kalli se deslizó hacia el otro lado para sentarse junto a Charis.

—¿Me puedes contar qué ha ocurrido con el señor Leveson?

—No puedo —dijo Charis, con la voz grave—. No quiero llorar, Kalli. *No puedo.*

Así que Kalli simplemente rodeó a su prima con el brazo y apoyó la cabeza en su hombro. Cuando Adam volvió al carruaje, pudo sentir el peso de su mirada sobre ella, pero cerró los ojos y fingió estar dormida hasta que regresaron a casa.

La tía Harmonia las estaba esperando en el rellano fuera de sus habitaciones, envuelta en una bata.

—Charis, espero que no hayas ofendido al señor Leveson al comportarte como una remilgada.

—Ah —dijo Charis, apoyándose contra Kalli—. No creo que haya sido remilgada. De todos modos, no entiendo por qué es importante. Dudo que volvamos a verlo.

—Imagínate siendo la señora Leveson. ¡Sería todo un golpe maestro! Nunca pensé verte tan bien establecida.

—Ojalá no hubieras hecho tantas suposiciones, mamá. Nunca fue una opción convertirme en la señora Leveson.

La tía Harmonia debió de ver algo en el rostro de Charis, porque su tono cambió. La atrajo hacia ella y le dio unas palmaditas en la espalda.

—Tranquila, Charis, todo irá bien. —Le dio un beso en la cabeza a su hija y le lanzó uno a Kalli antes de retirarse a su habitación.

—Te equivocas —murmuró ella.

Kalli ayudó a Charis a acostarse, luego salió con lentitud de la habitación y llamó suavemente a la puerta de Thalia. Al no recibir ninguna respuesta, Kalli entreabrió la puerta y vio la figura de su hermana, dormida en la cama. Cerró la puerta y se fue a su propia habitación.

Kalli se despertó demasiado temprano, con un dolor de cabeza provocado por el llanto de la noche anterior. Descorrió la pesada cortina de su habitación y observó las estrechas caballerizas detrás de la casa. El cielo estaba encapotado, con un manto de niebla aún aferrado a las paredes de ladrillo del callejón.

Recordó que Thalia no se sentía bien, así que se deslizó por el pasillo en dirección a la habitación de su hermana para ver si había mejorado. Kalli se quedó escuchando un momento en la puerta y, al no oír ningún movimiento en el interior, la abrió con cuidado. Solo quería asegurarse de que Thalia estaba descansando plácidamente.

La luz grisácea de la mañana se filtraba a través de una rendija en las cortinas y caía justo sobre la cama.

Kalli se quedó inmóvil.

La figura bajo las sábanas no era humana.

Cruzó la habitación y al levantar la colcha, encontró un par de almohadas y algunas prendas, acomodadas de una forma que, a simple vista, daba la apariencia de un cuerpo dormido. Una rápida búsqueda en el tocador y en el armario de Thalia fue suficiente para descubrir que faltaban artículos de aseo personal y ropa. A su vez, sobre el tocador había una carta con el nombre de Kalli escrito con la letra de Thalia.

¿Cuándo se había ido Thalia? ¿A dónde se había ido?

Kalli sospechaba que ya sabía el *porqué*. Con los dedos temblorosos, abrió la carta.

*Mi queridísima Kalli: Por favor, no seas muy dura conmigo cuando leas esto. Me he ido para convertirme en la mujer más feliz de Inglaterra (por muy cliché que sea ese sentimiento, es lo que siento en este momento). James tiene asuntos pendientes que lo obligan a irse de Londres, y yo lo acompañaré. Nos casaremos en Francia. Sé que papá desaprueba esta unión, pero espero que, cuando vea lo feliz que soy, pueda perdonarme de corazón. Te pido que tengas cuidado cuando le cuentes esta noticia a la tía Harmonía.*

*Con amor, Thalia.*

Kalli leyó la carta dos veces. Luego una tercera vez.

Thalia no era el tipo de mujer que mentía, pero Kalli no podía asimilar la verdad de la carta. Thalia se había fugado con James Darby. Pero ¿por qué? Thalia escribió que su padre desaprobaba la unión, pero Kalli apenas podía dar crédito a lo que leía. ¿Acaso James había hablado con su padre y él se había negado a que la cortejara? No era propio de su padre, quien valoraba más la felicidad de sus hijas que su estatus. Si Thalia realmente amaba a James, él no se interpondría en su camino.

Tal vez la idea de fugarse le resultaba romántica. Pero ¿cómo podía hacerlo, sabiendo que causaría semejante angustia a su familia y amigos?

Kalli llevó la carta a la planta baja, con los dedos helados. El martilleo en su cabeza se incrementó mientras caminaba. El comedor estaba vacío; los criados aún no habían puesto la mesa para el desayuno. Kalli envió a una criada a ver si su tía o su tío estaban despiertos. Unos minutos después, la tía Harmonia entró en la sala, bostezando, todavía con su bata.

—¿Qué pasa, querida?

Kalli le extendió la carta. La tía Harmonia comenzó a leerla sin prestar mucha atención, pero luego todo su cuerpo se tensó. Miró a su sobrina, dejó la carta sobre la mesa sin decir ni una palabra y salió de la habitación.

Kalli esperó. Sentía una fuerte pesadez en las extremidades. Mientras una parte de su mente entraba en pánico (¿qué debían hacer? ¿Ir a por Thalia?), el resto de su ser estaba curiosamente tranquilo. Lo que estaba pasando parecía inevitable, como si nada de lo que hiciera pudiera cambiarlo.

La puerta se abrió de nuevo, pero no era la tía Harmonia ni el tío John. Era Adam, y Kalli se ruborizó al recordar que no se había vestido, sino que simplemente se había puesto una bata sobre el camisón, y tampoco se había soltado la trenza de noche.

—¡Adam! —Le dolía el pecho al ver un rostro tan familiar como el suyo. *Tengo que contarle lo que ha ocurrido con Thalia y el señor Darby. Y lo sucedido con Henry,* pensó.

—Lamento haber venido tan temprano, pero no podía esperar —dijo Adam, mirándola fijamente. Era muy difícil no perderse en la intensidad de esos ojos azules detrás de sus gafas—. He estado despierto casi toda la noche pensando. Anoche no me diste la oportunidad de disculparme por mi comportamiento, y me he sentido miserable. He sido imprudente y desconsiderado, y te he lastimado, lo cual nunca quise…

—Adam —repitió Kalli. No soportaba la forma en la que la miraba, como si se estuviera concentrando en ella con todo su ser, como si ella fuera lo único que importaba en ese momento. Fuera lo que fuera el significado de esa mirada, estaba a punto de arruinarla. Empujó la carta hacia él.

La recogió y la leyó.

—¿Alguien ha ido tras ellos? —Adam se quedó mirando la carta y no levantó la vista. Kalli luchó contra el deseo abrumador de acercarse, de poner los brazos alrededor de él y dejar que la abrazara, de encontrar consuelo mutuo en el contacto físico.

—Nos acabamos de enterar.

—Debo…

En ese momento, el tío John entró en la habitación, seguido de cerca por la tía Harmonia.

—Señor. —Adam hizo una reverencia—. Temo ser una *persona non grata* en estos momentos, al entrometerme en lo que debe de ser un asunto familiar difícil, pero le ruego que me permita aprovechar mi larga amistad con esta familia y mi compromiso con Kalliope para salir en su búsqueda. Con suerte, podré rastrearlos y traerlos de vuelta a Londres. Si aún tienen la intención de llevar adelante este matrimonio, que lo hagan rodeados de amigos y familiares, sin ningún escándalo de por medio.

El tío John lo escuchó con atención.

—Yo también iré.

—No, John —dijo la tía Harmonia—. Seamos razonables. Un viaje de estas características sería una miseria para tus articulaciones. Solo lo retrasarías. Gracias, Adam, es una oferta muy amable, y nos gustaría aceptarla.

La tía Harmonia y el tío John siguieron a Adam al vestíbulo para discutir las posibles rutas de escape. Kalli los observó marcharse, y ninguno de ellos se giró para mirarla. *Como debe ser*, se dijo a sí misma. Era de Thalia de quien debían preocuparse en ese momento.

No podía moverse. Un estrecho rayo de sol se abrió paso entre las nubes y los cristales de las ventanas para trazar una línea en el borde de la mesa. Quería llorar, aunque no era la angustia por la desaparición de Thalia lo que le escocía los ojos, lo que la hacía apoyar la lengua en el paladar para contener las lágrimas. O, al menos, no era *solo* la angustia por Thalia.

Se había dado cuenta de algo cuando Adam había aparecido de forma inesperada en la puerta.

Ante su llegada, ante la vista de su rostro amigable y familiar, una profunda calma se había apoderado de ella, una sensación de seguridad y protección que siempre había asociado con el hogar. Con sus padres y hermanos, con un mundo donde nunca había cuestionado que era amada, que era valorada. No importaba que Thalia estuviera desaparecida ni que el escándalo estuviera a punto de caer sobre su familia.

Adam estaba allí, y todo parecía estar bien en el mundo.

¿Cuándo había sucedido eso, esa sensación de que Adam era su hogar?

¿O siempre había estado allí, como una consecuencia de su idolatría infantil, que había ignorado por completo mientras pensaba que él le pertenecía a Thalia?

Kalli se dio cuenta de que lo amaba en el mismo instante en el que le entregó la carta y en el mismo instante en el que Adam desvió la atención de ella hacia Thalia. Como siempre lo había hecho. Como probablemente siempre sería. Entonces pasó los dedos por la suave superficie de la mesa de madera y los extendió como si de un abanico se tratara.

Había dos cosas que sabía a ciencia cierta.

No podía casarse con Henry. No cuando amaba a otra persona. Si sus propios sentimientos no estuvieran comprometidos, tal vez podría aceptar su propuesta de matrimonio con la conciencia tranquila. Pero sabiendo que Henry le ofrecía su corazón, o eso creía, no podía aceptar un matrimonio donde ella no pudiera ofrecer lo mismo. Quizá en un año, o cinco. Pero no en ese momento.

Tampoco podía casarse con Adam, no cuando él aún sentía algo por Thalia. Una pequeña parte de ella, la parte egoísta, le susurraba: «¿Por qué no? Al menos, sería mío». Pero la parte racional reconocía que solo estaría atrayendo más dolor a su vida. ¿Cómo iba a pasar el resto de sus días viendo cómo el rostro del hombre al que amaba siempre se iluminaba ante la presencia de otra persona? Era mejor estar soltera. Era mejor dedicarse a ayudar a su padre en la parroquia y ayudar a su madre con el cuidado de sus hermanos pequeños.

Era mejor dejar que Adam fuera feliz con alguien a quien realmente amaba.

La tía Harmonia regresó afanosamente y suspiró.

—Alguien debe escribir una carta para tus padres.

—Yo me encargo —respondió Kalli. Tuvo el repentino deseo, más que cualquier otra cosa, de estar en casa. Quería abrazar a su madre, sentarse en el escritorio del estudio de su padre y escucharlo hablar sobre su trabajo—. Mejor aún, déjame ir a casa y dar la noticia en persona.

—Quizá sea lo mejor. Despertaré a Charis. Puede acompañarte. Me atrevo a decir que no le vendrían mal un par de días fuera de Londres, tal como están las cosas.

Kalli volvió a subir las escaleras para empacar algunas de sus pertenencias para el viaje.

Pero antes de ir al armario, se sentó en el escritorio.

Tenía que escribir dos cartas. Una a Henry Salisbury.

Y otra a Adam.

# 24

# UN DOLOROSO ESFUERZO (CHARIS)

La *Lumbricus terrestris* no tiene corazón, y los órganos de aeración no son externos, sino que consisten en pequeñas células laterales con una abertura externa.

—*Sir Everard Home,* Transacciones Filosóficas de la Royal Society *[Nota de Charis:* Si un Homo sapiens no tuviera corazón, ¿aún podría experimentar desamor?*]*.

El carruaje traqueteó al pasar por un bache en el camino e hizo que la revista científica se deslizara de su regazo. El movimiento también casi la lanzó hacia Kalli, acomodada en el asiento frente al suyo.

—¿Estás bien? —preguntó Kalli.

—Sí —dijo Charis—. ¿Y tú?

—También.

Ninguna de las dos era muy buena mintiendo. Pero por el momento, Charis estaba dispuesta a dejar que la mentira descansara. No quería hablar de sus propias preocupaciones más de lo que parecía querer Kalli. Se acomodó en su asiento y guardó la revista en su bolso. ¿Por qué pensó que podría resultarle reconfortante? Si bien no eran las *Transacciones Filosóficas de la Royal Society*, todas las páginas, todos los tratados científicos cuidadosamente argumentados, le recordaban el desastre en el que se había convertido su propia vida.

Nunca esperó que el señor Leveson se enamorara de ella (como ella sí que había hecho con él), pero esperaba que siguiera siendo su amigo, alguien cuya conversación y perspicacia le enriquecían la vida. Parecía que también había arruinado eso.

Los árboles pasaban a toda velocidad a medida que el carruaje avanzaba por el camino, pero Charis apenas los veía. En su lugar, veía los árboles que bordeaban el sendero principal en Vauxhall. Veía el rostro del señor Leveson, enrojecido de ira. Revivía cada momento de esa terrible noche.

El hombre había permanecido callado y severo durante la cena en los jardines, y Charis, al percibir su estado de ánimo, pero sin comprenderlo por completo (o quizá con temor a comprenderlo), también había guardado silencio. Nunca había compartido un momento tan desagradable en su compañía, y eso abarcaba incluso su primer enfrentamiento.

Después de la cena, habían acompañado a sus padres para visitar la rotonda. Al repasar lo sucedido, Charis ni siquiera recordaba cómo era esa estructura. Lo único que recordaba era que, mientras su madre recorría y exclamaba, el señor Leveson le apoyó una mano en el brazo.

—¿Puedo hablar con usted en privado? —le había preguntado. No había ningún rastro de sonrisa en su rostro.

Con el corazón estrujado, Charis lo había seguido una corta distancia hacia uno de los senderos apartados, lo suficientemente lejos de la rotonda para ofrecerles privacidad, pero lo suficientemente cerca como para estar a salvo de cualquier escándalo. Aún podía ver a su madre.

El señor Leveson metió la mano dentro de su abrigo y sacó un puñado de papeles.

—¿Le importaría explicarme esto?

Charis agarró los papeles que le extendía, y la maraña de frases a medio formar que tenía en la punta de la lengua se evaporaron. Allí, en esos papeles en blanco y negro que la condenaban, estaban las palabras que había escrito en un arrebato de pasión después de que estallara el escándalo de Kalli. Su crítica a L.M.

—¿De dónde lo ha sacado? —preguntó. En cuanto las palabras salieron de sus labios, supo que era la pregunta equivocada.

—Un amigo me ha traído una copia de las pruebas de imprenta. Quería saber qué pensaba de esto. Qué había hecho para merecer tal desprecio.

Charis no podía tragar saliva. Las manos le temblaban, las palabras en el papel se desdibujaban frente a ella mientras trataba de leerlas.

—¿Y qué piensa al respecto? —preguntó Charis en voz baja.

—Que he sido completamente engañado. He reconocido su manera de escribir casi al instante. Incluso sin la firma, «C. Elphinstone», habría reconocido sus palabras. ¿Le divertía cortejar mi interés mientras se burlaba de mí a mis espaldas?

—Nunca quise... No sabía que era usted. No cuando lo escribí.

Pero el señor Leveson estaba cegado por la furia. Si veía alguna justicia en su defensa, no la reconoció.

—¿Y después? Cuando le mostré mi artículo. Podría habérmelo advertido.

—Quería hacerlo... —empezó Charis, pero luego se detuvo. ¿Por qué no lo había hecho? Porque tenía miedo de esa conversación en particular—. Intenté detener la impresión, pero se rieron de mí.

—¿Y no pensó que yo podría haberlo logrado?

Una poderosa esperanza la invadió.

—¿Podría?

El señor Leveson le arrebató los papeles y los arrojó al suelo.

—Si me lo hubiera dicho al principio, sí. Pero ahora es demasiado tarde. Las páginas ya están en la imprenta, y no hay forma de eliminar este artículo sin retrasar toda la revista. La sociedad no se detendrá para salvar mi dignidad.

Un silencio incómodo se instaló entre ellos.

Charis se quedó mirando las páginas arrugadas. Le recordaban mucho a una paloma herida que una vez había encontrado en el bosque detrás de su casa. Deseaba retroceder a ese momento, para cuidar de una criatura herida que tenía la esperanza de sanar. No quería enfrentarse al presente. No cuando no tenía ni idea de cómo sanar la brecha entre ella y el señor Leveson.

—¿Eres consciente de lo que has hecho, Charis?

La sorpresa la hizo mirarlo a los ojos. Nunca antes la había llamado por su nombre de pila ni la había tuteado. Una sensación agridulce le revolvió el estómago. Sus ojos oscuros estaban heridos, y ella apartó la mirada del fuerte e intenso dolor que vio reflejado allí.

—¿Eres consciente de lo mucho que he luchado para ser aceptado por la alta sociedad inglesa, por sus mentes científicas? Esperaba convertirme en un miembro de la Royal Society. Ahora es probable que solo sea un objeto de burla.

—Lo siento —dijo Charis. *Lo siento, lo siento, lo siento.* Las palabras resonaban en sus oídos. Tal vez debería grabárselas en los brazos, para que cada pinchazo de la aguja resaltara su culpa—. No debería haber sido tan mordaz con mis palabras. Debería habértelo dicho...

—No deberías haber escrito ese maldito artículo.

Una pequeña chispa de ira cobró vida en su interior. Se había equivocado al escribir su refutación sin prudencia, y se había equivocado al herirlo con el secreto que le había ocultado. Pero ¿se había equivocado por el mero hecho de escribir? Toda la vida le habían dicho que estaba equivocada: la mujer equivocada, la científica equivocada. Escuchar las mismas palabras de ese hombre, a quien había comenzado a amar, resultó ser más de lo que podía soportar.

—Pero ¿no es mejor la verdad que el silencio? ¿Debería haber ignorado tus hipótesis aunque no fueran correctas? ¿No se trata la filosofía natural de desafiar ideas en la búsqueda de entender el mundo?

—Bravo —dijo el señor Leveson, aplaudiendo—. Esa indignación es el complemento perfecto para un acto convincente. Cualquier testigo podría llegar a creer que la víctima aquí eres tú.

—No. No puedes echarme toda la culpa. Reconozco mis fallos: escribí el artículo con furia, orgullosa de mi ingenio. Pero la base de esos argumentos es sólida. Se merecen... Yo... me merezco ser escuchada.

—¿Y crees que cuando los hombres de la sociedad lean tus palabras y descubran que eres una mujer, te celebrarán? A la mayoría de los hombres no les gustará que una mujer los deje en evidencia. Tu misma ingenuidad demuestra lo poco apta que estás para el mundo de la ciencia.

Charis sintió un hormigueo caliente en la piel.

—Pensé que eras mi amigo. Pensé que valorabas el intercambio de ideas como yo. Pero me has demostrado que no eres mejor que «la mayoría de los hombres» a los que denigras. Supongo que es mejor darme cuenta de esto ahora, antes de que... —Apretó los labios con fuerza. *Antes de que me enamore de ti.*

—Me parece que no entiendes cómo funciona la amistad, señorita Elphinstone. —El enfado del señor Leveson se estaba desvaneciendo, ya que en ese momento solo se mostraba desdeñoso—. Pero estoy de acuerdo en que es mejor que sepamos las verdaderas intenciones del otro antes de que causemos un daño irreparable. Confío en que puedas encontrar el camino para regresar con tus padres, ¿verdad? No estoy de ánimo para tener compañía en este momento.

Charis entendió el mensaje implícito, «no estoy de ánimo para que *tú* me hagas compañía», y asintió. El arrebato inicial provocado por su propia ira se había disipado, de modo que en ese momento solo se sentía agotada y fría. Las lágrimas amenazaban con derramarse, pero parpadeó con fuerza para que el señor Leveson no tuviera la satisfacción de verla llorar. A pesar de sentirse aturdida, encontró el camino para volver con sus padres.

Al recordar esa mezcla de ira, humillación y desesperación, las lágrimas volvieron a sus ojos. El señor Leveson había sido muy frío, muy obstinado, y ella se había enamorado perdidamente. Se sorbió los mocos y miró por la ventanilla del carruaje, donde empezó a reconocer lugares familiares.

A su parecer, era mejor así. El señor Leveson había demostrado ser el hombre arrogante que había conocido al principio, y ya se había librado de él. Su breve incursión en el romance había terminado de forma desastrosa, pero la próxima vez sabría cómo evitar todos los asuntos del corazón. Era mejor mantener alejados a los demás, en un lugar donde nadie pudiera herirla.

Pero cuando Charis creía estar satisfecha con todos sus pensamientos en orden, otros recuerdos se colaron en su mente. Las veces que la miraba de reojo, con ese gesto risueño, cuando alguien decía algo absurdo. La forma en la que alentaba sus ideas cuando paseaban juntos, el placer que le generaba la franqueza de Charis cuando hablaba en la conferencia de la sociedad. El beso que le había hecho perder el eje. Incluso suponiendo que pudiera encontrar a otra persona que le gustara, tal vez su habilidad para besar estaba arruinada para siempre.

Al diablo con ese hombre. Sería mucho más fácil superarlo si fuera repugnante en su totalidad.

—¿Qué les diré a mis padres? —preguntó Kalli, interrumpiendo los pensamientos de Charis.

Claro. Thalia. Una oleada de vergüenza la recorrió. ¿Cómo había llegado a estar tan absorta en su propio dolor que había olvidado el de Kalli? ¿El de su familia? Apartó los pensamientos del señor Leveson y comenzó a hablar con ella sobre cómo dar la noticia de la fuga de Thalia.

Atravesaron el pueblito al que siempre habían llamado hogar, y Charis sintió una curiosa sensación de que el tiempo se ralentizaba y se deformaba a su alrededor. ¿No había pasado por ahí cientos de veces antes? Pero, sin duda, esa muchacha era otra, alguien que no había ido a Londres para formar parte de la temporada ni a quien le habían destrozado el corazón.

—¿Crees que Adam vendrá aquí con noticias? —preguntó Charis—. Si la encuentra o…

—No lo sé —dijo Kalli, mirando por la ventanilla hacia una casa de postas en la distancia. Miró de nuevo a Charis—.

Le he dejado una carta. Rompiendo nuestro compromiso. Planeo quedarme aquí, en casa. No volveré para el final de la temporada.

—Tú... —Charis apretó los labios, pensativa—. ¿Lo has hecho por Thalia?

Kalli asintió, con el labio inferior temblando. Se le escapó un sollozo.

—Lo amo, Charis. No sabía que lo amaba, pero es verdad, y él ha ido a por Thalia, y *no puedo* casarme con él.

De alguna manera, ese embrollo tenía todo el sentido para Charis, quien se deslizó en el carruaje para sentarse junto a Kalli. Acunó a su prima menor entre sus brazos mientras la dejaba llorar. Si algunas de sus propias lágrimas cayeron sobre los rizos castaños de Kalli, nadie más estaba presente para notarlo.

A última hora de la tarde, cuando el carruaje cruzó el camino empedrado de la casa parroquial, ambas jóvenes ya se habían enjugado cualquier rastro de lágrimas. Los dos hijos menores de los Aubrey, Edward de seis años y Urania de ocho, ya se encontraban en el césped esperando a las recién llegadas. Debían de haber escuchado el traqueteo de las ruedas en el camino.

Cuando Kalli bajó del carruaje, sus hermanos menores la rodearon y le dieron besos y abrazos antes de hacer lo mismo con Charis. Se separó de ellos con cuidado; Edward tenía la boca particularmente pegajosa, como si hubiera vuelto a comer mermelada del frasco. Luego los niños regresaron corriendo a casa para anunciar su llegada.

La señora Sophronia Aubrey, una mujer robusta con las mejillas sonrosadas, las recibió en la puerta.

—Madre mía, Kalli. Me alegro de veros, pero... no sabía que veníais. ¿Cómo está Harmonia? ¿Y dónde está Thalia?

Charis y Kalli intercambiaron miradas.

—Creo que será mejor que vayamos al salón, mamá —indicó Kalli.

La tía Sophronia, tras observar a Kalli con detenimiento, envió a los niños a jugar al jardín trasero y luego las condujo al salón.

Solo necesitaron unos minutos para poner al corriente a la tía Sophronia de los detalles básicos: que Thalia se había ido de los jardines de Vauxhall la noche anterior con un joven y no había regresado.

—¿Y planean casarse? —preguntó la madre de Kalli mientras se recogía el pelo en un moño desarreglado—. Pero no lo entiendo. ¿Por qué no ha pedido nuestra bendición? ¿Por qué ha decidido fugarse?

—Thalia dijo que papá no le ha dado su consentimiento —explicó Kalli.

—¿En serio? —La tía Sophronia arrugó el entrecejo—. Sé que Harmonia expresó algunas preocupaciones sobre el joven en sus cartas, pero vuestro padre nunca se opondría a nada de lo que vosotras os propusierais.

A Charis se le formó un nudo oscuro en el estómago. Thalia siempre había hablado del señor Darby como si tuviera la intención de casarse con él, y aunque le había sorprendido la fuga, no había quedado consternada. Pero...

—¿El señor Darby no ha venido aquí a pedir la mano de Thalia? —preguntó.

—No, estoy segura de que no lo ha hecho. Tampoco nos ha escrito; Edward me lo habría mencionado. —La tía Sophronia meneó la cabeza—. Me temo que no entiendo qué significa todo esto. Solo espero que Thalia no esté en problemas.

Charis también lo esperaba.

# 25

# [IN]FLEXIBLE

## (THALIA)

*Tus juramentos se han roto*
*y tu fama ya es muy frágil;*
*cuando escucho tu nombre*
*comparto su vergüenza.*

*—George Gordon, lord Byron*

Thalia durmió la mayor parte de la primera noche de su fuga con la cabeza apoyada en el hombro de James. Fue un sueño ligero, interrumpido en muchas ocasiones por el vaivén del carruaje mientras avanzaba por caminos desiguales. Varias veces se despertó al escuchar un leve ronquido, evidencia de que James también estaba dormido.

Al amanecer, se detuvieron en una casa de postas para desayunar y cambiar sus caballos alquilados por unos nuevos. Thalia usó el baño y se mojó la cara con un poco de agua antes de pasear por el campo que rodeaba la casa. Se frotó las manos sobre los brazos, con frío a pesar de la chaquetilla ligera que llevaba. ¿Ya habría descubierto Kalli su nota? ¿Habrían enviado a alguien a buscarla? Esperaba que no fueran tan imprudentes; sería una pérdida de tiempo. No tenía ninguna intención de regresar.

James se acercó a ella y la abrazó por detrás. Thalia se recostó en él y disfrutó de su calidez. La besó en el cuello, en un punto sensible justo debajo de la oreja, y un delicioso escalofrío la recorrió.

—¿Te arrepientes de algo? —preguntó James.

—De nada —respondió Thalia, girándose en el círculo que formaban sus brazos para besarlo.

James encontró sus labios con avidez, y la habría besado con mucha pasión, pero Thalia se apartó, repentinamente consciente de lo expuestos que estaban.

De vuelta en el carruaje, James se sentó junto a Thalia y comenzó a contarle sobre los lugares que esperaba mostrarle en Europa, sobre todo cuando alcanzara la mayoría de edad y saldara sus deudas. Mientras hablaba, pasó un dedo con delicadeza por la mano desnuda de Thalia. Luego le recorrió las crestas de los nudillos y las hendiduras entre los dedos. La joven sentía pequeños pinchazos de calor cada vez que la tocaba.

—Me gustaría visitar Grecia —reveló Thalia—. Y Estambul. Quizá podamos llegar hasta Egipto.

—Podríamos ir aún más lejos. A la India, o a China. El mundo entero es nuestro. —James le plantó un beso junto a la oreja, y cuando ella se estremeció en respuesta, se movió hacia la boca. El beso era cálido e intenso, y cuando su lengua le rozó los labios, Thalia abrió la boca para darle la bienvenida.

Durante un momento, se perdió en los besos y en el calor que la envolvía. James le acarició el mentón y luego bajó por el cuello, con el pulgar rozándole el hueco en la base de la garganta, antes de recorrer toda la zona de la clavícula que tenía al descubierto. Siguió bajando hasta llegar al borde del corpiño; su toque era ardiente contra la suave piel de sus pechos que sobresalían por encima del corsé.

Thalia contuvo el aliento. Nunca antes un hombre la había tocado así. Y aunque sabía que el matrimonio implicaría más que besos, y había intentado imaginar cómo sería, su imaginación no la había preparado para la realidad: el calor cuando la tocaba, la emoción que sentía en el vientre y la oleada de aprensión que seguía a ambos.

Pero no estaba lista. Todavía no. Cuando James acercó los dedos a la cinta delgada que aseguraba la parte delantera de su vestido, ella se alejó.

—James, el conductor…

—Estamos en un carruaje cerrado, ¿quién nos va a ver? Además, no oirá nada por encima del traqueteo de las ruedas. —Se inclinó para besarla con más ternura, rozando los labios contra los de ella—. Tranquila —murmuró contra su boca—. No tienes por qué temerme. Te prometo que lo disfrutarás.

Thalia se apartó de nuevo, pero esa vez se movió al asiento opuesto a James.

—Por favor. Ahora no. No me siento cómoda… el carruaje… —Se mordió el labio, luchando por articular la mezcla de sentimientos que la acongojaban. Miró a James, con miedo a haberlo ofendido.

Pero una leve sonrisa se dibujó en los labios del joven.

—Me había olvidado de lo inocente que eres. No te molestaré ahora. —El brillo intenso en sus ojos dejaba una promesa: *más tarde.*

Thalia sacó un libro de poesía de su bolso de viaje y comenzó a leer en voz alta. Las palabras formaron una frágil barrera entre ella y James, aunque no habría podido decir por qué la necesitaba. James se recostó contra los cojines, relajado, y Thalia leyó hasta que dejaron de temblarle las manos (por el asombro, se convenció a sí misma) y hasta que su voz quedó ronca.

Con el haz de luz dorada de una tarde primaveral entrando por la ventanilla, el carruaje se detuvo frente a una posada rural, un modesto edificio de dos pisos con paredes encaladas. Thalia no sabía dónde estaban, pero estaba agradecida de liberarse del balanceo del carruaje y de estirar las piernas. Un niño se llevó el equipaje al interior del edificio, y el cochero llevó el carruaje a los establos.

Mientras James hacía arreglos con la esposa del posadero, una criada condujo a Thalia hasta una habitación en el segundo piso, con una sola ventana que daba a la carretera. El lugar estaba limpio, aunque con pocos muebles: una cama doble en el medio con una colcha blanca, cortinas de lino blanco en la ventana y una mesa sencilla junto a la cama con un aguamanil y un pequeño espejo ovalado colgado sobre él.

Thalia se acercó al aguamanil. Se quitó la capota, la apoyó en la mesa y luego empezó a retirar algunas de las horquillas que le sujetaban el pelo, aún intacto desde la velada en Vauxhall, para dejar que cayera libremente sobre su espalda. Suspiró, se estiró y se pellizcó las mejillas pálidas. Tal vez podría pedir que le llevaran la cena a la habitación en lugar de salir de nuevo. ¿Quién habría imaginado que fugarse sería tan agotador?

Alguien llamó a la puerta, y Thalia se dio la vuelta con intención de decirle a la criada que no necesitaba nada más. Pero no entró una criada, sino James. Thalia se ruborizó y se llevó una mano a su cabello suelto.

—James, no deberías... —Se quedó en silencio, algo confundida. Al fin y al cabo, si iba a ser su esposo, tarde o temprano la vería con el pelo así.

—¿No debería qué? —preguntó James con cierta diversión—. ¿No debería estar en la habitación que vamos a compartir?

—¿Compartir? —repitió Thalia, y el estómago le dio un vuelco—. Pensé... —Se interrumpió de nuevo para tratar de entender los extraños sentimientos que la invadían.

James se acercó, todavía sonriendo. Levantó un mechón de pelo de su hombro y le besó la base del cuello, donde la tela de su vestido daba paso a la piel. Un escalofrío le recorrió el cuerpo, aunque no precisamente por el placer.

—¿Y por qué no deberíamos compartir una habitación? Ya hemos huido juntos, y esto es mucho más económico. Le he dicho al posadero que estamos casados, por si te preocupan las apariencias.

—Lo entiendo —replicó Thalia—. Es solo que...

—Es solo que no es a lo que estás acostumbrada —intervino James—. Lo entiendo. Pero todo será espléndido, ya lo verás. Te amo, y tú me amas, y eso es lo único que importa.

*Tiene razón*, pensó Thalia, mordiéndose el labio. Claro que tenía sentido compartir una habitación cuando el dinero de James escaseaba. Entonces, ¿por qué se sentía tan desconcertada? No se lo esperaba, eso era todo. Era mucho para procesar de repente, como la idea de estar íntimamente conectados en *ese* momento, cuando había imaginado esa intimidad en un futuro no especificado después de su matrimonio. Podía cambiar su forma de pensar por

James, pero necesitaría más tiempo que una sola tarde. Por mucho que lo amara, no estaba lista para dar semejante paso.

Se enderezó. Seguro que James entendería sus sentimientos, si tan solo pudiera explicárselos.

—Es solo que no esperaba compartir una cama contigo hasta que estuviéramos casados.

James se rio entre dientes y deslizó el pulgar por la mandíbula de Thalia hasta que finalmente se detuvo en sus labios.

—Ay, mi dulce Thalia. Me he enamorado de ti por tu mente y tu bellísimo cuerpo. No lo arruines siendo una mojigata convencional. Si hubieras prestado atención a nuestras conversaciones, te habrías dado cuenta de que no creo en el matrimonio. ¿Por qué la ley o la iglesia tienen la potestad para hacer que nuestra unión sea más vinculante? Si nos amamos, ese debería ser el único juramento que necesitamos. Ya no tenemos razones para seguir esperando a compartir un momento íntimo.

Thalia retrocedió y cruzó los brazos sobre el estómago. ¿Era «una mojigata convencional»?

—Pensé que hablabas de casarnos cuando me pediste que dedicara mi vida a la tuya.

James aún parecía divertido. *Más bien condescendiente*, pensó, aunque trató de olvidar la palabra. James no la trataría con condescendencia; no si la amaba.

—Mary Godwin se escapó con Percy Shelley por amor.

—Pero Percy Shelley ya estaba casado —repuso Thalia—. Además, él y Mary *sí* se casaron después de que muriera su primera esposa. —Apenas unas semanas después de que encontraran ahogada a su primera esposa embarazada, según lo que había leído Thalia en los periódicos. Por mucho que le gustara la poesía de

Shelley, no era capaz de admirar ese aspecto específico de su carácter.

James negó con la cabeza.

—Casarse con ella solo mancilló algo puro y hermoso. Fue una acto para complacer las costumbres sociales, un sacrificio personal ante la presión de la comunidad.

—O tal vez ese compromiso significaba algo para ellos —repuso Thalia, tratando de mantener la voz tranquila. James no la respetaría más por dejarse llevar por las emociones. La conversación en Vauxhall volvió a su mente. Ella había mencionado el matrimonio, y James no la había corregido—. En fin, seamos claros. Cuando me pediste que huyera contigo, ¿no planeabas casarte conmigo? ¿Acaso llegaste a escribir a mi padre?

—No, no pretendo casarme, pero sí que pretendo adorarte con mi cuerpo y otorgarte todos los bienes materiales que poseo. Un pedazo de papel, unas cuantas palabras recitadas en una iglesia frente a un Dios en el que no creo, no cambiarán eso.

No había respondido a su pregunta.

—¿Y mi padre?

—Esto no tiene nada que ver con tu padre —dijo James en un tono impaciente—. Estoy hablando de ti y de mí.

*James nunca llegó a escribir a mi padre.*

—¿Y si quisiera casarme? —Su voz parecía desconectada de su cuerpo. A través de la ventana llegaban los sonidos de un carruaje acercándose y de una alondra cantando en un arbusto cercano.

—No seas ingenua. ¿No acabo de decirte que el matrimonio no cambiará nada? No necesitamos la aprobación de la sociedad para amarnos. Eres más inteligente que eso, Thalia. Más lista. —Dio un paso hacia ella e inclinó la cabeza como si fuera a besarla de nuevo, pero Thalia se movió.

—James, esto es... Necesito pensarlo. No estoy segura de estar lista para... —Agitó la mano hacia la cama—. Para esto.

—¿Qué hay que pensar? O me amas, o no.

¿Era así de simple? ¿Había algo mal en ella que le impedía ver con claridad el camino a seguir? Pero James le había mentido, o por lo menos había intentado confundirla a propósito con sus silencios.

James se pasó las manos por la cara.

—Voy a por algo de beber. Te traeré algo a ti también. Espero que cuando regrese, hayas recapacitado. Me has decepcionado, Thalia. Pensé que eras diferente de las demás señoritas de la alta sociedad, pero tal vez seas igual.

Tras decir eso, abandonó la habitación.

Thalia volvió al espejo. La vergüenza la consumía como un fuego fuera de control, seguida por un frío que le calaba hasta los huesos. Después de todo, ¿era verdad que se estaba comportando como una mojigata? De forma automática, se pasó un cepillo por el pelo y trató de pensar. Sus pensamientos parecían atrapados en melaza, pegajosos y lentos.

Había imaginado una vida con James en la que pudieran irse en medio de un escándalo y, con el tiempo, regresar a la sociedad. Pero si vivían juntos sin estar casados, no podrían volver.

Sabía que a la sociedad que James le había presentado tal vez no le importara mucho si no estaban casados. Pero a su familia y a sus amigos del pueblo sí que les importaría. No creía que sus padres llegaran a desheredarla, pero nunca sería bienvenida en casa como antes, no cuando su reputación escandalosa podría afectar a sus hermanos menores. En especial a sus hermanas.

Tal vez el amor valiera ese sacrificio. Como le había dicho a Kalli, no tenía que poner en riesgo su felicidad en pro de los sentimientos de los demás.

Pero…

¿No se suponía que el amor consistía en dar y recibir? ¿Una serie de compromisos mutuos en beneficio del otro? A Thalia se le pedía que abandonara sus creencias y expectativas para el futuro, a todos sus seres queridos e incluso su propia comodidad. ¿Qué estaba sacrificando James por ella?

Entonces se dio cuenta, con las manos aferradas al borde del tocador de madera, de que un hombre que realmente la amara sería considerado con el hecho de que no estuviera lista para la intimidad. Le importaría que el matrimonio significara algo para ella. No desestimaría sus preocupaciones ni se referiría a ella como «una mojigata convencional». No le mentiría para convencerla de huir con él. Lo que James sentía por ella, o lo que él pensara que sentía por ella, no era amor.

Se le aclararon las ideas. Quería a James, y tal vez una parte de ella siempre lo haría, pero no podía estar con él. No podía quedarse y dormir al lado de alguien que tenía tan pocas expectativas de regresar.

Thalia no podía recogerse el cabello sin ayuda, así que se hizo una sola trenza antes de agarrar su bolso de viaje de la cama. Apenas tenía unas monedas y un billete de una libra. No se le había pasado por la cabeza que quizá necesitaría financiar su propio viaje. Con un poco de suerte, tendría suficiente dinero para conseguir un asiento en la diligencia de regreso a Londres. Con un poco más de suerte, se subiría antes de que James notara su ausencia.

Se puso la capota, bajó las escaleras en silencio y salió por la puerta principal hacia el exterior.

# 26

# REGRESO A CASA

## (KALLI)

Admiro al hombre que sonríe ante los problemas, que saca fuerzas de la angustia y se vuelve valiente por medio de su reflejo. Es común que las mentes pequeñas se encojan, pero aquel cuyo corazón es firme, cuya conciencia aprueba su conducta, perseverará en sus principios hasta la muerte.

*—Thomas Paine, encontrado en el cuaderno de apuntes de Kalliope Aubrey*

Después de darle la noticia a su madre sobre la fuga de Thalia, Kalli llevó a Charis a la habitación de invitados. No tenía sentido enviarla a la mansión Elphinstone cuando solo había unos pocos sirvientes allí mientras el resto de la familia estaba en la casa de Londres.

—¿Crees que el señor Darby le mintió a Thalia sobre escribirle a vuestro padre? —preguntó Charis, mientras cruzaba la habitación hacia el lavabo y se echaba agua en la cara antes de encender una vela.

—Pero ¿por qué lo haría? —consideró Kalli, sentada en la cama.

—No lo sé. —Charis frunció el ceño.

Kalli sintió como un escalofrío le recorría la espalda y cómo se le erizaba el vello de los brazos. Algo no le cuadraba. ¿Simplemente estaba celosa de que la fuga hubiera dejado en claro los sentimientos de Adam por Thalia? ¿Y si una parte de ella aún anhelaba, en secreto, con vergüenza, que Adam volviera a ella si la fuga de Thalia resultaba exitosa? Negó con la cabeza. No debería pensar de esa manera. Su única preocupación debería ser la seguridad y la felicidad de Thalia. Sus propias preocupaciones podían esperar.

Sintió un retortijón en el estómago. Detestaba la espera y la incertidumbre. Se puso de pie y se frotó las manos como si pudiera olvidar así sus miedos.

—¿Necesitas algo más? ¿Algo para comer?

Charis meneó la cabeza y le aseguró que solo quería descansar.

En el umbral, Kalli dudó. No podía hacer nada por Thalia en ese momento, pero sí por Charis.

—¿Quieres hablar?

—¿Sobre qué? —Charis no la miró, sino que siguió contemplando su propio reflejo en el espejo del tocador mientras estiraba un rizo que le caía sobre la sien.

—Sobre cualquier cosa. ¿Tal vez sobre el señor Leveson?

Charis se volvió hacia ella con una amplia sonrisa. Muy amplia.

—No hay mucho que decir. No era quien pensaba que era. Hemos tenido un desacuerdo, y es probable que nunca vuelva a hablar con él.

Kalli volvió a entrar en la habitación, ya que no pudo evitar recordar el dolor agudo que la atravesó cuando Adam anunció que iba a por Thalia. No se creyó, ni por un momento, que para Charis aquel distanciamiento fuera insignificante.

—Si te ha hecho daño…

—No me ha hecho daño. —Charis se sorbió la nariz.

Kalli dio otro paso hacia su prima.

—Hoy me has contenido en el carruaje mientras lloraba. Si necesitas llorar, puedes contar conmigo.

Charis negó con la cabeza de nuevo, y el movimiento hizo que las ondas alrededor de su rostro rebotaran.

—Me niego a llorar por el señor Leveson —sentenció, aunque una lágrima la traicionó al resbalar por su mejilla.

Kalli se acercó y tiró de Charis para que se sentara junto a ella en la cama.

—Muy bien, entonces. No llores por el señor Leveson. Pero llora, si quieres. Quizá te haga sentir mejor.

—¿Llorar te ha hecho sentir mejor?

—A decir verdad, sí, bastante.

A Charis se le escapó una risa temblorosa.

—Bueno… —Se le quebró la voz y se le contrajo el rostro. Luego, enterró la cara entre las manos.

Kalli la rodeó con los brazos para devolverle el gesto que su prima había tenido con ella solo unas horas antes. La sostuvo hasta que se quedó sin lágrimas y hasta que se liberó para meterse en la cama, pues decía que quería dormir.

Después la arropó, cuando sus párpados ya estaban cayendo de forma inevitable, y salió de la habitación sin hacer ruido. Cerró la puerta con suavidad detrás de ella y se quedó quieta en el pasillo durante un largo momento.

¿Ahora qué? Quedaban horas por llenar antes de que recibieran alguna noticia. Kalli deseaba tener algo que hacer para no preocuparse por Thalia. Para no pensar en Adam. Para no sentir nada. Pero en su prisa por llegar a casa, había dejado sus bordados y su obra de conchas de mar en Londres. De todos modos, si bien esas artesanías mantenían ocupados sus dedos, rara vez mantenían ocupada su mente.

Haber consolado a Charis había ayudado. Quizá su madre tendría alguna tarea para ella. Kalli fue a la cocina, donde su madre estaba hablando con la cocinera y llenando una cesta con mermeladas, pan y un frasco de sopa. Kalli se alegró. Por lo general, una cesta significaba una visita a algún lugar, lo que a su vez representaba una oportunidad para ser una persona útil. Un recuerdo le vino a la mente: aquella vez que Adam, pálido pero sonriente, estaba postrado en cama por una enfermedad… pero Kalli lo ignoró sin piedad.

—¿Para quién es la cesta?

—Para los Lambeth —respondió su madre—. La señora Lambeth acaba de perder un bebé y no se siente bien. Su esposo pensó que una visita del vicario podría animarla. ¿Te gustaría ir con tu padre?

Así que Kalli emprendió otro viaje bajo el sol de primavera, esta vez a pie. La brisa traía consigo un fresco recordatorio de que el invierno no había pasado hacía mucho tiempo, pero el sol era templado y cálido, y echó la cabeza hacia atrás para sentir sus rayos en el rostro.

Adam era una causa perdida, y Thalia podría estar en apuros, pero aún había cosas y lugares hermosos en el mundo, y ella estaba en *casa*. Su padre caminaba con pasos largos a su lado. Cada recodo familiar del camino, cada estallido de púrpura donde las violetas habían vuelto a crecer, incluso las sombras moteadas a lo largo del sendero, le levantaban el ánimo de manera infinitesimal.

Su padre la miró de reojo.

—¿Estás bien, mi Kalliope? Sé que estás preocupada por Thalia. Todos lo estamos. Pero tengo la sensación de que hay algo más que te inquieta. ¿Es por tu compromiso?

Una oleada de frío la invadió. ¿Sabían que había roto el compromiso? Pero ¿cómo podían saberlo? Ni siquiera estaba segura de que Adam hubiera recibido la carta.

—Sabes que me cae muy bien Adam, y estaría complacido si tuvieras la certeza de que te hará feliz —prosiguió su padre—, pero no tienes que casarte con alguien que no te hará feliz solo porque tu tía teme por tu reputación. Casarse con la persona adecuada es una gran alegría, pero en mi oficio, veo demasiados matrimonios infelices, y no se lo desearía a ninguno de mis hijos. Mejor una vida de soltería que quedar unidos en yugo desigual.

La amabilidad de su padre casi la destruyó. Kalli parpadeó para controlar el repentino escozor en los ojos y se preguntó cómo aún no había agotado su reserva de lágrimas.

—No tienes que preocuparte, papá —musitó Kalli con cuidado—. Antes de irnos de Londres, le escribí una carta a Adam diciéndole que no creía que fuéramos a encajar.

—¿De verdad? —preguntó su padre, estudiando su rostro.

Kalli asintió y luego apartó la mirada. Su padre pasaba gran parte de la vida en una bruma onírica, con los pensamientos claramente en otro lugar, pero tenía la desconcertante costumbre de enfocar toda su atención en las personas cuando estas menos lo deseaban.

Su padre extendió la mano para aferrar la suya y la apretó.

—Me alegro de que estés de vuelta, mi Kalliope —confesó el hombre—. Te he echado de menos. Puedes quedarte con nosotros el tiempo que quieras.

Kalli dejó escapar un sollozo, enterró el rostro en el abrigo de su padre y lo abrazó con fuerza.

—Yo también te he echado de menos, papá. Gracias.

Caminaron de la mano por el sendero hasta llegar a la casa de los Lambeth. El exterior de la cabaña estaba tan impecable como siempre, con hiedras creciendo por las paredes encaladas. Pero por dentro, todo era un caos, con polvo acumulado en las esquinas y una muñeca y un zapato solitario tirados en la alfombra. El señor Lambeth los recibió en la puerta con una sonrisa forzada. Señaló con resignación el vestíbulo sucio detrás de él.

—Perdón por el desorden. Lo he intentado todo, pero no soy tan hábil como Rose, y Rose... bueno, ya verán.

Un par de niños de cabello blanquecino se acercaron sigilosamente detrás de su padre. La más pequeña, de unos dos años, calculó Kalli, se metió el pulgar en la boca y miró a los invitados con sus grandes ojos azules.

Entregaron la cesta al señor Lambeth, quien la apoyó sobre una mesa cerca de la puerta. Luego los guio por un pasillo lateral hasta una habitación oscura, donde una mujer yacía de lado, imperturbable. Kalli recordaba a la señora Lambeth como una joven hermosa. Cuando apenas tenía doce años y comenzaba a notar esas cosas, había visto la boda de los Lambeth en una iglesia adornada con rosas como el epítome del romance. Pero en ese momento, la señora Lambeth estaba pálida, como si todo el rubor, el color de la flor que le daba su nombre, se hubiera desvanecido.

La mujer posó los ojos en su padre, esbozó una pequeña sonrisa y se esforzó por incorporarse.

—Vicario. Gracias por venir.

Su padre tomó asiento junto a la cama.

—Su esposo me ha pedido que viniera. Es un buen hombre, y está preocupado por usted.

Rose miró a su esposo, que parecía angustiado parado en el umbral junto a Kalli, sosteniendo las manos de sus hijos.

—El mejor de los hombres. No todos intentarían cuidar de los niños u ocuparse de las tareas del hogar por una esposa enferma.

*Adam lo haría,* pensó Kalli de repente, sorprendida por una punzada de dolor. Podía verlo con claridad en una escena como esa: tranquilo, serio, atento. Dispuesto a ayudar. Se sacudió para salir del ensimismamiento. No. No pensaría en él.

La señora Lambeth cerró los ojos y se recostó contra las almohadas. Unas lágrimas brotaron de sus ojos como ríos de plata en medio de la habitación a oscuras.

—A veces odio a Dios por llevarse a mi bebé —susurró con intensidad—. A veces me odio a mí misma por no haber podido traerla aquí con vida. —Abrió los ojos—. ¿Eso me hace una persona malvada?

El padre de Kalli negó con la cabeza.

—No. Ha sufrido una gran pérdida. Está bien lamentar su muerte. Estoy aquí para acompañarla en ese proceso.

Había algo privado, casi sagrado, en el duelo de esa madre, y Kalli se sintió como una intrusa. La niña más pequeña se soltó de su padre y se acercó tambaleándose a su madre mientras levantaba los bracitos para que la alzara. Pero la señora Lambeth estaba muy lejos, perdida en sus propios pensamientos, y no parecía verla siquiera. Kalli se adelantó y levantó a la niña en sus propios brazos. Antes de salir de la habitación, se detuvo en la puerta para recoger también al niño mayor, y los llevó a ambos afuera a jugar bajo el sol y dejar que su madre comenzara el largo proceso de sanación.

A medida que la tarde daba paso a la noche, ella y los niños corrieron por el jardín, jugaron al escondite y disfrutaron de un té de hadas servido en tazas hechas de hojas sobre el césped. De vez en cuando, Kalli pensaba en la madre afligida que se encontraba en la habitación a oscuras y en cómo había penas más profundas que perder a un hombre al que estaba empezando a amar. También pensaba en Thalia, en los hijos que podría tener (o perder) en algún lugar de Europa, y esperaba que pudiera regresar a casa antes de llegar a esa situación. Pero, sobre todo, se concentró en los niños, en sus rostros alegres y en sus risas, y sintió cómo el nudo tenso de su pecho comenzaba a aflojarse.

Tal vez no tendría la vida que alguna vez había soñado (una casa ordenada y un esposo propio), pero aún podía tener una buena vida allí, con sus padres, ayudando a criar a sus hermanos y sirviendo en su apreciada comunidad.

Aún podía ser feliz.

# 27

# UNA OBSERVADORA INADECUADA

## (CHARIS)

En su tamaño natural, las patas de las moscas son tan diminutas que resulta imposible determinar algo sobre ellas; y cuando se amplían de forma considerada, la probabilidad de error es tan grande que cualquier persona con una opinión preconcebida se convierte en un observador inadecuado de las apariencias que se representan.

—*Sir Everard Home,*
Transacciones Filosóficas de la Royal Society *[Nota de Charis:* ¿Acaso no me ha pasado lo mismo, cuando mis propias opiniones preconcebidas me convirtieron en una observadora inadecuada que solo veía lo que quería ver?].

Charis se despertó temprano con el trino de pájaros fuera de su ventana y, durante un instante de confusión, no recordaba dónde estaba. Hacía meses que no escuchaba el canto de los pájaros por culpa del rugido del tráfico londinense… Luego, el recuerdo le llegó de golpe. Estaba en casa, o en un lugar tan bueno como su casa. Por mucho que amara la biblioteca y los invernaderos de la mansión Elphinstone, siempre había sentido que las habitaciones acogedoras y bulliciosas de la casa parroquial de los Aubrey eran más hogareñas.

Charis se puso un vestido viejo, pero tuvo que dejar sin abrochar los botones de la espalda porque no podía alcanzarlos, así que se envolvió con un chal para ocultar la zona descubierta. Se calzó las botas y salió con lentitud de la habitación. Ninguno de los Aubrey parecía estar despierto. Salió por la puerta principal y luego por la verja que daba a la carretera. Unos minutos de caminata la llevaron a un bosque cercano.

A diferencia de la casa del vicario, que estaba tranquila y en silencio, el bosque estaba lleno de vida. Pequeños pájaros cantores, como tordos, currucas y mosquiteros, daban vueltas en el aire, volando de una rama a otra, cantando como si el sol naciente dependiera de sus voces. Ah, cómo había echado de menos todo eso. Ni siquiera le importaba el frío de la mañana ni la humedad que empezaba a filtrarse a través de sus botas.

Durante casi una hora, Charis deambuló entre los árboles mientras llevaba un registro mental de los pájaros y otras criaturas diurnas. No tuvo suerte en su búsqueda de la esfinge colibrí que planeaba estudiar cuando llegara el verano, aunque sabía que aún era pronto para avistarla. Sin embargo, su suerte cambió cuando divisó un mosquitero silbador, un pájaro poco común de Oxfordshire que solo había visto en contadas ocasiones, con el vientre de un blanco amarillento, la cabeza y el lomo de un gris suave y una franja en los ojos. Esos avistamientos tan inusuales siempre le daban la sensación de ser una pirata que se topaba con el tesoro enterrado de otra persona.

Durante un momento, deseó que el señor Leveson estuviera con ella para mostrarle las mejores aves del condado y compararlas con la vida aviar que rodeaba su finca. Luego recordó que ya no se dirigían la palabra y que tampoco tenía ganas de hablar con él.

Los pájaros y las polillas eran más seguros. No solo había menos probabilidades de que la decepcionaran o la lastimaran, sino que eran mucho más agradables de ver.

*No*, reflexionó un momento después, irremediablemente sincera, incluso consigo misma. Tendría que ser un pájaro realmente excepcional para que le proporcionara mayor placer visual que el señor Leveson, pero había arruinado esa relación y tendría que conformarse con otros placeres menores.

Un rato después, Charis escuchó su nombre, distante y débil, y se preguntó si lo había imaginado. Pero cuando volvió a oírlo, más cerca, siguió el sonido hasta que encontró a Kalli.

Esta negó con la cabeza al verla llegar, con una mezcla de exasperación y cariño en su expresión.

—Pensé que te habíamos perdido otra vez.

—¿Alguna vez has pensado que la vida sería mucho más sencilla si fuéramos animales? —preguntó Charis, ignorando su comentario—. Estoy convencida de que los pájaros sienten dolor y alegría, como nosotros, pero el curso de su vida es directo. Se levantan con el sol, cantan, se aparean cuando el impulso los motiva, empollan sus huevos, crían a sus polluelos durante unas semanas y siguen adelante. Las vidas humanas son mucho más complicadas.

—¿Te gustaría empollar una nidada de huevos? Estoy segura de que podemos encontrarte algunos.

Charis le dio un manotazo a Kalli, contenta de ver a su prima de mejor humor.

—Sabes muy bien a qué me refiero. Pero de una cosa estoy segura: no pienso volver a distraerme con el romance.

Estoy perfectamente satisfecha con mi papel de prima e hija. Disfrutaré de tus hijos y de los hijos de Thalia y me mantendré ocupada con mis estudios.

Kalli se quedó en silencio durante un momento mientras su pie dibujaba círculos sobre la tierra.

—¿El amor es solo una distracción? Charis, sé cuánto significa tu trabajo para ti. Creo que deberías estudiar y publicar todo lo que quieras. Pero… la vida no se trata solo de trabajar. No te cierres al amor pensando que eso te protegerá. No lo hará.

Charis sabía que Kalli tenía buenas intenciones y que solo intentaba aliviar lo que debía imaginar que era su desamor. Sin embargo, insistió:

—No he dicho nada sobre cerrarme al amor. ¿Acaso no he dicho que pretendo ser una buena prima e hija? Simplemente he decidido dejar atrás el romance.

—Pero Charis…, mereces amor tanto como cualquiera de nosotras.

Un estallido de ira invadió a Charis. Se volvió hacia su prima.

—¿Y tú no? ¿Cómo puedes sermonearme sobre el amor y el romance cuando ni siquiera luchas por tu propia felicidad? Me dijiste que amabas a Adam, pero lo dejaste ir. Puede que me haya gustado el señor Leveson, e incluso puede que lo haya amado, pero él nunca me quiso.

Kalli se estremeció.

—Charis, yo… —Parpadeó con fuerza y luego respiró hondo—. Estoy segura de que no es así. Vi la forma en la que te miraba.

Charis recordó la última vez que el señor Leveson la había mirado, con la cara retorcida de furia.

—Le gustaba una imagen de mí que no era auténtica. En realidad, desprecia a mi verdadero yo. —Enderezó los hombros y se ajustó el chal—. De todas formas, me niego a rebajarme por nadie. Deberían quererme tal y como soy, o no quererme en absoluto.

—Desde luego —dijo entrelazando su fría mano con la de su prima—. Lo siento si te ha molestado. No ha sido mi intención. Solo quiero que seas feliz. Por favor, no me odies.

Charis suspiró y le apretó la mano que había unido a la suya.

—Nunca podría odiarte. Pero te pido que hablemos de otra cosa... De cualquier otra cosa.

Kalli le hizo caso y le preguntó sobre lo que había visto durante su caminata, y ese tema de conversación las acompañó hasta que llegaron a la casa parroquial.

La familia ya estaba reunida alrededor de la mesa con el desayuno servido. Los dos niños más pequeños peleaban por una tostada y el señor Aubrey intentaba leer el periódico mientras la señora Aubrey le hablaba. La hija mediana, Antheia, de catorce años, con sus largos y delgados brazos y grandes ojos, trataba de mantener una actitud decorosa y seria, pero perdió toda pretensión en cuanto vio a Kalli y Charis.

Se levantó de la mesa y corrió hacia su prima, agitando algo en la mano.

—¡Charis! Mira, te ha llegado esto en el correo de la mañana.

Charis tomó el paquete que Antheia le extendía: era el último número de las *Transacciones Filosóficas*, con su carta. Ignorando a la familia, Charis hojeó la revista hasta que encontró su nombre y pasó un dedo por las letras.

Lo había logrado. Había publicado su primer artículo científico (el primero de muchos, esperaba). Sin embargo, ese artículo le había costado una amistad muy valiosa. ¿Cada logro sería así de agridulce? No. No lo permitiría.

Nunca más dejaría que sus sentimientos le nublaran el juicio.

Kalli echó un vistazo por encima de su hombro.

—¡Ay! Charis, ¿es tu ensayo? Qué brillante eres.

—Gracias. —Intentó sonar complacida, pero hasta ella notó la falta de entusiasmo en su voz.

Kalli la miró a los ojos.

—¿Qué sucede? Pensé que lo estarías gritando a los cuatro vientos. Es lo que siempre has querido.

Charis apoyó un dedo sobre un nombre que aparecía en la página: L.M.

—Ese es el señor Leveson —reveló en voz baja—. Era su artículo y yo... no lo sabía.

—¿Quién es el señor Leveson? —preguntó Antheia.

—Ay. Ay, Charis —musitó Kalli.

—Ya está hecho. —Charis cerró la revista, la dejó en la mesa junto a un plato vacío y tomó asiento—. ¿Venía alguna carta con la revista?

La tía Sophronia asintió.

—Una nota de tu madre. —Deslizó una tarjeta cuadrada por la mesa hasta Charis.

*Mi querida Charis:*

*Te ha llegado esto justo después de que te fueras. Aunque admito que no entiendo ni una palabra de cada cinco, me alegro por ti. (También me complace que hayas tenido la precaución de omitir tu nombre completo; ¡no muchos caballeros quieren casarse con una marisabidilla!). Desearía que tuviéramos noticias igual de felices sobre Thalía, pero Adam no ha logrado dar con su paradero, aunque sigue buscándola, y yo sigo rezando. Si Dios quiere, pronto tendremos mejores noticias.*

Charis levantó la vista.

—¿La has leído?

La tía Sophronia asintió.

—Tu madre la adjuntó en una carta para mí. —Miró de reojo a Kalli.

Bien, entonces Charis no tendría que leerla en voz alta. Le dolía que su madre no pudiera estar feliz por su éxito, aunque sabía que se estaba esforzando para entender lo que significaba ese logro para ella.

—Debería regresar a Londres —anunció. Preferiría quedarse en el campo, donde podría concentrarse en sus estudios y evitar encuentros desagradables. Pero sabía lo angustiada que debía de estar su madre en Londres, esperando sola noticias de Thalia, con tan solo su padre para hacerle compañía, y decidió dejar de lado sus propios sentimientos.

—¿Para qué? —preguntó la tía Sophronia—. No puedes hacer nada allí, y tu madre está demasiado distraída como para llevarte a los eventos sociales. Es mejor que te quedes aquí hasta que todo se resuelva.

—Mi madre querrá que la consuele —apuntó Charis.

Los miembros mayores de la familia Aubrey intercambiaron una mirada. Antheia dejó escapar una risita.

—¿Qué? —exigió saber Charis.

Kalli le dedicó una sonrisa.

—Charis, querida, tienes muchos atributos maravillosos, pero no eres capaz de consolar a nadie. Eres tan reconfortante como un escarabajo.

—¡Me gustan los escarabajos! —exclamó ella, comenzando a indignarse.

—Lo sabemos —dijo la tía Sophronia—, pero cuando mi hermana está angustiada, quiere palabras dulces, habitaciones oscuras y una buena novela, no que la agobien.

Tu padre y su criada pueden cuidar muy bien de ella. De hecho, creo que Harmonia preferiría que te quedaras aquí, donde puedes serme de ayuda mientras esperamos noticias de Thalia.

—Ah —dijo Charis, y su indignación se desvaneció tan pronto como había surgido. Al preocuparse tanto por su madre, había olvidado cómo debía de sentirse la tía Sophronia.

—Y tal vez —intercedió Kalli, con mucha más delicadeza— tu madre sabe que estar en la ciudad podría ser una experiencia desagradable para ti en este momento.

Charis bajó la vista hacia su plato. No pensaría en el señor Leveson. No pensaría en… ¡Maldición! Sí que estaba pensando en él.

Antheia sonrió de oreja a oreja.

—¿Estás así por el señor Leveson? ¿Es uno de tus pretendientes? Ay, cómo me gustaría ir a Londres y encontrar uno. ¿Ha sido maravilloso?

Kalli y Charis, que estaban sentadas una frente a la otra, hicieron una mueca al unísono. Por suerte, se salvaron de tener que responder cuando Urania dijo, con sumo aborrecimiento:

—Ah, vete a freír espárragos, Antheia. Nadie quiere hablar de *pretendientes*.

Tras lo cual, la tía Sophronia reprendió a Urania por su lenguaje, y la pequeña protestó porque Frederick lo decía todo el tiempo, y Antheia dijo que Urania era una aguafiestas desagradecida, y luego la tía Sophronia se volvió en su contra también, lo que desencadenó un caos general.

Aprovechando la distracción, Charis tomó su *Transacciones Filosóficas* y se escapó a su habitación. Tal vez leer los otros artículos la ayudaría a recobrar la actitud sensata que normalmente tenía y a alejarse de esa agonizante inseguridad, en la que no paraba de replantearse lo que podría haber sido si hubiera actuado de manera diferente.

# 28

# NUEVAS ESPERANZAS

## (THALIA)

*Mi musa me arrancó las frases y me escondió las palabras,*
*Y yo… no me di cuenta, durante un mes, una semana, un día.*
*Hasta que busqué y descubrí que mi lengua estaba silenciada,*
*Y se negaba a pronunciar lo que deseaba.*
*Así que exploré en mi corazón hasta que encontré lo que diría.*

*—Thalia Aubrey*

El patio del establo bullía de actividad: pasajeros bajando de un vehículo, un segundo carruaje tratando de maniobrar y esquivar el primero para llegar a la carretera, mozos de cuadra corriendo de un lado a otro para alcanzar a los caballos entrantes. Thalia se detuvo durante un momento, dubitativa. Eso no era típico de ella. Por lo general, Thalia era una mujer segura de sí misma que sabía qué quería ser y dónde quería estar. Pero en ese momento no se sentía como ella misma. Se sentía pequeña y vulnerable, como un cangrejo atrapado en la playa sin su caparazón.

Alzó el mentón, sujetó con firmeza el único bolso que llevaba y se adentró en el caos. Tocó en el hombro a un trabajador cercano.

—Disculpe. ¿Podría indicarme dónde se detiene la diligencia?

El mozo de cuadra estaba acariciando a un caballo y ni siquiera la miró.

—A un kilómetro de aquí, junto al Lovely Crow.

No había especificado en qué dirección.

—¿En qué dirección? —preguntó Thalia.

Extendió el brazo y apuntó ligeramente hacia el sureste, y Thalia se negaba a hacerle más preguntas, pues estaba claro que no tenía ninguna intención de seguir ayudándola. Encontraría a alguien más en el camino que le indicara, si fuera necesario.

Pero no fue necesario. Pasó por varios negocios en el centro del pueblo (una sombrerería, una tienda de comestibles, una panadería y más), y el Lovely Crow estaba bien señalizado. Se trataba de una impresionante posada de tres pisos con un letrero que mostraba una masa amorfa negra que, supuso, representaba un cuervo, aunque parecía más bien un tejón moribundo.

Unas pocas preguntas a una señora que se encontraba frente a la posada le revelaron que la diligencia a Londres llegaría dentro de la próxima hora, aunque todos los asientos interiores ya estaban reservados para ella y sus hijos. Thalia observó al grupo de niños… Eran cinco, si la vista no le fallaba, aunque se movían tanto que era difícil estar segura. Bueno, no podía pedirle a una madre y a sus hijos que le cedieran un lugar en el interior, así que se tendría que contentar con alguno de los asientos en la parte superior o trasera del vehículo.

Thalia miró pensativa hacia el horizonte. Aún no había oscurecido, pero la luz ya estaba cambiando. ¿Estaba preparada para pasar una fría noche de primavera al aire libre? Parecía que no tenía muchas opciones; si se quedaba, era probable que James fuera a buscarla y, en cualquier caso, no creía que el dinero le alcanzara para cubrir una noche en la posada además del costo del viaje. Al menos, un asiento exterior sería más barato y tendría fondos para alimentarse también.

Una vez tomada la decisión, Thalia entró en el salón de la posada y pidió té y pastel. Recuperó fuerzas y se quedó allí un cuarto de hora. El té y el azúcar calmaron sus nervios y la hicieron sentir menos como un cangrejo expuesto y más como una chica cuyo mundo se había derrumbado, pero que estaba en proceso de volver a construirlo.

Cuando regresó al exterior, quedó bastante consternada al ver que, además de la familia de la señora, varios hombres se habían unido a la multitud que esperaba la diligencia. Algunos de ellos tenían un fuerte olor a ginebra.

—¿Está esperando la diligencia, señorita? —preguntó uno de ellos. Parecía tener la edad de su padre, con patillas canosas que le bajaban por las mejillas hasta la garganta.

Su amigo, una década más joven por lo menos, con entradas en el pelo rojizo, observó:

—Si va a viajar en la parte superior, será mejor que encuentre algo más cálido para ponerse. Va a hacer frío cuando caiga la noche.

Thalia se estremeció por su tono. O quizá solo por la luz que se desvanecía y el frío que aumentaba.

El primer hombre soltó una carcajada.

—Creo que nosotros podremos mantenerla bien abrigada.

La señora le lanzó una mirada de desaprobación a Thalia, como si ella hubiera incitado esos comentarios. Ella se alejó de los hombres con las manos temblando.

Ah, cómo deseaba que Kalli estuviera allí. O Charis, con su brusquedad práctica. Incluso se conformaría con su hermano Frederick.

Al menos, habría otras personas en la diligencia. Esos hombres no podrían acosarla demasiado delante de testigos. ¿O sí? Tendría que mantenerse despierta.

Un carruaje, tirado por dos caballos alazanes iguales, se detuvo frente a la posada. Un joven caballero, vestido con un abrigo largo y botas blancas, descendió del asiento del conductor y le entregó las riendas al mozo de cuadra que lo acompañaba.

—¡Eh, posadero! —El caballero ya estaba gritando mientras corría hacia los escalones de entrada—. Estoy muerto de sed. Quiero una copa de su mejor…

Su voz se apagó al ver a Thalia, de pie a un lado del patio.

—¿Señorita Aubrey?

La joven entrecerró los ojos, con el corazón acelerado. No esperaba encontrar a nadie conocido allí.

El joven se acercó y se quitó el sombrero, de modo que sus rizos pelirrojos quedaron a la vista. Thalia soltó un grito ahogado.

—¡Señor Salisbury! ¿Qué hace aquí?

—Podría preguntarle lo mismo. He oído que su hermana se había ido a casa. Pensé que usted se había ido con ella. ¿Qué demonios hace aquí, sola?

—Un momento… ¿Kalli se ha ido a casa? ¿A Oxfordshire? —Debió de haber viajado para compartir la noticia de la fuga de Thalia con sus padres—. ¿Mis tíos siguen en la ciudad?

—Sí, creo que sí. Pero jolín, no ha respondido a mi pregunta.

—Ha sido un error. —Suspiró—. Es una larga historia. De hecho, estoy a punto de regresar a Londres.

El joven miró a su alrededor, como si estuviera en busca de un carruaje y un mozo de cuadra, pero el único carruaje que veía era el suyo. Sus ojos se desviaron hacia la multitud reunida para viajar en la diligencia y se abrieron como platos.

—Pero, señorita Aubrey, ¿no estará pensando en viajar en la diligencia?

—¿Por qué no? No es como si pudiera permitirme un carruaje privado.

El señor Salisbury hizo una pausa y se frotó la barbilla.

—Caramba. No puedo dejarla aquí sola. Tendré que llevarla de vuelta a Londres.

—Pero ¡acaba de llegar! —¿Qué hacía allí, durante el apogeo de la temporada? Pensaba que estaría acompañando a su hermana y a su madre en los eventos sociales.

—No puedo evitarlo. Usted está en apuros, y debo ayudarla.

—Puedo valerme por mí misma.

—Por supuesto —dijo afablemente—. Pero imagíneselo... ¡Viajando en la diligencia! Estará mucho más cómoda conmigo.

—¿Y qué me dice de su reputación, cuando la gente se entere de que ha pasado la noche viajando conmigo en un carruaje cerrado? —La diligencia pública tal vez fuera desagradable, pero no quedaría involucrada en ningún escándalo por viajar con otros pasajeros. Incluso si el señor Salisbury condujera con su mozo de cuadra, como había hecho al llegar, la gente hablaría. Y al joven no le agradaría quedarse sentado fuera del carruaje toda la noche.

—Contrataré a la hija del posadero. Seguro que tiene una que aprovechará la oportunidad para ir a conocer Londres. Además, no es mi reputación la que importa, sino la suya. Si a usted no le importa, ¿por qué debería importarme a mí? ¿Qué opina?

Claro que ella prefería viajar esa distancia con el señor Salisbury antes que sentarse en un espacio frío y reducido, en la parte superior de la diligencia, durante horas con la compañía de unos borrachos desconocidos. Pero no podía perturbarlo de esa manera.

—Seguro que tiene otros asuntos más urgentes de los que ocuparse.

Negó con la cabeza y sonrió compungido.

—Ninguno urgente. A decir verdad, estaba un poco malhumorado. Déjeme hacer esto por usted. Restaurará mi estima de forma admirable.

—¿Malhumorado? —preguntó Thalia en un tono divertido.

—Su hermana no me quiere.

—Pero ella… —La mente de Thalia tardó en procesar la información—. Está comprometida con Adam Hetherbridge. —Parecía que ella y Kalli tenían pendiente una larga charla cuando regresara a casa.

—Y no parecía estar del todo contenta al respecto. Pero no viene al caso. La señorita me dijo que no, y aquí estamos.

Thalia pensó en el escándalo que había obligado a Kalli y Adam a comprometerse, en el escándalo que la atormentaría a ella si se llegaba a saber algo sobre su fuga fallida. El señor Salisbury no parecía haber escuchado nada todavía, así que tal vez la tía Harmonia había logrado contener los rumores. Aun así, el hombre se merecía una advertencia.

—Debo decirle ahora que, incluso si la gente habla de mí, o de nosotros, no tengo ninguna intención de obligarlo a casarse conmigo. Está completamente a salvo.

Apareció un hoyuelo al lado de la boca bien formada del señor Salisbury.

—No estoy seguro de que algún hombre esté a salvo de usted y de su hermana. Por lo menos, su hermana me permitió proponerle matrimonio antes de destrozar mis esperanzas. —Su sonrisa se hizo más amplia, lo que indicaba que no estaba para nada desanimado por sus palabras—. ¿Eso significa que me dejará llevarla a Londres?

*¿Kalli se habrá fijado en el hoyuelo?*, se preguntó Thalia. Kalli era bastante susceptible a los hoyuelos.

—Sí, gracias —dijo Thalia, con más energía de la que pretendía, a causa del hoyuelo—. Me sentiría honrada.

El señor Salisbury insistió en que cenaran en el Lovely Crow; se negaba a conducir tan lejos con el estómago vacío. También pidió comida para Thalia, aunque ella puso reparos al principio. Pero cuando le sirvieron un plato con carne de carnero, patatas con salsa y crema de guisantes en un salón privado, se dio cuenta de que estaba hambrienta, a pesar del té y el pastel de antes. Empezó a comer con ganas y, cuando levantó la vista unos minutos más tarde, notó que el señor Salisbury la observaba con esa sonrisa que le marcaba los dichosos hoyuelos.

—¿Qué ocurre? ¿Tengo comida en la cara?

—No, es solo que me agradan las mujeres que no tienen miedo de disfrutar de la comida.

Thalia lo miró con aire pensativo.

—A usted le agradaba mi hermana. ¿Por qué le propuso matrimonio?

—Conociendo a su hermana, ¿a quién no le agradaría? Es cariñosa, amable y divertida. —Adoptó una expresión triste, aunque Thalia sospechó que era fingida—. Por desgracia, no sentía lo mismo por mí.

Thalia dejó el tenedor a un lado.

—Querer a alguien y casarse con alguien son dos cosas diferentes. Por supuesto que a Kalli le agradaba usted, pero no estoy segura de que hubiera sido feliz con usted. O usted con ella.

—¿Ah, sí? Cuénteme por qué.

—La llevó a dar un paseo en carruaje hace una semana más o menos, ¿verdad? ¿A un lugar fuera de Londres?

El señor Salisbury frunció el ceño.

—¿Qué le contó?

—No mucho. Solo que ha ido más lejos de lo que esperaba. Y mucho más rápido. ¿Por qué lo ha hecho?

—Pensé que sería una aventura, una escapada de Londres.

Thalia volvió a alzar el tenedor y pinchó un trozo de carne.

—Si la conociera mejor, sabría que en el fondo es más feliz cuando está cerca de casa. A Kalli le gusta divertirse, y algunas personas confunden su sentido de la diversión con un sentido de la aventura. Pero mi hermana no es aventurera, señor Salisbury. Las aventuras le parecen tediosas.

—¿Y usted piensa lo mismo?

—No. Pero no estamos hablando de mí. Estamos hablando de usted y de mi hermana. Si no me equivoco, creo que a usted le parecen... ¿estimulantes? Le atraen las cosas nuevas y los lugares nuevos.

El señor Salisbury extendió las manos sobre la mesa.

—Tiene razón.

—Pues imagínese estar casado con mi hermana. Ella quiere quedarse en casa y criar a sus hijos. Usted quiere viajar al extranjero. Sus opciones serían abandonar a mi hermana mientras ella sufre su ausencia, porque Kalli es, pese a todos sus defectos, muy leal y afectuosa, o llevarla con usted a rastras mientras se pregunta todo el tiempo por qué se siente miserable, ya que es demasiado amable para decirle que odia lo que usted ama.

El señor Salisbury se rio y levantó las manos.

—¡Suficiente! Esa visión espantosa es casi convincente. Aunque tal vez necesite visitarla a usted en una semana o dos para que me recuerde lo cerca que estuve de cometer un error.

Thalia lanzó una risotada.

—Puede visitarme, pero no hará falta ningún recordatorio. —De alguna manera, no creía que el corazón del señor Salisbury hubiera estado tan comprometido con Kalli como su orgullo. Se recuperaría enseguida.

Al igual que ella, aunque su corazón se sintiera pequeño y magullado en ese momento.

El señor Salisbury se las ingenió para convencer al posadero de que permitiera que su hija mayor (el señor Salisbury tenía razón, el hombre tenía tres) acompañara a Thalia. Después de ayudar a ambas a subir al carruaje, el señor Salisbury subió al asiento del conductor junto a su mozo de cuadra, y por fin partieron.

—¡Por el amor de Dios, qué carruaje tan elegante! —exclamó la chica, con los ojos bien abiertos. Luego se tapó la boca con las manos—. Mi mamá me dijo que debía de comportarme y no molestar a una señorita como usted. Pero no le molesta si hablo un poco, ¿verdad? Tiene una mirada dulce.

Thalia sonrió y sintió una oleada de agotamiento y alivio al mismo tiempo. Estaba volviendo a casa. Estaba dejando a James atrás. Y la conversación con la chica era amistosa y cálida.

—No me molesta.

La señorita Elsie King continuó hablando durante la siguiente hora o más, con aportes mínimos de parte de Thalia. Habló de sus hermanas y de lo que sucedía en el pueblo y del escándalo en su posada cuando encontraron a una dama distinguida en la cama con un caballero que *no* era su esposo, y de que el esposo hasta hizo un agujero en las paredes de yeso.

—Pero nadie resultó herido —añadió.

Finalmente, incluso la hija del posadero pareció sucumbir al balanceo del carruaje. Bostezó, dejó unas oraciones a medias y luego cerró los ojos. Un momento después, estaba roncando con suavidad.

A pesar del cansancio, Thalia no podía dormir. Su mente seguía repasando el último encuentro con James, y luego siguió retrocediendo, tratando de entender cómo lo había malinterpretado tanto. Tal vez sus deseos habían sido más fuertes que su sentido común, una revelación funesta para alguien que se enorgullecía de guiarse por la lógica en vez de por la emoción. No había sido para nada lógica en lo que respectaba a James, y mira a dónde la había llevado.

El carruaje se detenía a veces para cambiar de caballos. En cada parada, el señor Salisbury se acercaba para ver cómo estaba, la ayudaba a bajar cuando veía que estaba despierta y le traía té cuando lo necesitaba.

—Menos mal que el cielo está despejado esta noche —dijo el señor Salisbury— y que los caminos están en buenas condiciones. Estamos avanzando más rápido de lo que esperaba.

—Me alegra —contestó Thalia, deseando encontrar las palabras adecuadas para expresar cuán agradecida estaba por su ayuda, por la oportunidad de sentarse en un carruaje oscuro que le permitiera reflexionar y dejar que la noche la envolviera con una caricia amistosa. La noche no la juzgaba. Y tampoco el señor Salisbury, lo cual era una muestra de misericordia inesperada.

A media mañana del viernes, por fin se detuvieron frente a la casa de los Elphinstone. Si el criado que abrió la puerta tras su llamado se sorprendió al verla, no lo demostró. Les permitió entrar a ella y al señor Salisbury. La hija del posadero se quedó en el umbral detrás de ellos, y el criado levantó las cejas al verla.

—¿Podrías llevar a la señorita King a la cocina y asegurarte de que coma algo, de que le den una de las habitaciones de servicio y de que tenga reservado el pasaje de regreso para mañana en el carruaje del correo? —preguntó Thalia—. Estoy en deuda con ella.

El criado asintió y guio a la hija del posadero hacia la cocina.

La tía Harmonia descendió las escaleras dando tumbos.

—¡Ay, querida! ¡Estás en casa! —Puso las manos a ambos lados de la cara de Thalia y la estudió con detenimiento—. ¿No estás herida? Hemos estado preocupadísimos por ti. ¿Cómo has podido asustarnos así?

Thalia exhaló.

—Estoy bien, solo cansada. Lamento haberos preocupado tanto. He cometido un error tonto, pero no lo volveré a hacer.

—Bueno, hablaremos más cuando hayas descansado. —La tía Harmonia acarició la mejilla de Thalia y se volvió hacia su acompañante—. Señor Hetherbridge, muchas... —Su voz se apagó—. ¿Señor Salisbury? ¿Qué hace usted aquí?

—He encontrado a su sobrina en apuros, señora, y he tenido el honor de escoltarla a casa.

—Estaba segura de que era el señor Hetherbridge. Ha estado buscando a Thalia por todas partes. Tendré que enviarle una carta. ¡Ah! Y a Sophronia... Debe de estar fuera de sí.

—¿Adam me está buscando? —preguntó Thalia, y se le revolvió el estómago de una forma curiosa—. Pensé que Kalli se había ido a casa. ¿No ha ido con ella?

—Ah, sí, ella se ha ido. Todo es un desastre. Debo decirte... —La tía Harmonia se detuvo y miró al señor Salisbury—. Ay, ¿dónde están mis modales? Adelante, señor Salisbury. ¿Quiere desayunar algo? ¿Una taza de té?

El señor Salisbury negó con la cabeza.

—Gracias, pero no. Me temo que soy un estorbo aquí. De todos modos, espero poder visitarlas a ambas en uno o dos días, cuando las cosas se hayan calmado.

—Sí, por supuesto. Gracias —dijo Thalia antes de acompañarlo hasta la puerta.

Antes de salir, el señor Salisbury se giró hacia ella.

—Ánimo, señorita Aubrey. Todo irá bien, ya lo verá. —Luego, mientras silbaba, se dirigió al carruaje.

Thalia lo observó durante un momento y sintió un cosquilleo en la garganta ante su amabilidad.

—Qué joven tan simpático —comentó la tía Harmonia mientras Thalia regresaba a su lado. Enganchó su brazo con el de Thalia y la llevó al salón principal, donde le pidió a una criada que les sirviera el té—. Sería perfecto para una joven inteligente como tú. Nunca me gustó ese señor Darby para ti, y ahora que has recapacitado, podemos encontrar a alguien mucho más adecuado.

Thalia no sabía si reír o llorar. Después de dos noches de pocas horas de sueño y el torbellino emocional que había vivido, el optimismo de su tía era demasiado.

—Ay, tía, estoy cansada de los hombres, te lo aseguro.

—Quizá sea apropiado para Kalli, ahora que ha rechazado al señor Hetherbridge. Le ha enviado una carta antes de irse a casa para cancelar el compromiso. El joven me lo contó anoche, cuando vino a ponernos al corriente sobre tu búsqueda.

Thalia se quedó helada. ¿Kalli había rechazado a Adam? Entonces, ¿por qué también había rechazado al señor Salisbury? ¿Qué había pasado para que Kalli dejara atrás su miedo al ostracismo social y rechazara no solo a uno, sino a dos pretendientes idóneos? Ay, necesitaba hablar con su hermana. Y anticiparse a su tía.

—Tía, te lo ruego, no intentes emparejar a Kalli todavía.

Cuando Thalia bebió hasta la última gota de su té, la tía Harmonia le permitió retirarse a su habitación. Thalia tenía toda la intención de dejarse caer en la cama y dormir durante una semana. Pero cuando llegó al dormitorio, algo la detuvo.

Inclinó la cabeza, tratando de identificar el sentimiento. Era como un anhelo que surgía desde las profundidades de su interior. Pero no tan apremiante.

Palabras. Había palabras que burbujeaban dentro de ella. Un poema, estaba casi segura de ello, aunque la forma no estaba del todo clara en su cabeza.

Su escritura poética había disminuido bastante después de conocer a James. Había intentado retomarla una o dos veces después de compartir su poesía con él, pero cada vez que lo hacía, escuchaba su voz en la cabeza, diciéndole que esa palabra no estaba bien o que esa imagen estaba ya muy usada. Lo había interpretado como una señal de que el gusto superior de James guiaría su propio talento hacia obras superiores, pero ¿y si en realidad iba más allá de eso? ¿Y si había permitido que James asumiera el papel de crítico en su mente porque era más fácil de esa manera? Si no escribía nada en absoluto, no podía escribir tonterías. No podía fallar.

Lo que necesitaba no era un crítico, sino un apoyo. Había apoyado a James en sus ideas y fantasías, pero él no le había pedido ver sus escritos ni una sola vez, y solo había escuchado su poema (a regañadientes, temía) cuando se lo suplicó.

Bueno, ya no le daría a James ese espacio en su cabeza. Se había equivocado sobre ella, sobre lo que quería. Quizá también se equivocaba sobre su poesía.

Thalia se sentó en el escritorio, frente a la ventana. La mañana estaba nublada, pero le gustaban las nubes grises. Parecían apropiadas, de alguna manera. Poéticas. Después de todo, una heroína nunca debería regresar de un casi escándalo y encontrarse con un cielo despejado y una gran bienvenida. El gris era un tono más apagado. Sutil. Perfecto.

Thalia tomó su pluma y empezó a escribir.

# 29

# DESDE QUE NOS DEJASTE (KALLI)

Sin duda, un matrimonio por amor era la única forma de alcanzar la felicidad, siempre que las partes pudieran permitírselo.

—*Maria Edgeworth,* El castillo de Rackrent, *encontrado en el cuaderno de apuntes de Kalliope Aubrey*

—Kalliope —dijo su madre mientras ella intentaba escapar de la sala del desayuno y del bullicio de sus hermanos. Charis ya se había marchado con su artículo recién publicado. Había un deje de inquietud en la voz de su madre que hizo que a Kalli se le hundiera el corazón—. ¿Me acompañas al salón?

Kalli siguió a su madre con docilidad hasta llegar al salón más elegante, donde podían aislarse del ruido de los niños. En cuanto Kalli se sentó en el sofá con estampado floral y su madre se acomodó a su lado, esta última dio inicio a la conversación:

—Harmonia me ha enviado una nota junto con la carta para Charis. ¿Te imaginas qué decía esa nota?

Kalli apartó la mirada de la expresión sombría de su madre y se miró las manos. O la tía Harmonia le echaba la culpa por no haber sospechado la fuga de Thalia o se había enterado del compromiso roto. Ninguna de las dos opciones prometía una conversación agradable.

—Adam le dijo a Harmonia que tú le dejaste una carta en la que rompías vuestro compromiso. —Puso un dedo debajo del mentón de Kalli y le levantó la cabeza para poder mirarla. Los ojos de su madre estaban serios y un poco tristes, y la bondad en su rostro hizo que a Kalli se le formara un nudo en la garganta—. ¿Por qué no me lo contaste? ¿Qué pasó?

Kalli guardó silencio durante un largo momento. Más que nada, deseaba escupir toda esa triste historia y dejar que su madre lo arreglara todo. Pero tal vez le diría que estaba exagerando y comportándose como una tonta.

—Adam está enamorado de Thalia, y yo lo aprecio demasiado como para seguir adelante con el compromiso. Quiero que sea feliz.

—Ay, Kalli. —Sostuvo el rostro de su hija entre las manos, y esta se inclinó hacia el tacto de su madre. Lo había echado de menos—. ¿Adam te dijo que ama a Thalia?

—No, pero lo sé. La seguía por Londres, y se fue sin dudarlo cuando descubrió que Thalia se había fugado.

—Pero Thalia sí que se fugó… con alguien más —puntualizó su madre, con una mueca irónica en los labios—. Incluso si Adam siente algo por ella de esa manera, Thalia no lo quiere. Pero tú… ¿amas a Adam?

Kalli asintió.

—¿Y él lo sabe?

No importaba si Adam sabía lo que sentía. El sentimiento no era mutuo.

—Kalliope. —Su madre suspiró—. Te he amado desde antes de que nacieras, y te he visto convertirte en una joven inteligente y talentosa. Tu corazón compasivo es una de tus mayores fortalezas, pero puede que ahora te esté reteniendo. Te preocupas demasiado por la felicidad de los demás, pero... ¿y tu propia felicidad? No siempre deberías sacrificarte a ti misma, sobre todo cuando nadie te ha pedido ese sacrificio. Adam no te ha pedido que rompieras el compromiso. ¿Estás completamente segura de saber lo que quiere?

Kalli no respondió. Fragmentos de su conversación con Thalia antes de ir a Vauxhall volvieron a su mente: «¿Y si lo que quiero hace que otras personas sean infelices?». A lo que Thalia había respondido: «Debes de vivir tu vida, no la de los demás».

Su madre le sujetó la mano y la apretó con suavidad. Luego se puso de pie.

—Tengo que ir a ver a los niños. Pero, Kalliope, si quieres a ese joven, no renuncies a tu propia felicidad sin antes luchar por ella.

El resto del día transcurrió lentamente sin noticias de Thalia. La mente de Kalli alternó entre la preocupación por su hermana y sus propios pensamientos confusos sobre Adam, pues era cierto que no sabía con certeza que sentía él por ella, ni por Thalia. ¿Debería preguntárselo? ¿Qué era lo peor que podía pasar? Se le ocurrieron varios escenarios extremadamente vergonzosos y su valentía comenzó a flaquear.

Los adultos de la familia Aubrey rondaban por la casa parroquial con creciente ansiedad e irritabilidad, hasta que Edward y Urania acudieron a Kalli quejándose de que todos estaban de mal humor, así que ella los llevó afuera, bajo la llovizna, para que se entretuvieran caminando sobre el lodo.

A la mañana siguiente, su tercer día en Oxfordshire, llegó una carta por correo especial en donde les informaban que habían encontrado a Thalia, que estaba ilesa y soltera y que estaba de camino a casa. A última hora de la tarde, la mismísima Thalia llegó con Adam y Hannah.

En cuanto se escucharon las ruedas del carruaje fuera de la casa parroquial, Kalli corrió hacia la puerta, seguida de cerca por Charis y su madre.

Adam descendió primero y se giró para ayudar a bajar a Thalia. Kalli se detuvo, mientras sus ojos absorbían la figura familiar de Adam. Dejó que Charis y su madre la sobrepasaran y, durante un momento, se quedó mirando cómo abrazaban efusivamente a Thalia. Adam miró a Kalli por encima de sus cabezas, con la luz reflejada en las gafas. Cuando sus miradas se cruzaron, Kalli se dio la vuelta y huyó al interior de la casa. Casi se chocó con Antheia, quien había salido de su habitación con un dedo apoyado en una página de la novela que estaba leyendo.

—¿Qué sucede? —preguntó Antheia.

—Thalia ha regresado —logró decir Kalli, y luego se lanzó hacia la seguridad de la habitación que compartía con Thalia y se arrojó sobre la cama. Había pensado y pensado y pensado y pensado en lo que haría cuando volviera a ver a Adam, pero al verlo allí, se sintió sobrepasada. El corazón le latía con tal fuerza que parecía querer salírsele del pecho.

Unos minutos más tarde, Antheia la llamó desde el otro lado de la puerta, diciéndole que mamá había preparado el almuerzo. Kalli dijo que no tenía hambre, aunque el estómago le rugía.

No mucho después, alguien llamó a la puerta.

—¿Kalli? —Era Thalia.

—Vete —espetó Kalli, enterrando el rostro en la almohada. Tampoco estaba lista para hablar con ella.

La puerta se abrió. Escuchó los pasos de Thalia sobre la alfombra y, a pesar de que no la veía, sintió cómo se sentaba en la cama frente a la de ella.

—¿Estás enfadada conmigo? —preguntó Thalia—. ¿Por eso me has estado evitando?

Kalli suspiró.

—No estoy enfadada.

—¿Herida, entonces? —Thalia se movió de su cama para sentarse junto a Kalli y apoyarle una mano en el hombro. El colchón se hundió ligeramente bajo su peso, acompañado de un leve crujido.

Kalli se dispuso a negarlo también, pero luego se detuvo. *Sí* que estaba herida por la desaparición y la indiferencia de Thalia. ¿Nunca pensó cómo su fuga podría afectar a su familia? No lo negaría solo para aliviar la conciencia de su hermana.

Thalia suspiró.

—Nunca quise lastimarte. Pensé que estaba buscando mi propia felicidad. Pero ese futuro que estaba buscando era solo un espejismo.

Kalli se dio la vuelta para poder ver a su hermana y se irguió sobre un codo.

—¿Qué pasó? ¿El señor Darby te ha hecho daño?

Thalia frunció los labios y lo sopesó durante un momento, pero al final negó con la cabeza.

—Puede que mi corazón y mi dignidad estén magullados, pero el señor Darby no me ha hecho daño. Simplemente me ha mostrado sus verdaderas intenciones: le gustaba lo suficiente como para tener una aventura amorosa, pero en realidad nunca tuvo la intención de casarse conmigo.

Sorprendida, Kalli se sentó y abrazó a su hermana con fuerza.

—¡Ay, Thalia, lo siento mucho! —Intentó sonreírle, aunque le temblaban las comisuras de los labios—. Qué desastrosa ha sido esta temporada para las tres. Un escándalo, una fuga fallida y la gran ofensa de Charis al señor Leveson.

—No habría lamentado la fuga si James hubiera sido el caballero que me había imaginado. —Los labios de Thalia se curvaron apenas hacia arriba—. Pero no sé cómo he podido ser tan estúpida.

Kalli meneó la cabeza con firmeza y volvió a abrazar a su hermana.

—No eres estúpida. Todos pensamos que el señor Darby estaba enamorado de ti. Como ninguno de los dos estaba casado, y como tú no eres la clase de chica que se convierte en amante, era lógico asumir que insinuaba un matrimonio al fugarse contigo.

—¡Lógico! —Thalia se rio, pero había un tono amargo en su risa—. Gracias, Kalli. Me has ayudado a recuperar un poco de mi dignidad herida. Pensé que tal vez había perdido todo el sentido común. Pero seré más sensata de cara al futuro en los asuntos relacionados con el amor.

Kalli tragó saliva. *Sé valiente*, se dijo a sí misma.

—¿Te refieres a Adam?

—¿Qué tiene que ver Adam con que yo sea sensata? —Frunció el ceño y apartó un rizo oscuro de la cara de Kalli—. ¿Por qué has cancelado la boda? Pensé que os entendíais entre vosotros.

Kalli se llevó las rodillas al pecho y las rodeó con los brazos.

—No es cierto que pienses eso. Estabas hecha una furia cuando nos comprometimos.

Thalia volvió a extender la mano hacia su hermana, pero la bajó cuando esta inclinó la cabeza hacia un lado para evitar que la tocara.

—Ah, tal vez al principio, porque pensé que solo lo estabas usando para salvar tu reputación. Y porque Adam siempre ha tenido un lugar especial en mi corazón como mi amigo.

—Estabas celosa —aseveró Kalli.

—No es verdad... Bueno, tal vez un poco. Pero solo al principio. Luego me enamoré de James, y empecé a darme cuenta de que Adam y tú haríais una buena pareja. Incluso pensé que empezabas a sentir una atracción hacia él. ¿Estaba equivocada? ¿Por eso has roto el compromiso? Sin duda, no porque quisieras casarte con el señor Salisbury.

—¡Ah, Henry! —dijo Kalli, riéndose sin poder contenerse—. ¿Cómo te has enterado?

—Él mismo me contó sobre su propuesta. Él fue quien me encontró cuando hui de James. Me trajo de vuelta a Londres en su propio carruaje.

Kalli la miró con los ojos bien abiertos.

—Me interesaría escuchar esa historia.

—Más tarde —prometió Thalia—. Pero no me has respondido. ¿Estaba equivocada sobre tu interés en Adam?

Kalli presionó el rostro contra las rodillas.

—No. —Su voz se amortiguaba por la tela de la falda—. No estabas equivocada.

Thalia pasó la mano con delicadeza por la espalda de su hermana. Kalli se estremeció.

—Entonces, ¿por qué, querida?

—Porque él te quiere *a ti.*

Thalia dejó de mover la mano.

—¿Por qué piensas eso?

—Porque siempre lo ha hecho. A excepción de ti, todos nos dábamos cuenta. —Kalli levantó la cabeza de entre las rodillas y parpadeó con fuerza—. Fue tras de ti en cuanto supo que te habías ido. Apenas me dirigió la palabra.

Thalia se quedó callada durante un largo minuto.

—¿Es posible —dijo con vacilación— que haya ido tras de mí porque soy *tu* hermana? ¿Porque sabía que otro escándalo en la familia te haría daño *a ti*?

Kalli volvió a negar con la cabeza.

—No me lo creo.

—Incluso si no lo hizo completamente por ti, podría haberlo hecho por el bien de nuestra amistad. Pero solo somos amigos, Kalli, nada más. No seríamos una buena pareja. Yo siempre querría más, ya sean nuevos libros, nuevos lugares o nuevas ideas. Y tú sabes que Adam, al igual que tú, es más feliz en casa. Él es muy tradicional, y yo soy muy poco convencional para él. No encajamos, a diferencia de vosotros.

—¡Adam no es así! —exclamó Kalli, indignada—. Es sereno, tranquilo y serio.

La diversión hizo que las comisuras de los labios de Thalia se elevaran.

—Lo que yo decía. Tradicional.

—Pero no me ama. —La voz de Kalli apenas se escuchaba.

—Es extraño, porque lo *único* de lo que hablaba en el viaje hasta aquí era de ti. Creo que deberías hablar con él. ¿Y si no siente lo mismo por ti? ¿Qué tienes que perder aparte del orgullo? E imagina lo que podrías ganar si de verdad te quiere.

Thalia había dicho en voz alta lo que en realidad Kalli ya había estado pensando. Estiró las piernas y se puso de pie, con el corazón latiéndole con fuerza. No sabía si era por esperanza o terror.

Thalia le murmuró unas palabras de ánimo.

—Muy bien —dijo Kalli, estirándose—. Pero primero debo comer algo, porque si no, soy capaz de llorar sobre su chaleco y nunca superar la vergüenza.

Tras un almuerzo frío, Kalli se fue en busca de Adam. No lo encontró ni en el estudio con su padre, ni en el salón con su madre, Thalia y Charis. En el pasillo se topó con su hermana menor Antheia, quien enarcó las cejas tratando de parecer astuta.

—¿Estás buscando a Adam? Está en el jardín.

Kalli se sonrojó. Mientras reunía lo poco que le quedaba de dignidad y valentía, le dio las gracias a Antheia y atravesó las puertas acristaladas que daban al exterior. Cruzó el amplio tramo de césped hasta llegar al jardín de flores de su madre en la parte trasera. Aún no habían florecido las rosas que abundarían más adelante en la primavera, pero los tulipanes ya habían nacido, de color rosa, rojo y blanco.

Adam estaba sentado en un banco bajo el sol, absorto en la lectura. El pelo rubio le tapaba las orejas, y Kalli ansiaba ponérselo detrás de ellas. Adam se subió las gafas con el dedo índice y pasó una página. El corazón le dio un vuelco. Quería memorizar ese momento, cómo la luz del sol hacía brillar unos destellos ámbar en su pelo, la forma en la que enderezaba los hombros y esas largas y delgadas manos que tanto le gustaban.

Kalli lo amaba.

Y por eso debía ser valiente.

Avanzó unos pasos. Adam no pareció darse cuenta de su presencia. No fue hasta que estuvo justo frente a él, tapándole el libro con su sombra, que él levantó la vista.

Detrás de sus gafas, sus ojos eran increíblemente azules, casi tan claros como el cielo.

Kalli sentía como el pulso le retumbaba en la garganta.

—¿Puedo hacerte compañía? —Kalli señaló el banco, y él asintió.

—Por supuesto.

Kalli se sentó a su lado y se aseguró de dejar unos centímetros de espacio entre ellos.

—Gracias por ir a buscar a Thalia.

Adam se rio con remordimiento y se frotó el mentón. Kalli notó que se había afeitado. Su barbilla estaba rasurada, en contraste con los vellos dorados que tenía cuando llegó con Thalia. ¿Acaso su mejilla era tan suave como parecía? Dobló los dedos sobre el regazo.

—Mi ayuda no ha servido de mucho —dijo Adam—. Debería haber sabido que Thalia podría salvarse sola.

—Pero lo has intentado. Eso es lo que importa en un verdadero amigo. —*¿Solo un amigo?* Contuvo la respiración, a la espera de su respuesta.

—Tal vez. Ni siquiera lo pensé... Vi tu angustia y la de tu tía y entré en acción. Después de haber tenido más tiempo para reflexionar, creo que debería haber confiado más en Thalia. Si su fuga hubiera sido lo que ella pensaba, ¿qué derecho tenía yo para impedirle perseguir sus sueños? —Adam apartó la mirada de Kalli y estudió el jardín a su lado.

—Intentabas evitar un escándalo. —Kalli detestaba la expresión en su rostro, la decepción y el toque de autoburla.

—Como si a Thalia le importara eso.

—Pero no habría sido feliz, y ahora que ha regresado a casa, todo se ha terminado y Thalia es libre. ¿Tú...? —Hizo una pausa, casi ahogándose con sus palabras—. ¿La quieres? Te he liberado de nuestro compromiso.

Adam giró la cabeza de golpe, y sus ojos azules se encontraron con los de Kalli. Había una mirada intensa detrás de sus gafas.

—¿Que si quiero a Thalia? Sí. Como amiga. Como hermana.

*Oh.* Kalli bajó la vista hacia su regazo. Sentía que no podía respirar bien.

—¿Por eso has roto nuestro compromiso? ¿Porque pensabas que estaba enamorado de Thalia? ¿O es por alguien más?

¿Acaso Thalia le había hablado sobre Henry? Se obligó a levantar la cabeza y mirarlo de frente. La luz en sus ojos hizo que se le enrojecieran las mejillas. También sintió un aleteo de esperanza en el pecho.

—No hay nadie más. Adam… tengo que decirte algo.

Adam esperó, con una leve sonrisa en los labios. Se le daba bien esperarla. Kalli quería besarlo allí mismo, justo donde las pecas se agrupaban alrededor de la comisura de su boca.

—Te amo, Adam Hetherbridge. —La intensidad de su expresión la abrumó, así que desvió la mirada hacia el jardín—. Si tú no sientes lo mismo por mí, lo entiendo. Te he liberado de nuestro compromiso. Pero… eh… quería que lo supieras.

Kalli decidió echarle una mirada furtiva y descubrió que Adam seguía con los ojos fijos en ella. A su vez, la ternura de su rostro le robó el aliento.

—Kalliope Aubrey —dijo en un tono suave—, tampoco hay nadie más en mi vida.

Sus palabras quedaron suspendidas entre ellos durante un rato largo, antes de que el joven inclinara la cabeza hacia ella.

Kalli no se movió, con miedo a romper el extraño encanto que los envolvía, y Adam la besó.

El beso fue inseguro al principio, apenas un roce de labios contra labios, como si se estuvieran pidiendo permiso. Kalli se inclinó hacia adelante para aceptarlo con entusiasmo y profundizar su contacto. Relajó las manos y con una de ellas lo sujetó del pelo, sonriendo un poco al sentir cómo se le cortaba la respiración por la sorpresa. Los labios de Adam estaban fríos por estar expuestos al fresco aire primaveral, pero se calentaron al encontrarse con los suyos.

Con delicadeza, Adam tomó la cabeza de Kalli entre sus manos y se separó para llenarle el rostro de besos, desde la sien hasta la mandíbula, antes de volver a los labios. Luego fue el turno de Kalli, quien le plantó un beso en la comisura de los labios como había querido hacer hacía un momento. Con un dedo acarició las pecas en su mejilla, como si estuviera trazando una constelación de estrellas, y luego siguió el rastro con los labios. Adam le siguió la corriente un rato, antes de volver a besarla.

Unos minutos (¿u horas?) después, se detuvieron para tomar aire y se sonrieron el uno al otro. Kalli vio un destello proveniente de la casa cuando alguien descorrió una cortina. Negó con la cabeza, más divertida que avergonzada, y se preguntó quién de sus hermanas (o, Dios no lo permita, sus padres) los había estado observando.

Entrelazó sus dedos con los de Adam y luego lo acarició con el pulgar. Él se llevó las manos unidas a los labios y besó el dorso de la mano de Kalli.

—Te amo, Kalli. El sentimiento se apoderó de mí poco a poco, y no me di cuenta de cuánto te amaba hasta que recibí tu carta. ¿Sabes cómo me sentí, después de pasar todo el día buscando sin éxito el lugar donde se había fugado Thalia, llegar a casa y encontrar semejante nota? Eran palabras recatadas y bien escogidas, pero cada una parecía una puñalada.

—Lo siento —atinó a decir Kalli, pero estaba sonriendo. Nunca habría herido a Adam de manera intencional, pero si ese dolor los había llevado a estar allí en ese momento, entonces no podía arrepentirse.

—No, no te disculpes —dijo Adam, interpretando muy bien su expresión—. La verdad es que me lo merecía. Me irritaba la idea del compromiso cuando debería haber visto que había recibido un regalo inesperado. Dejé que ese idiota de Henry Salisbury te llevara a pasear porque era demasiado terco como para admitir mis sentimientos y me convencí de que no tenía ningún derecho a exigir tu cariño. Pensé que te estaba dejando tener la vida que querías.

—¿*Esa* es la razón? —preguntó Kalli, bastante animada por esa confesión. Adam había estado *celoso*, no indiferente—. Debes de saber entonces que la vida que quiero te involucra a ti... Quiero estar contigo, compartir tu trabajo, tener tus hijos... —Las mejillas le quemaban con esa revelación, pero Adam no parecía sorprendido. En cambio, intentó besarla de nuevo, pero ella lo apartó. Necesitaba terminar la idea—. ¿Te casarías conmigo, Adam Hetherbridge?

—Pensé que nunca me lo preguntarías —dijo Adam, y Kalli se rio.

Esa vez, ella lo besó, y cuando se separó, los labios de Adam estaban deliciosamente rosados, y su respiración, agitada. Kalli sintió una curiosa mezcla de orgullo y afecto al darse cuenta de que *ella* podía tener tal efecto en el hombre al que adoraba.

—Tendremos que esperar un tiempo —señaló Adam—. No puedo asegurarte un sustento hasta que tenga veinticuatro años, más de tres años a partir de ahora, y tú aún no tienes dieciocho.

—Estoy dispuesta a esperar, si eso significa que puedo estar contigo. —Kalli analizó la expresión sincera en el rostro sonriente de Adam, y su corazón floreció—. Una vez me dijiste que no creías que debiera besar a nadie más mientras estuviera comprometida contigo.

Adam levantó una ceja.

—¿Estás cuestionando esa afirmación?

Kalli mantuvo su semblante lo más serio posible.

—No, señor. Pero como no pretendo besar a nadie más, creo que deberías besarme de nuevo.

Adam soltó una risa y se inclinó hacia ella. Todavía sonriendo, Kalli acortó la distancia que los separaba y se unió a él.

*Esto,* pensó, *es la felicidad.* No una mera posibilidad futura de lo que podría ser, sino algo que era y estaba viviendo en ese preciso instante. Acompañada de Adam, esperaba, *para siempre.*

# 30

# EN BUSCA DE TU PROPIA FELICIDAD

## (CHARIS)

De acuerdo con esta perspectiva sobre el hidrógeno, se deduce que, entre otros cuerpos combustibles, aquellos que necesitan menos calor para su combustión deberían arder en un aire más enrarecido que aquellos que necesitan más calor.

—*Sir Humphry Davy,* Transacciones Filosóficas de la Royal Society *[Nota de Charis:* … Pensándolo mejor, tal vez no debería comprometerme a escribir lo que me provocan otros pensamientos sobre los cuerpos combustibles].

Sonriendo para sus adentros, Charis dejó la carta de Kalli en su tocador. Las hermanas Aubrey no volverían a Londres esa temporada: Kalli había decidido quedarse en casa, cerca de Adam, y los rumores sobre Thalia no se habían apagado del todo. Pero Charis no podía reprochárselo. Kalli estaba feliz, lo cual se notaba en sus palabras, que prácticamente brillaban en la página que había escrito, y eso era más que suficiente. Thalia incluso había empezado a escribir poemas de nuevo. Había adjuntado una copia de uno; su escritura desgarbada contrastaba mucho con la letra cuidada de Kalli.

La mirada de Charis se detuvo en el pequeño reloj que se encontraba sobre el tocador. Cielos, ¿esa era la hora? Llegaría tarde. Se estaba poniendo de pie cuando se vio el cabello en el espejo. Claro. Había subido a su habitación precisamente para arreglarse el pelo, que en ese momento se parecía más a un nido de pájaros, pero se había distraído con la carta y lo había olvidado.

La verdad era que no creía que la apariencia de las personas fuera un indicador de su mérito. Para nada. Pero iba a asistir a la conferencia del jueves de la Royal Society, y no soportaría si alguien, en especial cierto L.M., interpretara su aspecto desaliñado como una señal de su angustia emocional. O peor aún, como una falta de idoneidad para su compañía.

Había pensado en no ir. Nadie la culparía. (Lo más probable era que a nadie ajeno a su familia realmente le importara). No obstante, el estudio de la ciencia seguía siendo lo que quería hacer con su vida. Lo que siempre había querido hacer. No podía dejar que la posibilidad de un encuentro desagradable con el señor Leveson la detuviera.

Su padre tuvo la gentileza de prestarle el carruaje y a un mozo de cuadra, y su criada, Mary, la acompañó. Charis contuvo la respiración cuando entró en la sala de conferencias, esperando que alguien le negara la entrada sin la protección del señor Leveson, pero si bien se percató de algunas miradas desaprobatorias, nadie la detuvo.

Sir Everard Home dio inicio a una conferencia sobre el paso del óvulo desde los ovarios hasta el útero en las mujeres, y Mary se quedó dormida casi de inmediato, aunque Charis no entendía cómo podía dormirse y perderse toda esa información tan interesante. Sir Everard Home narró su descubrimiento de un óvulo, y aunque Charis lamentaba profundamente la muerte de la sirvienta que había hecho posible su descubrimiento, el relato le pareció fascinante. ¡Y pensar que la ciencia apenas estaba comenzando a entender una parte de su propia anatomía! Desde luego, no hacía falta entenderla para que la parte en cuestión funcionara (o habría una grave escasez de niños en el mundo), pero era extraño... y emocionante... descubrir que su propio cuerpo era objeto de exploración científica.

Charis tardó en darse cuenta de que varios de los caballeros cerca de ella la miraban de soslayo. Algunos la miraban directamente, con las cejas fruncidas en señal de desaprobación.

Oh, vaya. Dudó sobre si finalmente se había arreglado el pelo, pero una palmadita nada sutil le aseguró que su cabello estaba en orden. Entonces, ¿por qué la estaban...? Oh. Quizá pensaban que la anatomía femenina, en especial una anatomía tan íntima, era un tema impropio para una señorita como ella. Qué absurdo. Estaba claro que si *poseía* ovarios, podía escuchar una conferencia sobre ellos sin ningún problema.

Los dibujos que mostraba el orador eran fascinantes también. Charis deseaba poder inspeccionarlos con mayor detenimiento, pero cuando el discurso terminó y la sala se levantó, descubrió que el señor Leveson estaba entre ella y el orador.

La presencia del señor Leveson no había impedido que asistiera a la conferencia, pero su deseo de evitarlo era mucho más fuerte que su deseo de ver un óvulo de cerca.

Charis se dio la vuelta y vio que Mary se había despertado con el revuelo de la multitud. Tiró del brazo de su criada para urgirle que se levantara del asiento y salieran del edificio. Mary protestó.

—¿Dónde está el incendio, querida? No es necesario insistir con tanto ímpetu.

Por fin lograron liberarse de la multitud, y el corazón acelerado de Charis comenzó a calmarse. Se deslizaron hacia el vestíbulo de mármol y se dirigieron hacia los escalones que conducían a la carretera donde debía de estar esperándolas su carruaje.

Estaban a punto de llegar cuando escuchó su nombre.

—¡Señorita Elphinstone!

Era el señor Leveson.

Fingió no escucharlo. Por desgracia, su criada no era muy hábil ignorando a las personas molestas.

—Señorita Elphinstone —susurró Mary, tirando de la manga de Charis—. Ese caballero la está llamando.

Pero ella siguió adelante.

—¡Señorita Elphinstone! —llamó de nuevo el señor Leveson.

Mary agarró la muñeca de Charis para frenarla en seco, quien finalmente se dio la vuelta, no sin antes emitir un sonoro suspiro.

El señor Leveson bajó las escaleras con elegancia para unirse a ella. Qué lástima que las dos semanas de separación no hubieran logrado disminuir su atractivo. Cuando se le acercó, el corazón traicionero de Charis dio un vuelco. Una parte de ella deseaba inclinarse hacia la calidez de su cuerpo, así como también oler su familiar colonia de sándalo, pero se mantuvo rígida.

—Señorita Elphinstone, he estado esperando la oportunidad de hablar contigo. ¿Puedo acompañarte a casa?
—Charis lanzó una mirada anhelante al carruaje de su padre. Preferiría volver a casa caminando con las manos.

Por favor —le rogó.

La simpleza de su súplica la conmovió más de lo que podrían haberlo hecho sus protestas grandilocuentes.

—Muy bien —cedió finalmente, aunque sospechaba que podría arrepentirse de su aquiescencia—. Supongo que puede acompañarme.

—Prefiero entregar mi mensaje en privado —aclaró, mirando a la criada—. Mi carruaje no está lejos de aquí, y mi mozo de cuadra es discreto. —Charis vaciló durante un momento—. Por favor —insistió.

Charis suspiró y envió a Mary a casa en el carruaje de su padre. Le pidió que le informara a su madre sobre el cambio de planes.

El señor Leveson le ofreció el brazo, y ella lo tomó por costumbre, pero luego deseó no haberlo hecho. Ante esa cercanía, la calidez que irradiaba el hombre se extendía por el costado de Charis, lo que le provocaba una oleada de calor que no tenía nada que ver con la temperatura de él, sino con la de ella. Caray, ¿por qué las sensaciones físicas no podían ser controladas por el intelecto y no por las respuestas corporales? Si fuera por ella, respondería solo cuando la razón se lo indicara. Aunque, al pensarlo mejor, reconoció que algunas actividades, como besar, tal vez serían mucho menos placenteras si fueran puramente racionales.

—¿Has disfrutado de la conferencia?

—Sí —afirmó Charis—. Aunque admito que me resulta peculiar que aún haya tanta información sobre nuestros propios cuerpos que no entendemos. ¿Cómo saben los pulmones cuándo tomar aire, o el corazón cuándo contraerse? ¿Cómo es que mis ojos parpadean por voluntad propia, pero también puedo elegir cuando abrirlos o cerrarlos?

En su creciente entusiasmo, casi olvidó con quién estaba hablando. Fue solo cuando notó una leve sonrisa formándose en las comisuras de los labios de su acompañante que se puso nerviosa y se quedó en silencio. ¿Acaso él pensaría que su entusiasmo era absurdo?

—El orador me pareció bastante pretencioso —comentó el señor Leveson—, pero me alegra que tú lo hayas disfrutado.

La vergüenza se apoderó de Charis. ¿Por qué había insistido en acompañarla a casa si solo pretendía tratarla con condescendencia?

Llegaron al carruaje, el faetón marrón y crema al que ella se había acostumbrado tanto. Pensó, un tanto divertida a pesar de sí misma, que su actual vestido verde para salidas no combinaba tan bien como el vestido que se había puesto la primera vez que salieron a pasear en carruaje.

El señor Leveson la ayudó a subir al vehículo antes de sentarse junto a ella y tomar las riendas. Su mozo de cuadra, que había estado esperando junto a los caballos, subió al asiento en la parte de atrás.

Durante un momento, ninguno habló, ya que el señor Leveson estaba ocupado maniobrando en el tráfico fuera de Somerset House y Charis estaba tratando de no entrar en pánico. Su mente, tan eficaz como siempre, hilaba toda clase de escenarios en los que ese encuentro podría terminar de forma desastrosa. La opción menos alarmante era un accidente de carruaje que la dejaría libre para caminar a casa sola.

Al final, el señor Leveson dijo:

—He vuelto a leer tu artículo.

Charis cruzó los brazos sobre el pecho, deseando poder encogerse aún más.

—¿Ah, sí?

—Me ha parecido un buen trabajo. Incluso brillante. Si alguien más hubiera sido el objetivo, podría haberlo disfrutado.

Así que no lo había disfrutado. ¿Por qué se lo decía? Ningún autor quería escuchar críticas negativas de su propio trabajo.

—¿Acaso esto es una especie de tortura para vengarte de mí por tu incomodidad por la publicación? Si es así, debo decir que no es muy caballeroso de tu parte.

El señor Leveson la sorprendió con una carcajada.

—Ay, señorita Elphinstone, he echado de menos tu franqueza. No, no te he pedido que estés aquí para denostarte. He dicho que el artículo era brillante. Que eso te sirva de consuelo para tu orgullo herido. ¿Preferirías que mintiera y te dijera que he disfrutado de algo que mostraba de una manera tan clara los límites de mis propias ideas y orgullo?

—Sí —respondió ella, y él le dedicó una sonrisa. El corazón de Charis dio una voltereta, una acción que sabía que era imposible a nivel fisiológico, pero aún así, *sintió*. Se prometió a sí misma (y a su incontrolable corazón) una severa reprimenda una vez que llegaran a casa. Ese tipo de descontrol era simplemente inaceptable.

—Te debo una disculpa, no cumplidos falsos. Tenías razón. La única manera de que la ciencia avance es haciéndonos preguntas y dejando de lado nuestro propio orgullo cuando es evidente que estábamos equivocados. Yo estaba equivocado. Y me desquité contigo en lugar de reconocer mi error. Por esa razón, lo siento. Debemos buscar la verdad, cueste lo que cueste. —Hizo una breve pausa para observarla, y ella notó que sus ojos resplandecían con humor—. Incluso si eso afecta mi propio orgullo.

La sonrisa del señor Leveson hizo que Charis le devolviera el gesto. Oh, eso era peligroso. *Él* era peligroso. Todos sus buenos propósitos la estaban abandonando. Pero si él iba a reconocer su error, ella también debía de reconocer el suyo.

—Sí, hay que buscar la verdad, no escondernos de ella. Pero las relaciones… las amistades… también son importantes. Debería haberte hablado del artículo yo misma. Y no debería haber atacado a un colega científico en esos términos, aunque no conociera al autor. He dejado que mi propio ingenio se saliera con la suya.

—En efecto. Si planeas criticarme en el futuro, al menos dímelo en la cara.

Esa vez fue Charis quien se rio.

—Ah, cuenta con ello. —Respiró hondo e inclinó la cabeza hacia atrás para que la luz del sol se colara por debajo del borde de su capota y le calentara el rostro—. ¿Esto significa que podemos ser amigos de nuevo?

El señor Leveson no respondió de inmediato, y Charis deseó no haber hablado. Sabía que un profesionalismo amistoso no era lo mismo que una amistad de verdad. Tal vez una relación profesional era lo único que el señor Leveson estaba dispuesto a concederle, después de lo sucedido. Le empezó a doler el corazón, como si alguien le hubiera deslizado una mano debajo del esternón y le estuviera presionando el órgano.

—Si eso es lo que deseas, me encantaría ser tu amigo.

Charis se obligó a sonreír. Era lo que quería, ¿no? Entonces, ¿por qué la palabra *amigo* le parecía tan vacía en sus labios? Extendió una mano enguantada hacia el señor Leveson, y él la tomó mientras sostenía las riendas con su mano libre.

—Amigos, entonces.

Le gustaba mucho sentir el tacto del señor Leveson. Demasiado. Retiró la mano y la estudió en su regazo. Había una mancha de tinta en uno de los dedos del guante que no había notado antes. ¿El señor Leveson la había visto también?

—Señorita Elphinstone... Charis —dijo el señor Leveson, atrayendo su mirada de nuevo hacia él. Aunque el humor había desaparecido por completo de su rostro, en sus ojos aún se percibía una mirada curiosa, casi tierna—. Me has prometido que nunca me mentirías.

Charis asintió.

—Y no lo he hecho.

—Entonces déjame confesarte algo. No quiero tu amistad.

Charis pestañeó una vez, luego otra. Aunque sus palabras le dolieron, no permitiría que lo notara.

—Soy demasiado egoísta. Te quiero... por completo. Tu tiempo, tu compañía, tus pensamientos... tu corazón. Quiero que seas mi esposa.

—¿Qué? —preguntó Charis, segura de haber malinterpretado esa última retahíla de sílabas.

—Quiero casarme contigo. Si me concedes ese honor. Sé que soy orgulloso, arrogante y a veces odioso. Pero te prometo que no soy inflexible, y estoy tratando de ser menos soberbio. Y te adoro, en cuerpo, mente y alma. Espero que puedas aceptar mi propuesta.

—Perdóname, pero... ¿puedes hablar en serio? Sé muy bien que no soy estúpida, y parece que nuestra conversación te resulta entretenida, pero está claro que esos no son motivos suficientes para llevar adelante un matrimonio. ¿Cómo es posible que *me adores*?

—Tal vez no te aprecié del todo en nuestro primer encuentro, pero te aseguro que desde hace tiempo te considero una de las mujeres más hermosas que conozco. Preferiría estar contigo que con cualquier otra persona.

A Charis le ardían las mejillas. Era demasiado sincero como para disimular sus sentimientos con ella. Lo que solo podía significar que hablaba totalmente en serio.

—¿Estás seguro de que quieres casarte conmigo?

—Nunca he estado más seguro de nada en mi vida. ¿Qué más debo hacer para convencerte? —Un brillo travieso apareció en sus ojos—. Te besé una vez porque me lo pediste… ¿Puedo besarte de nuevo, porque *yo* quiero?

Charis asintió, sin confiar del todo en sí misma para hablar.

El señor Leveson se inclinó sobre el asiento y la besó, sin importarle que estuviera conduciendo y que cualquiera pudiera verlos. El beso fue breve, apenas una suave presión de sus labios, pero prometía futuros besos de una manera que enviaba escalofríos placenteros por todo el cuerpo de Charis. A decir verdad, necesitaría más muestras de los besos del señor Leveson para determinar con exactitud por qué tenían ese efecto en ella. Para una observación científica, claro estaba. Tal vez solo cuando no estuviera conduciendo, ni estuvieran en una calle pública.

—Después de besarme dos veces, y una de ellas muy públicamente, me temo que me has puesto en un compromiso. No me queda más opción que casarme contigo —dijo el señor Leveson.

Charis le clavó una mirada inquisidora.

—Más bien, ¿no me has puesto *tú* en un compromiso? Debo advertirte que seré una pésima esposa en sociedad —dijo la joven, haciendo un último esfuerzo por disuadirlo—. Me visto para complacerme a mí misma, planeo tener mi propio laboratorio y, si llego a tener hijos, no renunciaré a nada de ello. Soy un desastre en la gestión del hogar; de hecho, mi madre no me permite ni acercarme a los libros de cuentas, porque no puedo evitar usarlos para otros propósitos. Y no puedo prometerte que siempre estaré en el lugar correcto en el momento adecuado.

—¿Eso es todo? Te prometo que soportaría mucho más si eso significara pasar toda una vida contigo. En cualquier caso, ya te he advertido de que estar conmigo no es el mejor trato de todos.

—Pero no es malo —dijo Charis, negando con la cabeza y estirándose para tomarle la mano—. Cualquiera debería considerarse afortunada de tenerte.

—No me importa nadie más —dijo el señor Leveson, mirándola—. Solo tú. ¿Te consideras afortunada de tenerme? Esa es la única pregunta que realmente me importa. ¿Quieres casarte conmigo?

Como Charis había prometido que nunca le mentiría, decidió responder con la pura verdad.

—Nada me gustaría más. Te amo, señor Leveson.

—Yo también te amo, señorita Elphinstone. Pero creo que será mejor que me llames Mark.

# EPÍLOGO

Charis Elphinstone había desaparecido de nuevo.

No era un hecho inusual, pero era *su boda.*

Kalli se removió incómoda en el banco de madera de la iglesia y captó la mirada de su padre, quien se hallaba a un lado del transepto vestido con su indumentaria. Levantó las cejas e inclinó sutilmente la cabeza hacia la entrada al final de la nave. Kalli leyó su expresión y, si su intuición no le fallaba, entendió que significaba: «Ve y averigua qué está pasando».

El señor Leveson, de pie junto a su padre, con un sobrio abrigo negro y pantalones ajustados, también la observaba, aunque su expresión era más difícil de descifrar. Kalli se volvió hacia Adam, pero él había presenciado todo el intercambio y no necesitaba explicaciones. Le apretó los dedos con suavidad.

—Ve —susurró.

Una palabra tan pequeña, pero que aun así le provocó un agradable escalofrío en la espalda. Solo llevaban dos meses comprometidos de verdad, pero Kalli amaba esa seguridad, que Adam estuviera a su lado, que confiara en ella, que pudiera aventurarse en el mundo, pero siempre, siempre, regresar a él. Kalli le devolvió el apretón y se puso de pie.

Desde el banco de detrás de Kalli, su madre se inclinó hacia adelante en su asiento junto a Thalia.

—¿Qué pasa? ¿Dónde está Charis?

Kalli negó con la cabeza.

—Voy a averiguarlo.

Frederick se rio junto a Thalia.

—Apuesto a que Charis se ha echado atrás.

Thalia y su madre lo fulminaron con la mirada, lo que solo hizo que Frederick se riera más fuerte y, por consiguiente, se le movieran los rizos rubios que eran tan parecidos a los de Thalia.

—¿Por qué los nervios de último minuto le impedirían casarse? ¿Está enferma? —preguntó Edward.

Su madre lo hizo callar mientras Kalli se alejaba por el pasillo, pensando. El tío John llevaría a Charis al altar cuando comenzara la ceremonia, así que su ausencia no era inesperada, pero la tía Harmonia tampoco había llegado. Tal vez todos se habían retrasado. Su padre había apresurado a la familia Aubrey para que salieran de la casa de los Elphinstone con tres cuartos de hora de antelación porque no quería llegar tarde a la ceremonia, y habían llegado tan temprano que tuvieron que esperar a que otro cortejo nupcial desocupara la iglesia antes de que pudieran tomar asiento. Junio era un mes ajetreado para las bodas en St. George's.

Kalli avanzó por la nave y pasó junto al pequeño grupo de familiares y seres queridos. Además de las tías y los primos que habían viajado a Londres, el señor Leveson había traído a algunos amigos cercanos. Su madre y su hermana no habían podido viajar desde la India a tiempo para la boda, pero Charis y el señor Leveson planeaban viajar allí para la luna de miel. Kalli trató de ignorar los susurros a su alrededor mientras pasaba. Seguro que Charis solo llegaba tarde.

Abrió las puertas hacia el atrio, y el aire fresco de una mañana nublada la recibió. El carruaje de los Elphinstone estaba en la calle frente a la iglesia, y el tío John y la tía Harmonia estaban de pie junto a él, hablando seriamente con alguien que aún estaba dentro.

Bajó los escalones a toda prisa.

La tía Harmonia se volvió hacia ella.

—Ay, Kalli. Menos mal. ¿Puedes convencer a Charis de que salga?

Kalli se asomó por la puerta abierta del carruaje y vio a Charis sentada en una esquina, con las manos fuertemente entrelazadas. Unas rosas de un delicado color crema adornaban su cabello recogido, y el vestido marfil, con bordados en tonos rojizos y dorados, le quedaba a la perfección. Estaba preciosa...y aterrorizada.

Tras subir al carruaje, Kalli tomó asiento junto a su prima.

—¿Charis? ¿Qué sucede, querida?

Charis la miró con los ojos bien abiertos.

—¿Y si estoy condenando a Mark a una vida de infelicidad?

Kalli contuvo una risa. Para cualquier persona con sentido común era evidente que el señor Leveson adoraba a Charis. Pero reírse no calmaría sus temores.

—Creo que esa es una decisión que solo puede tomar el señor Leveson, y ya la ha tomado.

—Pero ¿y si soy una esposa terrible?

—No eres una amiga terrible, y la amistad es, según mi madre, un ingrediente muy importante en el matrimonio. —También había otros elementos en el matrimonio, aspectos por los que Kalli estaba cada vez más ansiosa—. ¿Te ha besado el señor Leveson?

Charis asintió. Era difícil darse cuenta en la penumbra del interior del carruaje, pero Kalli percibió un leve rubor en las mejillas de su prima. Era una buena señal.

—¿Y te ha gustado?

Charis volvió a asentir.

—Bueno, en ese caso, te gusta el señor Leveson y te gusta besarlo, y ambas realidades parecen augurar un futuro feliz. O al menos eso debiste pensar cuando le dijiste que sí. ¿Qué clase de científica abandonaría su hipótesis sin siquiera probarla?

Charis parecía muy impresionada por la lógica de su argumento.

La tía Harmonia suspiró aliviada al ver a su sobrina bajando del carruaje con Charis pisándole los talones. Kalli volvió corriendo a la capilla delante de ellas, le hizo un gesto con la cabeza a su padre y regresó a su asiento junto a Adam. Al verla de nuevo, algo de la tensión en el rostro del señor Leveson se alivió, y ella le dedicó una sonrisa tranquilizadora. Con la mano de Adam en la suya, Kalli elevó una oración silenciosa por la felicidad de todos ellos: por Charis y el señor Leveson, por Adam y por ella misma, por Thalia y el resto de su familia.

Charis avanzó a lo largo de la iglesia, con la mano enguantada apoyada ligeramente en el brazo de su padre. Le costaba contener las ganas de aferrarse a su brazo como lo hacía cuando era una niña enfrentándose a un terror nocturno. No era que estuviera asustada, precisamente... ay, jolín, sí que estaba aterrada. Se repitió las palabras tranquilizadoras de Kalli mientras caminaba, pero eso no logró mitigar por completo el miedo de que estaba a punto de arruinarle la vida a Mark Leveson.

No recordaba que el interior de la nave fuera tan largo. St. George's era solo una iglesia pequeña y bastante simple que servía a la parroquia a la que pertenecía la casa de sus padres. Quizá había entrado en algún fenómeno científico desconocido que distorsionaba tanto el tiempo como el espacio. Había querido casarse en casa, en Oxfordshire, con el tío Edward como oficiante, pero su madre estaba decidida a celebrar una boda típica de la alta sociedad. Y luego Mark había admitido que una boda en Londres sería más fácil para que asistieran sus amigos y primos, así que Charis aceptó. Como concesión, su madre había arreglado con el vicario local para que el tío Edward oficiara.

Charis deseaba haber sido más firme con sus propios deseos, dado que la iglesia le resultó repentinamente inusual y extraña, aunque había asistido casi semanalmente durante los últimos cuatro meses. Incluso su cuerpo no parecía del todo suyo, encorsetado y ataviado de manera magistral.

Ella y su padre se acercaron al frente de la capilla, donde podía ver a Mark con más claridad. Él le sonrió, pero ella notó la tensión en sus ojos y como delataban su ansiedad.

Estaba tan nervioso como ella. Al darse cuenta de eso, gran parte de su miedo se desvaneció, como si hubiera regresado de un día helado de invierno para quedarse junto a un fuego cálido. Le devolvió la sonrisa a Mark.

El tío Edward comenzó a leer del libro de oraciones, y las antiguas palabras envolvieron a Charis. Ya había escuchado esa misma ceremonia en múltiples ocasiones. Pero de alguna manera parecía algo nuevo, personal, de una manera que nunca antes lo había sido. Charis miró de reojo a Mark, quien la observaba con una intensa llama de amor y esperanza que hizo que se ruborizara. El tío Edward le preguntó a la audiencia si alguien sabía de algún impedimento por el cual no debieran proceder, a lo que los asistentes respondieron con silencio, así que continuó.

El tío Edward se volvió hacia Mark.

—Mark Anand Leveson, ¿acepta a esta mujer como su legítima esposa?

*Ha llegado el momento de la verdad*, pensó Charis, conteniendo la respiración. Si Mark no quería casarse, esa era su oportunidad de negarse. Pero el joven no lo dudó; el brillo de confianza en su rostro ni siquiera titiló.

—Acepto.

Y luego fue el turno de Charis.

—Acepto —dijo en un tono firme y seguro.

Intercambiaron los votos nupciales, luego Mark tomó el anillo que le entregaba el tío Edward y lo deslizó en el dedo anular de Charis. Mientras lo sostenía allí, repitió, en un susurro apenas audible:

—Con este anillo te desposo, con mi cuerpo te honro y te hago partícipe de todos mis bienes.

Se arrodillaron ante el tío Edward, quien leyó las palabras de la oración antes de declararlos marido y mujer. Todo lo que sucedió después se convirtió en un borrón confuso en la mente de Charis, como la firma de la partida de matrimonio, así como también los buenos deseos y los besos de los invitados.

Estaba casada. Era la señora Leveson. No había soltado la mano de Mark después de que el tío Edward los uniera, y se inclinó para susurrarle:

—Solo espero que no te arrepientas de esto.

Mark la miró a los ojos.

—Ni un poco. Y tengo toda la intención de demostrarte que no me arrepiento *de nada* en cuanto estemos solos.

Todo el cuerpo de Charis se encendió. Empezaba a pensar que Kalli tenía razón: disfrutaría mucho poniendo a prueba la hipótesis del matrimonio.

La mente de Thalia empezó a divagar durante la extensa recitación de los votos nupciales. Aunque las palabras eran antiguas y poéticas, no lograban captar por completo su atención, sobre todo porque el estómago le gruñía. Además, seguía sintiendo ese leve pinchazo de dolor al pensar demasiado en las palabras: una vez, se había imaginado diciéndole algo muy parecido a James.

Al otro lado de Thalia, Edward y Urania no se quedaban quietos, mientras que Frederick intentaba hacerle cosquillas a Antheia para hacerla reír. Thalia le atizó un golpecito.

—Deja de hacer eso —susurró—. No permitiré que arruines la boda de Charis.

—Qué aguafiestas —murmuró Frederick, pero se detuvo.

Thalia levantó la vista hacia la hermosa vidriera que se encontraba por encima del altar. Si bien el cristal no brillaba como lo haría bajo la luz del sol, seguía siendo precioso. Sus pensamientos vagaron de nuevo, desde los vidrios de colores a las manos que los habían hecho, que habían dado forma a nuevas figuras y formas a partir de arena fundida. Allí había poesía, en algún lugar...

Y así se sumió en un mar de palabras dentro de su cabeza, apenas consciente de la boda a su alrededor, hasta que los presentes se pusieron de pie para felicitarse mutuamente, pues todos parecían estar muy satisfechos con lo bien organizado que estaba el evento. Thalia besó a Charis en la mejilla mientras avanzaba por el pasillo como la nueva novia, y luego siguió a su madre hacia el atrio de la iglesia.

Su madre no paraba de hablar sobre el desayuno que les serviría a los invitados en la casa de la tía Harmonia:

los panecillos y las tostadas y el jamón y los huevos y el chocolate que tendría que estar caliente y listo para servir en cuanto llegaran todos. Debían de marcharse de inmediato, y su padre las alcanzaría más tarde con el tío John. Charis, por supuesto, iría con su nuevo esposo.

El carruaje aún no había llegado, así que mientras su madre se preocupaba por las tareas pendientes, Thalia continuaba componiendo el poema en su mente. No se dio cuenta de que alguien la llamaba hasta que su madre le dio un empujoncito.

—¡Thalia! Ese caballero desea hablar contigo.

Ella parpadeó. Sus ojos se enfocaron en un joven con un abrigo azul entallado, que se encontraba al pie de las escaleras junto a la carretera, a solo unos pasos de distancia.

—¡Señor Salisbury! ¿Qué lo trae por aquí? —Seguro que no estaba esperando ver a Kalli a esas alturas, ¿verdad?

—He salido a hacer unos recados para mi madre. Solo estoy de paso. ¿Y usted? —Echó un vistazo a la iglesia detrás de ella y a los invitados que estaban saliendo de la capilla. En ese momento, pareció registrar la hora del día y el hecho de que no era domingo.

—¡Ah! ¿Una boda? Me imagino que no es la suya, ¿verdad?

Thalia se rio.

—Lo más cerca que estuve de casarme esta temporada fue en aquella desafortunada situación de la que me rescató.

—Admito que me complace escuchar eso. Y... eh... ¿no es la boda de su hermana?

—No, todavía no. Aunque Kalli está aquí con su prometido. Si espera un momento, podría verla.

El señor Salisbury tiró de su pañuelo. Era la primera señal de incomodidad.

—Ah, acerca de eso, prefiero que le transmita mis buenos deseos. Todavía me siento un poco incómodo, usted me entiende.

Claro que lo entendía. Thalia no había visto a James, quien había logrado escapar al continente, pero sí había visto a su hermana Emma en un evento apenas dos noches atrás con un acompañante, y ambas habían hecho un esfuerzo conjunto para evitar cruzarse.

—¿Se quedará mucho tiempo en Londres? —preguntó el caballero.

—Tal vez una semana, no mucho.

—¿Me permitiría visitarla y luego tal vez llevarla a pasear en carruaje? He leído ese poema suyo, *El frío quema el viento*. Es una obra muy bonita.

—¿Lo ha *leído*? —Thalia lo miró con asombro. La semana anterior había publicado su primer trabajo en una revista literaria menor, pero no había imaginado que más de una docena de personas fuera de su círculo familiar se hubiera enterado. Ciertamente, no un aspirante a dandi como el señor Salisbury.

El joven le regaló una sonrisa.

—No se sorprenda tanto. Soy un hombre de muchos talentos y cualidades ocultas.

—Eso parece. —Thalia le devolvió la sonrisa—. Me encantaría ir a dar un paseo. —Una conmoción detrás de ella captó su atención; Charis y el señor Leveson por fin habían salido de la iglesia, con Kalli y Adam los seguían de cerca.

El señor Salisbury inclinó su sombrero hacia los recién casados y luego hacia Kalli, quien se quedó mirando con los ojos bien abiertos, alternando entre él y Thalia. Esta última contuvo una risa mientras el señor Salisbury se marchaba a paso rápido, y luego volvió a subir las escaleras para unirse con su hermana y su prima.

La temporada en Londres no había terminado como ninguna de ellas había planeado. Sin embargo, a pesar de sus giros inesperados, también había sido una temporada llena de posibilidades. Y lo que parecía un final en realidad no lo era. No realmente.

La Thalia poeta creía que los comienzos nacían de los finales, tan cierto como la primavera seguía al invierno. Pero la Thalia realista sabía que la vida no era tan sencilla: las relaciones y las trayectorias a menudo tenían sus propios giros y vueltas, ya que empezaban, culminaban y volvían a empezar a medida que esquivaban obstáculos y evolucionaban en cada paso del camino.

Pero ese vínculo… Thalia rodeó la cintura de Kalli con un brazo y la cintura de Charis con el otro para apartarlas de sus respectivas parejas y darles un fuerte abrazo, con aroma a lavanda y rosas.

*Ese* vínculo era perdurable.

Y el siguiente capítulo les correspondía a ellas escribirlo, sin importar lo que decidieran.

# NOTA DE LA AUTORA

Antes de empezar a escribir ficción histórica, era una escritora de fantasía que conjuraba mundos que solo existían en mi mente. Escribir un libro sobre la Inglaterra de la Regencia es, en muchos sentidos, un ejercicio similar en cuanto al uso de la imaginación.

Me encantan las novelas románticas de la Regencia desde que tenía once años, cuando mi madre me puso una en las manos por primera vez y me dijo: «Creo que te gustará». Sin embargo, a pesar de que disfruto del esplendor, el brillo, las ceremonias y el romance, la escritora más madura que llevo en mi interior se siente en la obligación de reconocer cuánto de este mundo es una fantasía. Una fantasía entretenida y escapista que muchos de nosotros amamos, pero una fantasía al fin y al cabo. Y si bien no hay nada de malo en disfrutar de esa fantasía (¡yo lo hago!), también es útil ser consciente de la realidad.

Los miembros de la alta sociedad eran una fracción relativamente pequeña de la sociedad británica, y la mayoría de las personas que vivían en Inglaterra trabajaban para ganarse la vida. A decir verdad, muchos de ellos trabajaban en condiciones de pobreza. Según The Napoleon Series, en 1818 había veintiocho ducados en Inglaterra («The British Peerage in 1818»[4]). Cualquier persona con más que

4. N. del T.: «La nobleza británica en 1818», en español.

un conocimiento superficial de los romances de Regencia sabe que en la ficción hay muchos más duques que eso, y la mayoría de ellos son jóvenes y apuestos. Las novelas de Regencia siempre han incluido un elemento de fantasía.

Si bien no quiero menospreciar el placer del escapismo (por eso suelo leer y escribir), creo que es fundamental recordar en qué se basa este fenómeno. La misma riqueza que hace que la alta sociedad inglesa sea tan interesante de leer dependía en gran medida del dinero ganado por medio de la expansión colonial británica, particularmente en el Raj británico y en las colonias del Caribe. Decidí que el señor Leveson fuera angloíndio para reconocer esta compleja historia. Como ha señalado la historiadora Durba Ghosh, no era inusual que los ingleses en la India contrajeran matrimonio con mujeres indias y enviaran a sus hijos a Gran Bretaña para que sean educados (información de *History Extra* de la BBC, «Inspiring *Bridgerton*: the Real South Asian Women in Regency-era England»[5]). De acuerdo con el historiador William Dalrymple, a finales del siglo XVIII, casi uno de cada tres hombres británicos en la India dejaba sus riquezas a sus esposas e hijos indios, aunque veinte años después, estas relaciones se volvieron más tabú («Assimilation and Transculturation in Eighteenth-Century India»[6], *Common Knowledge*, vol. 11, n.º 3, otoño de 2005). La autora Tasha Suri tiene un hilo fantástico en Twitter del 4 de abril de 2022, en el que argumenta que, si bien los lectores pueden y deben disfrutar de las fantasías ambientadas en la Regencia (en especial las que son inclusivas a nivel racial como la serie de televisión *Bridgerton*), también

5. N. del T.: «La inspiración de *Bridgerton*: las verdaderas mujeres sudasiáticas en la Inglaterra de la Regencia», en español.

6. N. del T.: «Integración y transculturación en la India del siglo XVIII», en español.

necesitamos libros que exploren las realidades de la población afrodescendiente e indígena bajo la colonización. A pesar de que no estoy preparada para escribir esos libros, espero que los lectores también busquen esas historias.

El colonialismo británico también aparece brevemente en el libro con los (tristemente) célebres mármoles de Elgin que Thalia y Kalli van a ver al Museo Británico. A principios del siglo XIX, Thomas Bruce, el séptimo conde de Elgin, hizo que muchas de las esculturas de mármol del Partenón fueran retiradas de Grecia y llevadas a Gran Bretaña. En 1816, el gobierno británico compró las esculturas al endeudado Elgin y las colocó en el Museo Británico. Incluso en ese momento, este acto generó mucha polémica, con numerosos ingleses (entre ellos, lord Byron) condenando el saqueo del Partenón (Christopher Casey, «"Grecian Grandeurs and the Rude Wasting of Old Time": Britain, the Elgin Marbles, and Post-Revolutionary Hellenism»[7], *Foundations*, vol. 3, n.º 1, otoño de 2008). En los últimos años, el gobierno de Grecia ha solicitado la devolución de las esculturas. En 2021, el entonces primer ministro británico Boris Johnson se negó, porque alegaba que lord Elgin había adquirido las esculturas por medios legales de la época. Más tarde ese año, un gabinete de asesores de la UNESCO recomendó que Gran Bretaña reconsiderara esta decisión. En el momento en el que estoy escribiendo esto, el estado de los mármoles de Elgin sigue sin resolverse.

Me gustaría compartir un último comentario sobre la precisión histórica de la novela: las *Transacciones Filosóficas de la Royal Society* es una antigua y respetada revista científica que, de hecho, publicó trabajos de Caroline Herschel

7. N. del T.: «"Grandezas griegas y el duro desgaste del tiempo pasado": Gran Bretaña, los mármoles de Elgin y el helenismo posrevolucionario», en español.

(junto con cartas ocasionales de mujeres) a finales del siglo XVIII y a principios del siglo XIX. Aunque por lo general no se permitía que las mujeres asistieran a las reuniones, Margaret Cavendish fue la primera en asistir en el siglo XVII. Para el propósito de la historia, he acelerado el ciclo de publicación de la revista, que en ese momento se publicaba anualmente en enero. (Para leer más información sobre las mujeres en las *Transacciones Filosóficas*, podéis buscar «Women and the Royal Society»[8] en Google Arts and Culture).

8. N. del T.: «Mujeres y la Royal Society», en español.

# AGRADECIMIENTOS

Puede que todos los libros nazcan en las mentes de los autores, pero se necesita una comunidad para traerlos al mundo.

Quiero expresar mi más sincero agradecimiento a las siguientes personas:

A mi agente, Josh Adams, por creer en la novela desde el principio; a mi editora, Janine O'Malley, por su entusiasmo y sus valiosos aportes; y al fantástico equipo de Macmillan, en especial a Melissa Warten, Asia Harden, Chandra Wohleber, Starr Baer, Lelia Mander y Elizabeth Clark.

A mi grupo de escritura, por su constante apoyo: Helen Chuang Boswell-Taylor, Erin Shakespear Bishop, Tasha Seegmiller y Elaine Vickers. A mis amigas que se ofrecieron a leer el libro por adelantado para darme consejos y se mostraron entusiasmadas por el proyecto: Cindy Baldwin, Joanna Barker, Ranee Clark, Shannon Cooley, Natalee Cooper, Sarah Eden, Jessica Springer Guernsey, Amanda Rawson Hill, Lisa Mangum, Melanie Jacobson, Emily Rittel-King, Jolene Perry, Shar Petersen y Lydia Suen.

A Charis Ellison, por permitirme usar su fabuloso nombre. A Julianne Donaldson, por organizar un retiro mágico con temática de la Regencia que me dio una excusa para hacer y usar corsés por primera vez. A los lectores de sensibilidad que contribuyeron a que este libro fuera más inclusivo (cualquier error es obviamente mío).

A mi familia, en particular a mi esposo e hijos. Ellos saben lo que han hecho.

Y por último, a los lectores. Los libros no cobran vida hasta que alguien los lee y crea un vínculo afectivo con ellos. Espero que disfrutéis de esta novela tanto como yo disfruté escribiéndola.

Escríbenos a

puck@uranoworld.com

y cuéntanos tu opinión.

ESPAÑA /MundoPuck /Puck_Ed /Puck.Ed

LATINOAMÉRICA  /PuckLatam

/PuckEditorial

¡Gracias por vivir otra
#EXPERIENCIAPUCK!